ARTHUR BAUR / SCHWYZERTÜÜTSCH

ARTHUR BAUR, DR. PHIL.

Schwyzertüütsch

«Grüezi mitenand»

Praktische Sprachlehre des Schweizerdeutschen mit Schlüssel zu den Übersetzungsübungen

GEMSBERG-VERLAG WINTERTHUR

Umschlagentwurf und Textillustrationen von Rolf Stickel

ISBN 3-85701-002-9

Achte, stark erweiterte Auflage, 1985, 23.–26. Tausend

Druck: Ziegler Druck- und Verlags-AG, 8401 Winterthur

Printed in Switzerland

INHALT

Schweizerdeutsch kann man ebenso gut erlernen wie jede andere Sprache, vorausgesetzt, dass man es ebenso ernst nimmt. Man kann es darin bis zur Perfektion bringen, aber man darf sich nicht zu früh zufriedengeben. Da dieses Buch auf deutsch geschrieben ist und sich an Benutzer richtet, die des Deutschen mächtig sind, kann sich die enge Verwandtschaft des Schweizerdeutschen mit dem Schriftdeutschen verführerisch auswirken. Sie bringt nämlich nicht nur Erleichterung; denn, indem der Lernende es passiv schon bald versteht, glaubt er sich dem Stadium der aktiven Beherrschung näher, als er es in Wirklichkeit ist. Der gleichen Täuschung erliegt ein Deutschsprachiger leicht, wenn er Holländisch lernen will.

Die Sprache, die dieser Grammatik zu Grunde liegt, ist das heutige Zürichdeutsch, ein Idiom, das von ein bis zwei Millionen Deutschschweizern gesprochen und von allen übrigen verstanden wird. Geographisch umfasst es ein Einzugsgebiet, das sich etwa durch die Grenzpunkte Rapperswil–Andelfingen–Baden–Bremgarten–Zug umschreiben lässt. Die alemannische Schweiz ist sprachlich in Bewegung: Einerseits gewinnt das Zürcherische an Boden, andererseits ist es selbst starken Einflüssen von allen Seiten unterworfen. Für den Lehrbuchverfasser ergibt sich die Schwierigkeit, dass er sich an keine kodifizierten Normen halten kann und sich auf eine Gratwanderung zwischen einer veraltenden und einer modischen Sprachform begeben muss. Ich kann und darf nicht beanspruchen, dass die Sprache dieses Buches nun normative Gültigkeit habe, dennoch empfehle ich den Lernenden, sich an das hier Dargebotene zu halten, um nicht in eine völlige Konfusion zu geraten.

Wenn das Zürichdeutsche hier als pars pro toto das gesamte in der Schweiz gesprochene Alemannische vertritt und auch das wichtige Berndeutsch nur in einem Appendix kurz behandelt wird, so sei der Interessierte wenigstens darauf hingewiesen, dass es für andere Dialekte zwar keine praktischen Lehrmittel, wohl aber darstellende Grammatiken gibt, die ihm auch gute Dienste leisten können, wenn er in deren Einzugsgebiet wohnt. Im Buchhandel sind Grammatiken des Baseldeutschen (von Rudolf Suter), des Berndeutschen (von Werner Marti), des Zürichdeutschen (von Werner Schobinger) erhältlich sowie Wörterbücher für Zürich, Basel, Bern, Uri, Davos; und weitere sind in Vorbereitung. Auf die sehr reichhaltige wissenschaftliche Literatur über schweizerdeutsche Dialektologie kann ich hier leider nicht eingehen, hingegen möchte ich ausdrücklich auf das ausgezeichnete zürichdeutsche Wörterbuch verweisen (Verlag Hans Rohr, Zürich), das eine unumgängliche Ergänzung zum vorliegenden Lehrbuch darstellt. Dieses umfassende Lexikon zeigt die Wörter auch im Satzzusammenhang und in stehenden Wendungen. Sein Vorhanden-

sein erlaubt es mir, auf ein Vokabularium zu dieser Sprachlehre zu verzichten. Auf ein kleines Problem, das sich dem Benutzer des Wörterbuchs stellt, sei aber aufmerksam gemacht: In Abweichung von der originalen Dieth-Orthographie, und damit im Gegensatz zum vorliegenden Lehrbuch, wird dort das geschlossene lange i nicht durch y, sondern durch ii bezeichnet, während das offene lange i durch ìì, also mit Gravisakzent gekennzeichnet wird. Dieser Akzent tritt auch an die Stelle des Tremas beim halboffenen e, also è statt ë. Der Lernende braucht sich dadurch nicht verwirren zu lassen, und ihm selbst steht die Wahl frei. Welche Schreibung sich in der Praxis auf die Länge durchsetzen wird, steht noch offen.

Diese Sprachlehre erschien in zwei Auflagen schon vor dem Zweiten Weltkrieg, dann war sie lange nicht mehr auf dem Markt, bis sie der Gemsberg-Verlag in Winterthur in sein Programm nahm. Ich überarbeitete sie damals und übertrug die Texte in die bewährte Dieth-Schrift. Für die vorliegende achte Auflage wurde das Buch stark erweitert, denn die Praxis hatte gezeigt, dass zwar die eigentliche Grammatik ausführlich genug war, dass es aber an Übungsstoff mangelte, der es erlaubte, das Gelernte zu pauken. Aus diesem Grund habe ich einen Anhang verfasst, in welchem zu jeder Lektion das grammatische Pensum noch einmal zusammengefasst erscheint, worauf es dann anhand von Übersetzungen gründlich eingeübt werden kann. Konversationsstücke geben Gelegenheit zu freier Verwendung der Sprache. Natürlich lässt sich aus diesem Anhang nur Nutzen ziehen, wenn man die Lektionen vorher gut durchgearbeitet hat. Ich empfehle übrigens, die Übersetzungen im Anhang vor jenen in den vorausgegangenen Lektionen in Angriff zu nehmen, da sie etwas leichter sind. Die Unterrichtsmethode selbst ist die induktive, d. h. die Lesestücke, welche die Lektionen einleiten, enthalten so viele Beispiele für den anschliessend behandelten Stoff, dass sich daraus die grammatischen Regeln ableiten lassen.

Eine Neuerung in der achten Auflage ist auch die Integration eines Schlüssels für die deutschen Übersetzungsübungen. Es hat sich gezeigt, dass diese Grammatik sehr häufig für den Selbstunterricht benützt wird. Wer keinen Lehrer hat, wird es begrüssen, dass ihm auf diese Weise die Möglichkeit zur Selbstkontrolle geboten wird. Man kann den Schlüssel natürlich auch auf dem umgekehrten Weg benützen, indem man zuerst die vorgeschlagenen Übersetzungen studiert und erst anschliessend oder nach einer gewissen selbstgewählten Frist an die Aufgabe der Übersetzung herantritt. Ich hoffe, dass durch den Schlüssel dieses Lehrbuch an Brauchbarkeit noch gewonnen hat.

Seit ich diese praktische Sprachlehre zum ersten Mal herausgab und noch anhand der Korrekturstreifen die allerersten Schweizerdeutschkurse erteilte, hat diese Sprache eine unaufhaltsame Aufwertung erfahren. Ihre

Stellung als mündliche Nationalsprache ist unerschütterlich, und auch der Schweizerdeutschunterricht ist eine Selbstverständlichkeit geworden. In den meisten öffentlichen Vorträgen, bei Radio-TV DRS und erst recht bei den Lokalsendern hat sie ihren festen Platz. Die Veränderungen, die ich selbst miterlebt habe, veranlassten mich zum Versuch, in einer sprachpolitischen Betrachtung die Position des Schweizerdeutschen zu umschreiben. Das Ergebnis ist ein Buch, das 1983 unter dem Titel «Was ist eigentlich Schweizerdeutsch?» ebenfalls im Gemsberg-Verlag erschienen ist. Es erspart mir, in diesem Vorwort die linguistische Einordnung des Schweizerdeutschen, seine Geschichte, seine Literatur, seine Rolle im öffentlichen Leben und seine wissenschaftliche Erforschung näher vorzustellen.

Es ist vielleicht nicht unbescheiden, in unserem Zeitalter der Subventionen und Förderungsbeiträge darauf hinzuweisen, dass das vorliegende Buch von der ersten bis zur achten Auflage ohne jede Unterstützung, sei es vom Staat oder von irgendeiner Institution, ausgekommen ist und sich als ein Produkt der freien Marktwirtschaft behauptet hat. Es entsprach offenbar einem Bedürfnis und befriedigte dieses auch. Autor und Verlag hoffen, dass diese Sprachlehre weiterhin ihren Dienst leisten wird, um Zugezogenen zu helfen, in der Schweiz heimisch zu werden, und vielleicht auch den Ansässigen als ein «Chum-mer-z-hülff» bei grammatischen und orthographischen Fragen nützlich zu sein.

Zürich, den 1. Juni 1985

VERDEUTSCHUNG GRAMMATISCHER FACHAUSDRÜCKE

In dieser Sprachlehre werden die lateinischen Termini verwendet; denn sie sind genauer, eindeutig und international verständlich. Auch bieten sie für solche, die nicht deutscher Muttersprache sind, weniger Schwierigkeiten.

Substantiv	Hauptwort
Adjektiv	Eigenschaftswort
Nomen	Die Vorigen zusammen, plus Pronomina
Verb	Zeitwort
Adverb	Umstandswort (heute, hier)
Präposition	Vorwort (an, bei, von)
Konjunktion	Bindewort (oder, dass)
Pronomen	Fürwort
Personalpronomen	persönliches Fürwort (ich, du)
Possessivpronomen	besitzanzeigendes Fürwort (mein)
Interrogativpronomen	fragendes Fürwort (wer? was?)
Demonstrativpronomen	hinweisendes Fürwort (dieser)
Relativpronomen	bezügliches Fürwort (welcher)
Indefinitpronomen	unbestimmtes Fürwort (etwas)
Artikel	Geschlechtswort (der, die, das)
Deklination	Biegung des Nomens
Nominativ	Werfall (der Mann)
Genitiv	Wesfall (des Mannes)
Dativ	Wemfall (dem Manne)
Akkusativ	Wenfall (den Mann)
Singular	Einzahl
Plural	Mehrzahl
Maskulinum	m. männlich
Femininum	f. weiblich
Neutrum	s. sächlich
Konjugation	Biegung des Verbs
Infinitiv	Nennform (singen)
Präsens	Gegenwart (ich singe)
Perfekt	Vergangenheit (ich habe gesungen)
Plusquamperfekt	Vorvergangenheit (ich hatte gesungen)
Futurum	Zukunft (ich werde singen)
Futurum exactum	Vorzukunft (ich werde gesungen haben)
Imperativ	Befehlsform (sing!)
Komparativ	erster Steigerungsgrad (schöner)
Superlativ	zweiter Steigerungsgrad (am schönsten)
transitiv	zielend (setzen)
intransitiv	nichtzielend (sitzen)

Der Lautstand des Schweizerdeutschen weicht von der deutschen Bühnensprache sehr erheblich ab. Die in diesem Buch verwendete Schrift ermöglicht eine recht genaue Wiedergabe der Laute. Es ist die von einer Kommission der Neuen Helvetischen Gesellschaft unter Leitung von Prof. Dr. Eugen Dieth ausgearbeitete, fast offizielle Rechtschreibung. Zu beachten ist, dass die Regeln des Dudens für das Schweizerdeutsche keine Geltung haben; einige Eigenheiten der deutschen Rechtschreibung werden aber in schweizerdeutschen Texten im allgemeinen beibehalten, so die Verwendung von *v tz ck ch sch*. Man beachte aber besonders, dass **ä y k** und in den meisten Fällen **ch** für andere Laute verwendet werden als im Deutschen. Nur im Schweizerdeutschen kommen vor: **ë ù ǜ ö̀** und **gg**. So ergibt sich folgendes Alphabet:

Lange geschlossene Vokale: **ee y öö üü oo uu**
Lange offene Vokale: **ëë ää ii ö̀ö̀ ǜǜ ùù aa**
Kurze Vokale: **a e i o u ä ë ö ü**
Diphthonge: **äi ey au ou öi ie ue üe**
Verschlusslaute: **p t gg b d g**
Reibelaute: **f s sch ch (v)**
Liquiden und Nasale: **r l m n ng**
Affrikaten: **pf z k (q)**
Halbvokale: **j w h**

Folgende Konsonanten kommen verdoppelt vor: **pp tt ff ss ll mm nn schsch chch ngng.** Auf die letzteren drei müssen wir in unseren Texten verzichten, da sie unmögliche Wortbilder ergäben.

Die Substantive werden laut § 23 der Dieth-Schrift kleingeschrieben.

Die langen Vokale

aa ist ein sehr dunkler Laut, der seine genaueste Entsprechung im langen schwedischen *a* hat. Das bayrisch-österreichische *a* kommt ihm nahe, neigt aber schon zu stark zum *o*. Der Zungenrücken ist tief gesenkt, die Lippen nicht gerundet: **faare, gaa, raathuus, glaa.**

ee entspricht genau dem langen deutschen *e* in *Schnee*, *Seele* und dem französischen *é* in *blé:* **schnee, gsee, eerscht, idee.**

y ist das geschlossene lange *i*, gleich wie im deutschen *Liebe:* **Schwyz, ys, pfyffe, lyslig.**

ii ist offen. Dieser Laut fehlt im Deutschen. Man bringt ihn hervor, indem man den Zungenrücken im Vergleich zum *i* in *Liebe* etwas senkt und den Lippen die Stellung des *e* gibt. Mit anderen Worten, das **ii** ist ein Laut zwischen *i* und *e:* **wiirt, iich, miir.**

uu klingt genau wie das lange geschlossene deutsche *u* in *Natur*, *Fuss:* **muur, luus, fuul.**

ùù fehlt im Deutschen, es verhält sich zum **uu** wie **ii** zu **y**, der Kiefer wird gegenüber dem **uu** etwas gesenkt: **zùùg, wùùrscht, ùùrchig.**

oo klingt genau wie deutsches langes *o* in *Moor* und *gross:* **moorn, grooss, root, hoof.**

ëë ist ein normales offenes *e*. Es entspricht dem deutschen *Käse* in süddeutscher Aussprache oder dem französischen *è* in *grève:* **chëës, gëërn, fëële, mëërt.**

ää ist ein überoffenes *e*, wofür im Deutschen keine Entsprechung besteht. Es nähert sich dem ganz hellen Pariser *a* und ähnelt am meisten dem englischen *a* in *black*. Es ist ein sehr häufiger und für das Schweizerische charakteristischer Laut, den man sich unbedingt gut aneignen muss. Die Zungenstellung ist die gleiche wie bei *a*, aber die Lippen sind stark gespreizt. Man kommt vom *a* zum **ä**, ohne den Kieferwinkel zu verändern, wenn man die Mundwinkel zurückzieht: **gääl, blääch, wääg.**

üü entspricht genau dem langen deutschen *ü* in *Bügel:* **hüüser, lüüt, schüüch, betrüüge, tüür** *(teuer)*.

ǜǜ ist wiederum eine offene Entsprechung zu **üü** gleich wie **ii** zu **y** und **ùù** zu **uu**. Es steht lautlich zwischen *ü* und **r**: **defǜǜr, zǜǜg, fǜǜrche, tǜǜr** *(dürr)*.

öö entspricht genau dem langen deutschen *ö* in *schön:* **schöön, gröössi, nöötig, wöörtli.**

ö̀ö̀ fehlt dem Deutschen, man erreicht es, indem man vom *ö* ausgeht und dann den Kiefer etwas senkt und die Lippen etwas weniger rundet. Es entspricht genau dem französischen *ö* in *cœur* und dem schwedischen *ö* in *öra:* **trö̀ö̀t, spö̀ö̀ter, nö̀ö̀chi.**

Die kurzen Vokale

a hat die gleiche Qualität wie das lange **aa: chraft, ascht, zable.**

e ist ein geschlossenes *e*, das im Deutschen nur lang vorkommt. Man versuche, *heben* mit kurzem Vokale zu sprechen, ohne die Mundstellung und damit die Klangfarbe des Lauts zu ändern: **hebe, beck, legge, essig.** Man beachte, dass die deutsche Umgangssprache heute nur noch zwei Arten von *e* hat, ein langes geschlossenes und ein offenes kurzes *e*. In Norddeutschland klingen *Käse* und *lesen* gleich, ebenso *Blätter* und *Vetter*. Das Schweizerdeutsche unterscheidet dagegen sechs verschiedene Laute: langes **ee ëë ää** und kurzes **e ë ä.**

e dient auch zur Bezeichnung des unbetonten *e*, das dem deutschen weitgehend, aber nicht völlig entspricht, es klingt voller als das sehr flüchtige deutsche *e*, fast wie ein **ä: schrybe, vertrinke, schryner, gröösser.** Man hüte sich, in den beiden letzten Beispielen «schryna», «grössa», zu sprechen (siehe bei *r*).

i Das kurze **i** ist gewöhnlich offen, doch im Gegensatz zum deutschen kurzen *i*, das gegen *ü* hinneigt, tendiert es mehr gegen *e:* **nider, strigel, isch, pfiffe, hüüsli, schööni, suntig.** Daneben gibt es ein kurzes geschlossenes **i,** das im Deutschen fehlt. Es kommt erstens in lautmalerischen Wörtern vor: **bibili** *Kücken*, **gitzi** *zicklein*, **gigele** *lachen* und zweitens in solchen Wörtern, wo ein früheres **y** verkürzt wurde, so in **side, ise** (älteres Zürichdeutsch **syde, yse** *Seide*, *Eisen*) und **min, din, sin** (unbetonte Formen von **myn, dyn, syn**).

u Beim **u** verhält es sich gleich wie beim **i**: es ist ebenfalls gewöhnlich gleich wie im Deutschen offen: **wulche, stumpf, lugg.** Auch kommt in lautmalerischen Wörtern ein geschlossenes **u** vor: **guggu** *Kuckuck*, **guggehüürli** *Dachfensterchen*, **chrusle** *Locken.*

ü Auch beim **ü** gibt es einen häufigen offenen und einen seltenen geschlossenen Laut. Offen: **Züri, schüssle, münz,** geschlossen **chrüsimüsi** *Durcheinander*, **güggel** *Hahn*, **büsi** *Kätzchen*, **gügsle** *gucken.* Wir können darauf verzichten, die unterschiedlichen **i- u-** und **ü-**Laute durch besondere Buchstaben zu bezeichnen, wenn sie kurz sind, da die geschlossenen Varianten selten sind und kein zentrales Element im schweizerdeutschen Lautstand ausmachen.

o das kurze **o** ist im Gegensatz zum Deutschen immer geschlossen. Man spreche **bode, vogel, foti** mit der gleichen Mundstellung aus wie deutsch *Boot*, aber ohne Längung.

ë entspricht dem deutschen kurzen *e* und *ä:* **hërt, dërig, fërtig.**

ä ist qualitativ gleich wie das lange **ää.** Hier kommt es wieder sehr darauf an, den Klang richtig zu treffen und ihn von **ë** genau zu unterscheiden. Man orientiere sich wieder am englischen *black:* **gält, änglisch, mäntsch.**

ö ist wie *o* immer geschlossen. Das deutsche *ö* in *Götter*, *Löcher* ist offen. Man übe es, indem man ein langes deutsches *ö* kurz auszusprechen versucht, ohne die Mundöffnung zu ändern: **götter, vögel, böckli.**

Zusammenfassung: Im Deutschen sind die langen Vokale geschlossen, die kurzen offen. Im Schweizerdeutschen gibt es sowohl lange Vokale, die offen sind: **ùù ǜǜ ìì òò** als kurze, die geschlossen sind: **e i u ü o ö.** Das Schweizerdeutsche hat deshalb doppelt so viele Vokalvarietäten wie die norddeutsche Umgangssprache.

Die Diphthonge **äi** bezeichnet einen Diphthong, der durch **äi** phonetisch genau wiedergegeben wird: **äi, bäi, käiser, wäisechnaab.**

ey bezeichnet einen Diphthong, der aus einem geschlossenen *e+i* besteht. Dieser Zwielaut fehlt im Deutschen. Man ersetze ihn ja nicht durch deutsches *ei*, sondern bemühe sich, ihn richtig auszusprechen. Um ihn zu erlernen, sage man, ohne abzusetzen: *der Schnee-ist weiss:* **schreye, truckerey, umgheyt;** das Französische hat eine ähnliche Lautverbindung in *le pays, une abeille.*

au wäre am ehesten durch *ä+u* wiederzugeben. Wir müssen aber au schreiben, um eine Verwechslung mit dem Deutschen *äu (Bäume, gläubig)* zu vermeiden: **aug, glaube, baum.**

ou bezeichnet einen Diphthong, der aus einem geschlossenen **o+u** besteht. Er fehlt im Deutschen, doch strenge man sich an, ihn gut zu erlernen. Man übe ihn, indem man ohne abzusetzen sagt *so-und-so:* **gschroue, sou, boue.**

öi bezeichnet einen Diphthong, der aus **ö+i** zusammengesetzt ist. Dabei kann das erste Element offen oder geschlossen sein. Offen ist es, wenn das **öi** Umlaut von **au** ist **(böim, öigli)**, geschlossen, wenn es aus **üü** entstanden ist **(nöi, tröi, söi)**. Der Unterschied wird aber nicht von allen Sprechern genau beachtet, so dass wir ihn in der Schrift vernachlässigen können.

ie, ue, üe Diese fallenden Diphthonge fehlen dem Deutschen. Der Ton liegt auf dem ersten Bestandteil, der zweite klingt wie ein abgeschwächtes **ä: lieb, nie, liecht, huet, fuess, chue, süess, chüe, trüeb, füecht.** Man beachte wohl, dass **ie** nie einen langen Vokal bezeichnet, sondern immer als Zwielaut auszusprechen ist.

Die Konsonanten Die meisten europäischen Sprachen unterscheiden zwischen stimmhaften und stimmlosen Konsonanten (sonores et sourdes, voiced and voiceless). Die deutsche Bühnenaussprache unterscheidet zwischen stimmhaften *b d g s* und stimmlosen *p t k ss*. Der schweizerdeutsche Konsonantismus unterscheidet sich grundlegend hievon, da die angeführte Konsonantenreihe **b d g s** ohne Mitwirkung der Stimmbänder gesprochen wird. Der Unterschied liegt nur in der Intensität der Artikulation. Die wissenschaftliche Bezeichnung für einen schlaff artikulierten Konsonanten ist Lenis und für einen straff artikulierten Fortis. Lenes sind **b d g f s sch ch r l m n ng,** Fortes sind **p t gg ff ss schsch chch ll mm nn nng.** Es sei hier ausdrücklich gesagt, dass Fortis und Lenis nichts mit der Länge des vorangehenden Vokals zu tun hat. Eine Fortis kann auch nach langem Vokal stehen, zum Beispiel **pfyffe, suuffe, gröössi.** Man lasse sich nicht dadurch verwirren, dass in der Duden-Orthographie die Verdoppelung eines Konsonanten dazu dient, die Kürze des vorangegangenen Vokals zu bezeichnen.

p t gg werden alle wie im Französischen und Italienischen ohne folgenden Hauch gesprochen. **gg** entspricht dem französischen *k*-Laut in *coq*, *qui*, *coquelicot* usw. Man achte sehr darauf, die folgenden Wörter ohne Aspiration, das heisst ohne *h* nach dem Konsonanten auszusprechen: **pumpi, perong, pelz, tanze, totaal, mueter, egge, haagge, lagg, gaggelaari, ggange.** In Wörtern fremden Ursprungs kommen **p** und **t** mit **h**-Nachschlag vor. In solchen Fällen schreiben wir das h: **phakt, theek, thakt, phërsoon, phunkt, phauke.** (Dieses *ph* hat nichts mit dem Griechischen zu tun: *Philosoph* schreiben wir *filosoof.*)

b d g werden, daran muss man immer denken, stimmlos gesprochen, das heisst die Stimmbänder dürfen nicht mitschwingen, was man leicht kontrollieren kann, indem man einen Finger auf den sogenannten Adamsapfel legt: **bëërg, brugg, botaanik, diene, bade, adiö, guggumere, gëërn, ganz.** Im Anlaut vor Konsonant wird **g** fast als Fortis gesprochen: **gheye, gmögig, gläit,** so dass man es als **gg** schreiben könnte, was nur im Interesse einer leichteren Erkennbarkeit der Wörter unterlassen worden ist.

f s ff ss Die Aussprache dieser Laute an und für sich hat keine Besonderheiten. Man achte aber darauf, s nie stimmhaft wie in deutsch *Rose* zu sprechen. In den folgenden Beispielen stellen wir immer ein Wort mit Lenis-Konsonant einem solchen mit Fortis gegenüber, wobei der Vokal in den Wortpaaren gleich lang ist: **ofe:offe, goofe:gryffe, hafe:schaffe, roos:grooss, hase:hasse, use:dusse.** (Das *v* entspricht immer einem Lenis-*f*. Wir übernehmen es nur um der leichteren Wiedererkennbarkeit der Wortbilder willen aus der deut, schen Orthographie. In Fremdwörtern, in denen ein geschriebene- *v* als *w* gesprochen wird, schreiben wir es mit *w:* **Welo, wolt, walutas wolontëër.**)

Ein **s**, das vor **p** und **t** steht, wird immer als **sch** ausgesprochen. Im Deutschen gilt dies nur im Anlaut. Wer, vom Deutschen herkommend, Schweizerdeutsch lernt, wird automatisch **stäi, staa, spitz, spaziere, gspass, byspiil, uufgstande** als schtäi, schtaa, schpitz, schpaziere, gschpass, byschpiil, uufgschtande richtig aussprechen. Wir können also in diesen Fällen die deutsche Rechtschreibung übernehmen, in allen andern Fällen jedoch schreiben wir das **sch,** also **gäischt, gascht, haschpel, geschter, rööschti, chaschperli.** Man beachte, dass bei der Konjugation in der dritten Person vor t das s erhalten bleibt: **hasse:er hasst, blaase:es blaast, lööse:er lööst.**

sch Das **sch** entspricht dem deutschen *sch*, es kommt aber auch als Fortis und Lenis vor. Man unterscheide **wöschsch, wäschsche, löschsche, marschsch, ruuschsch** von **du bisch, blamasch, ruusch** *(bist, Blamage, Lippenrouge).*

ch ist der deutsche *ach*-Laut, das heisst das deutsche *ch* wie es nach *a o u* gesprochen wird, doch ist das Reibegeräusch noch stärker. Man lerne also sorgfältig, auch nach **i e ö ü** ein hartes **ch** zu sprechen, desgleichen im Anlaut. **ich** und **löcher** klingen somit ganz verschieden vom Deutschen. Zur Übung diene folgender Satz: **De choch tuet s chacheli in chuchichaschte. ch** wird nach kurzem Vokal fortisiert: **gstrichche, lochch, lachche.** Wegen der Regelmässigkeit der Fortisierung und aus graphischen Gründen verzichten wir auf die Bezeichnung dieser Fortisierung, während bei f:ff und s:ss jeder einzelne Fall bezeichnet werden muss.

r l m n ng **r** wird normalerweise mit der Zungenspitze artikuliert, aber nie so stark gerollt wie im Italienischen. Das Zäpfchen-*r* ist aber auch stark verbreitet, so dass man es nicht als falsch bezeichnen darf. Völlig fremd ist aber dem Schweizerdeutschen die Vokalisierung des auslautenden -*r*, die in der deutschen Umgangssprache üblich ist. Man spreche also **schnyder, gröösser, zürcher** nie aus, dass sie wie «schnyda», «gröössa», «züacha» klingen. **n ng** werden artikuliert wie im Deutschen. Bei **ng** darf man das **g** nicht hören; einzig in den Worten **mäng** *manch* und **hung** *Konfitüre, Honig* wird es gesprochen. (Jedes **n** vor **k** wird genau wie im Deutschen als **ng** ausgesprochen: **tunkel, anke.**) Nach kurzem Vokal im Auslaut werden **l m n ng** fortisiert, während sie zwischen Vokalen im Zürichdeutschen immer als lenis ausgesprochen werden. Im Schriftbild wirkt dies leicht verwirrend, denn im gleichen Wort wird je nach der Stellung ein einfacher oder ein doppelter Konsonant gesprochen: Man beachte: **holl:hole, tumm:tumi, schwümm:schwüme, all:ali, allwääg: aliwyl, voll:vole, tünn:tüni.** Bei **ng** unterbleibt in der Schrift die Fortisbezeichnung gleich wie bei **ch** und **sch** in Ermangelung eines Buchstabens. Folgt ein weiterer Konsonant, so unterbleibt die Fortisierung, also **känt, ränt, schwümt, holt.** (Beachte hier den Unterschied zum Berndeutschen, vgl. den Anhang.)

pf z k sind Affrikaten, die zerlegt werden können in **p+f, t+s, gg+ch.** Über **pf** und **z** ist nichts weiter zu sagen, da sie gleich klingen wie im Deutschen. **k** dagegen bezeichnet eine Affrikate, die im Deutschen fehlt. Man bringt sie hervor, indem man ein **k** mit unmittelbar anschliessendem **ch** spricht. Jedes **k** ist so auszusprechen. Es ist äusserst wichtig, sich diesen Laut gut anzueignen; er kommt häufig vor und ist ein charakteristisches Merkmal des Schweizerdeutschen. Wenn im Partizip der Vergangenheit ein **g-** vor ein mit **ch-** beginnendes Wort tritt, entsteht der gleiche Laut. Wir schreiben um der Deutlichkeit des Zusammenhangs willen **gchochet, gchrieget, gcheglet, gchide**; diese Wörter würden gleich klingen, wenn wir sie kochet, krieget, keglet, kide schrieben. (Es sei daran erinnert, dass wir tz und ck der Dudenorthographie entsprechend verwenden, um [wie beim v] die deutschen Wortbilder nicht zu sehr zu verändern.): **lupfe, gupf, pfadi, zvieri, zletscht, schetze, kilo, tunke, bock.**

w h entsprechen ungefähr den deutschen Lauten. Doch beachte man, dass das **j** einem **i** ziemlich nahe steht und ja nicht als Reibelaut wie im Norddeutschen ausgesprochen werden darf. Das **w** entspricht dem deutschen *w* und französischen *v*, doch nicht dem englischen *w*. Den Welschen sei geraten, das **h** nicht zu vernachlässigen.

BETONUNG

Die Tonstelle ist in den schweizerdeutschen Wörtern im allgemeinen die gleiche wie in den entsprechenden deutschen. Viele Fremdwörter werden im Gegensatz zum Deutschen auf der ersten Silbe betont; es lässt sich aber keine allgemein gültige Regel dafür geben. Deshalb wird in solchen Wörtern, die von der deutschen Betonung abweichen, der betonte Vokal durch einen nachgestellten Akzent kenntlich gemacht, doch nur in den Vokabellisten, zum Beispiel: **te'lefon, gu'sine, ka'fi, te'rasse, zi'linder.**

SANDHI

Sandhi nennt man die für das Schweizerdeutsche typische Überbrükkung des Hiatus durch ein Gleit-*n*. Hiatus ist der Zusammenstoss zweier Vokale, zum Beispiel: **ich lise-n-und schrybe-n-al taag epaar stunde.** Dieses Sandhi-*n*- tritt immer auf nach Verbal- und Nominalformen auf *-e*, zum Beispiel **Ich isse-n-am achti znacht. Er hät si fascht d zunge-n-abpisse. Bi de-n-alte-n-und de junge. I ha-n-em s gsäit.** Nach *wie* und *wo* tritt es auch auf: **wie-n-e chatz, wo-n-i en gsee ha.** Ebenso nach den Präpositionen, die auf Vokal ausgehen (siehe Lektion 10). Dieses Sandhi-**n**- ist ein wichtiges Charakteristikum des Schweizerdeutschen und darf bei sorgfältigem Sprechen und Schreiben nicht vernachlässigt werden. Es ist eine Auswirkung des weichen Vokaleinsatzes, der das Schweizerische vom Norddeutschen und der Bühnenaussprache unterscheidet: es darf bei vokalisch anlautenden Wörtern kein Knackgeräusch im Kehlkopf hörbar sein. Das Sandhi-**n**- wird zum nächsten Wort hinübergezogen wie die Liaison des s im Französischen; die Stimme darf keinen Moment aussetzen. Nach den Regeln der Dieth-Schrift wird das Sandhi-**n**- direkt an das vorhergehende Wort angeschlossen, so dass man auf Bindestriche verzichten kann: **i lisen uus, ich issen am achti, wien es wiseli.** Da es im Schweizerdeutschen überhaupt keine Wörter gibt, die auf unbetontes -en ausgehen, kann man das Sandhi-**n**- trotz der Zusammenschreibung ohne weiteres als solches erkennen.

ASSIMILATION

Wenn zwei Konsonanten, die an verschiedenen Stellen artikuliert werden, zusammenstossen, gleichen sie sich aneinander an: sie assimilieren sich. Der Zusammenstoss kann sowohl im Innern eines Wortes auftreten **(blitz-schnäll)** oder zwischen zwei Wörtern **(säitme).** Im letzteren Fall unterbleibt die Assimilation beim langsamen

Sprechen gelegentlich, im ersteren Fall tritt sie immer ein. Die Regeln für die Assimilation sind folgende:

1. Die Dentale (Zahnlaute) werden vor Labialen (Lippenlaute) zu Labialen.

d vor **m** wird **b. t** vor **m** wird **p**:

en bab-mantel ein Bademantel	**es häp-mi** es hat mich
en grab-mässer ein Gradmesser	**ampmaa** ein Amtmann

d t vor **b p f** wird **p**:

nöp-für nicht für	**em baarp-fange** einen Bart fangen
si gömp-baarfis sie gehn barfuss	**si tuep-butze** sie tut putzen
lampfride Landfrieden	**er rämp-vergäbe** er rennt vergebens

n vor **m b p f** wird **m. nd** vor **m** wird **m**:

em bëërg ein Berg	**ummügli** unmöglich
em pantoffel ein Pantoffel	**umfall** Unfall
Vomoos von Moos (Name)	**simer** sind wir

2. Die Dentale werden vor Gutturalen (Gaumenlauten) zu Gutturalen.

d t vor **g k gg ch** zu **gg**:

hüggömer heut gehn wir	**er hägg-chöne choo** er hat können kommen
raaggchranz Radkranz	**beggstell** Bettgestell
en baggascht ein Badegast	**es häggchä mee** es hat keine mehr
rooggariert rotkariert	

n nd nt vor **g k gg ch** zu **ng**:

langkantöön Landkantone	**er chung-graad** er kommt gerade
si häng-gässe sie haben gegessen	**er käng-kuur** er kennt die Kur
käng-güggel kein Gockel	**Sang-gale** Sankt Gallen

3. Wenn zwei Dentale zusammenstossen, gleicht sich der erste an den zweiten an.

s vor **sch** zu **sch. z** vor **sch** zu **tsch**:

isch waar? ist es wahr?	**tschpringe** zu springen
kantonschuel Kantonsschule	**glantschtuck** Glanzstück
brämschpuur Bremsspur	**häschschi gsee?** hast sie gesehen?

4. Labiale und Gutturale assimilieren sich nicht an folgende Konsonanten: **abgmacht, im chäler, hackmaschine, laggfarb.**

5. Wenn zwei gleiche Lenis-Konsonanten zusammenstossen, verstärken sie einander zum entsprechenden Fortis-Konsonanten: **ab-boue: apoue.**

In der Schrift ist es nicht möglich, auf alle diese Assimilationen einzugehen, da sie das Wortbild verundeutlichen und die Wortgrenzen verwischen würden.

FREMDWÖRTER

Schriftdeutsch, Französisch und Englisch sind die Hauptquellen, aus denen sich der schweizerdeutsche Wortschatz ergänzt. Die deutschen Wörter werden gewöhnlich lautlich angepasst: **bedüütigswandel, rychstaag, füürläitgrëët, spanigsabfall, uufchlëërig, wirtschaftswüsseschaft, begläiterschynig, tüürigsuusglych, bluetkörperli.** Manchmal bleibt die Anpassung auf halbem Wege stehen: **hochschuel** (nicht höchschuel), **wasserwërfer** (nicht wasserrüerer), **pfërdezucht** (nicht rösserzucht), **durchgang** (nicht durgang), **mundpfläag** (nicht muulpfläag), **marktforschig** (nicht märtforschig), **fremdevercheer** (nicht fröndevercheer). Alte französische und andere Fremdwörter sind oft assimiliert, zum Beispiel **kundiktöör, afikat, affrunte, telifoon, paneeter** *(Kondukteur, Advokat, affront, Telefon, Barometer)*, aber heute ist eine deutliche Rückentwicklung festzustellen, indem die Wörter wieder möglichst französisch ausgesprochen werden; insbesondere bleiben französische Nasale als solche erhalten.
Die Tendenz, der Ursprungssprache möglichst getreu zu sprechen, ist besonders ausgeprägt bei den englischen Fremdwörtern, die zum grössten Teil jüngsten Datums sind.

Die Kenntnis der wichtigsten lautlichen Entsprechungen zwischen Deutsch und Schweizerdeutsch erleichtert das Verständnis des Schweizerdeutschen. Die wichtigsten Regeln mit einigen typischen Beispielen sind auf den folgenden Seiten zusammengestellt.

Länge: Kürze

Ein grundlegender Unterschied zwischen Deutsch und Schweizerdeutsch ist die Quantität der Vokale. Im Neuhochdeutschen sind normalerweise alle kurzen Vokale in offener Silbe gedehnt worden, im Schweizerdeutschen sind sie kurz geblieben. Umgekehrt sind im Schweizerdeutschen in geschlossenen Silben vor Lenis-Konsonanten mannigfache Dehnungen eingetreten, die man jedoch nur schwer in einer Regel zusammenfassen kann; nur vor dem *r* ist mit einiger Regelmässigkeit Dehnung eingetreten.

Deutsch lang: Schweizerdeutsch kurz

Zügel	**zügel**	segeln	**sägle**
Bühne	**büni**	Leder	**läder**
Kübel	**chübel**	gegen	**gäge**
über	**über**	Schädel	**schädel**
französisch	**französisch**	nämlich	**nämli**
gröber	**gröber**	Hafer	**haber**
Vogel	**vogel**	aber	**aber**
Boden	**bode**	hageln	**hagle**
Kohle	**chole**	Wagen	**wage**
Sohle	**sole**	laden	**lade**
holen	**hole**	Wahrheit	**waret**
Leber	**läbere**	Vater	**vatter**
ledig	**ledig**	Nudeln	**nudle**
Esel	**esel**	Stube	**stube**
bewegen	**bewege**	geblieben	**plibe**
legen	**legge**	ziemlich	**zimli**
wenig	**wenig**	schwierig	**schwirig**
reden	**rede**	wieder	**wider**
Frevel	**frävel**	nieder	**nider**
Feder	**fädere**	holen	**hole**

Man lasse sich durch die gleiche Schreibung ja nicht verleiten, obige Wörter mit langem Vokal zu sprechen. Lang sind nur doppelt geschriebene Vokale, sowie **y**.

Im Deutschen kurzer Vokal vor -r gedehnt

Herz	**hëërz**	Arm	**aarm**
Laterne	**latëërne**	warten	**waarte**
Narr	**naar**	Bürste	**büürschte**

fürchten	**fǜǜrche**	Dorf	**doorff**
dürr	**tǜǜr**	dadurch	**dedùùr**
Wort	**woort**	irregehn	**veriire**
dir	**diir**	Durst	**tùùrscht**
Arbeit	**aarbet**	dürfen	**tö̀ö̀rffe**
Wurst	**wùùrscht**	dafür	**defǜǜr**

Länge von Betontheit abhängig

Einige Pronomina und Adverbien haben kurzen oder langen Vokal, je nachdem, ob sie betont oder unbetont sind.

dieser	**dë dëë**	nicht	**nöd nööd**
dieses	**das daas**	wo	**wo woo**
wer	**wër wëër**	so	**so soo**
was	**was waas**	so	**eso esoo**
mein	**myn min**	hier, da	**da daa** (Ort)
nur	**blos bloos**	dann, da	**do doo** (Zeit)
er	**er ëër**	ich	**ich iich**

Vergleiche auch Lektion 7

Deutsch ei au äu: y uu üü

Die langen Monophthonge des Mittelhochdeutschen sind in der Schweiz bewahrt worden, während sie in der neuhochdeutschen Schriftsprache diphthongiert worden sind. Sie bilden nebst den erhaltenen mittelhochdeutschen Zwielauten **ie ue üe** und dem **ch** die auffälligsten Kennzeichen des Schweizerdeutschen.

Scheibe	**schybe**	Haufen	**huuffe**
Seite	**syte**	faul	**fuul**
sein	**sy**	laut	**luut**
Wein	**wy**	Mäuse	**müüs**
Rhein	**Ry**	Häuser	**hüüser**
leise	**lyslig**	Leute	**lüüt**
Mauer	**muur**	Kreuz	**chrüüz**
Bauer	**puur**	Zeug	**züüg**
Schaum	**schuum**	teuer	**tüür**

Deutsch lang i u ü: Schweizerdeutsch ie ue üe

Brief	**brief**	Krug	**chrueg**
vier	**vier**	Kuchen	**chueche**
Krieg	**chrieg**	Füsse	**füess**
Ziegel	**ziegel**	Kühe	**chüe**
spazieren	**spaziere**	blühen	**blüe**
Schuh	**schue**	Güte	**güeti**
Ruhe	**rue**	kühl	**chüel**
Blut	**bluet**	hüten	**hüete**

Die häufigste Entsprechung von deutschem *e* ist **ä**, vor Nasalen ist dies immer der Fall. Vor **r** wiegt **ë** vor. In andern Fällen ist die Entsprechung *e*, ohne dass sich auf dem Boden der heutigen Sprachzustände Regeln geben liessen.

denken	**tänke**	Wert	**wërt**
Fest	**fäscht**	schwer	**schwëër**
Zelt	**zält**	Wärme	**wëërmi**
Zement	**zimänt**	fest	**fescht**
Moment	**momänt**	hell	**hell**
Hemd	**hämp**	gestern	**geschter**
bellen	**bäle**	Predigt	**predig**
fertig	**fërtig**	Regel	**regle**
Herbst	**hërbscht**	Felge	**felge**
Herr	**hërr**	Bäcker	**beck**

In einigen Fällen entspricht dem deutschen kurzen und langen *i* ein **ü.**

wissen	**wüsse**	Geschwister	**gschwüschterti**
Brille	**brüle**	wischen	**wüsche**
rinnen	**rüne**	kitzeln	**chützle**
erwischen	**verwütsche**	tief	**tüüf**
zwischen	**zwüschet**	Knie	**chnüü**
wirklich	**würkli**	Fliege	**flüüge**
Kissen	**chüssi**	biegen	**büüge**
spritzen	**sprütze**	usw.	
nicht mehr	**nüme**	Vergleiche Lektion 14	

In einigen Fällen entspricht deutschem *o* ein **u.**

Sommer	**sumer**	fort	**furt**
Donner	**tuner**	Torte	**tùùrte**
Wolle	**wule**	Donnerstag	**dunschtig**
Wolke	**wulche**	besonders	**bsunders**
Sonne	**sune**	sonst	**suscht**
Trommel	**trumle**	geschwollen	**gschwule**
Woche	**wuche**	gegolten	**ggulte**
Koffer	**gufere**	gewonnen	**ggune**

Ein auslautendes *n* ist im Schweizerdeutschen immer abgefallen.

Stein	**stäi**	machen	**mache**
Wein	**wy**	von	**vo**
hin	**hii**	läuten	**lüüte**
klein	**chly**	die Gelben	**di gääle**

an	**a**	die Zungen	**d zunge**
Bein	**bäi**	die Buben	**d buebe**
gehn	**gaa**	in	**i**
tun	**tue**	Ausnahmen:	**myn, kän, äin**

Im Sandhi tritt dieses **-n** wieder an.

In einigen Wörtern, wo das Deutsche ein stummes *h* hat, steht im Schweizerdeutschen ein **ch**.

nahe	**nò̀ch**	hoh	**hööch**
rauh	**ruuch**	scheu	**schüüch**
zäh	**zëëch**	es geschehe	**gschäch**

Deutschem *k* entspricht in den meisten Fällen ein **ch**. In vereinzelten deutschen und in den meisten Fremdwörtern entspricht ihm ein **k**. Deutschem *ck* entspricht meistens **k** und in gewissen Fällen **gg**. **gg** kommt ausserdem vor allem als Entsprechung von *k* in Fremdwörtern vor.

Kalb	**chalb**	Acker	**acher**
Katze	**chatz**	trocken	**troche**
Kessel	**chessel**	stark	**starch**
Kaninchen	**chüngel**	Werk	**wërch**
kauen	**chöie**	Volk	**volch**
(keck) } drall }	**chäch**	melken	**mälche**
		Stock	**stock**
backen	**bache**	rücken	**rucke**
Genick	**gnick**	Kaiser	**käiser**
Fleck	**fläcke**	Kasse	**kasse**
Backe	**bagge**	katholisch	**katolisch**
Glocke	**glogge**	kennen	**käne**
Schnecke	**schnägg**	Kampf	**kampf**
Brücke	**brugg**	Artikel	**artikel**
Ecke	**egge**	Doktor	**tokter**
Rücken	**rugge**	Apotheke	**apiteegg**
locker	**lugg**	bouquet	**bu'ggee**
Mücke	**mugg**	cousin	**gu'säng**
Buckel	**puggel**	Schokolade	**scho'ggelade**
Kamel	**kameel**	Lack	**lagg**

Deutschem *b* und *d* entspricht in einigen Wörtern **p** und **t**.

Bauer	**puur**	dick	**tick**
Bursche	**pùùrsch**	endlich	**äntli**

bitter	**pitter**	ländlich	**läntli**
Büschel	**puschle**	handlich	**hantli**
Gebiet von Zürich	**Züripiet**	freundlich	**früntli**
		empfindlich	**empfintli**
Dach	**tach**	Jugend	**juget**
dunkel	**tunkel**	Tugend	**tuget**
Dutzend	**tozet**	Geld	**gält**

Obschon die Kenntnis dieser Entsprechungen von grossem Nutzen ist, gibt sie einem nicht die Möglichkeit, nun frisch drauflos nach den Regeln Wörter zu konstruieren. Was die vorigen Seiten enthalten, ist nur eine grobe Übersicht. Die Ausnahmen sind sämtlich weggelassen (es ist nicht einmal gesagt worden, dass deutsch ei au äu in sehr vielen alltäglichen schweizerdeutschen Wörtern auch **äi au öi** lauten). Ausserdem könnte man für einzelne Entsprechungen viele Hunderte von Beispielen aufzählen, zum Beispiel die Quantitätsverhältnisse oder die Diphthonge; für andere Fälle, wie **i : ü o : u** sind so ziemlich alle wichtigen Beispiele aufgeführt. Man benutze die Tabellen darum mit Vorsicht und wundere sich nicht, wenn man Ausnahmen entdeckt.

De morge

Es isch morge. D wält isch nanig verwachet. De wald isch stile. D tier schlaaffed na. En chüele wind strycht über s land und bewegt daa und deet es gresli. D luft isch na chalt, und wänn e bluem si wott uuftue, so verschrickt si ab der chüeli und planget na der wëërmi vo der sune. A de stängle vo de blueme glänzed d tautröpfe und waarted bis si d farb vo der sune chönd abspiegle. Aber d vögel sind scho wach und pfyffed. Epaar ree wäided ä scho am waldrand. D sune isch na hinder em bëërg, aber ob em graat isch en liechtsträiffe und frisst d tünkli vo der nacht uuf. Iez chunt d suneschybe naadinaa füre. D böim, d straasse, d hüüser, ales wiirt für en augeblick goldgääl, und dänn veränderet si d farb und d landschaft gseet wider uus wie suscht. Me fangt aa, d wëërmi vo de sunestraale gspüüre. S graas und d blueme, d böim und was suscht na läbigs umen isch, fangt au wider aa si rode. D chraft vo der sune hät ales nöi gmacht. D blueme tüend si uuf, und d gresli schüttled de glitzerig tau aab. D sunestraale schyned au dur d fäischter und wecked d mäntsche. Die rangged in irne fädere, rybed si de schlaaff us den auge, gumped us em bett und mached si paraad zum tagwëërch. D sune stygt derwyle hööcher, de himel wiirt blau, d wulche wëërded wyss und d helikäit und d wëërmi wëërded

gröösser. D nacht hät d hërrschaft verloore. De taag isch iez mäischter.

DER ARTIKEL

Wie im Schriftdeutschen gibt es auch im Schweizerischen drei Geschlechter zu unterscheiden: Maskulinum, Femininum und Neutrum. Der Unterschied ist aber auch nur im Singular sichtbar, im Plural fallen alle drei Geschlechter zusammen. Nominativ und Akkusativ werden nicht unterschieden, weshalb wir sie als Grundfall zusammenfassen. Über die Reste des Genetivs und seine Umschreibung verweisen wir auf Lektion 11.

Der bestimmte Artikel

		Maskulinum	Femininum	Neutrum
Singular	Gdf.	**de maa**	**d frau**	**s chind**
	Dat.	**em maa**	**der frau**	**em chind**
Plural	Gdf.	**d mane, fraue, chind**		
	Dat.	**de mane, fraue, chinde**		

Vor Wörtern, die mit Vokal anlauten, lautet der Maskulinartikel im Singular Grundfall: **der,** zum Beispiel: **der esel, der aarm, der ander** und der Dativ Plural **den: a den öfe, bi den überfüerige.**

Für den Dativ Singular Femininum kommt neben **der** auch **de** vor: **Vo de Frau, uf de syte, i de Schwyz.**

Mit den Präpositionen **a i vo bi zu** verschmelzen **em** zu **am im vom bim zum** und **zu** mit **der** zu **zur.**

Nach den Gesetzen der Assimilation von Zahnlauten (vgl. den letzten Abschnitt im Kapitel über Schrift und Aussprache) gleicht sich der Artikel **d** an den Anfangskonsonanten des folgenden Wortes lautlich an. Es entstehen dabei folgende Assimilationen:

d gable	wird zu	**ggable**	**d mueter**	wird zu	**pmueter**
d tante		**tante**	**d frau**		**pfrau**
d kanone		**kanone**	**d büecher**		**püecher**
d chugle		**gchugle**	**d pumpi**		**pumpi**

Beim Schreiben kann man auf diese Angleichungen keine Rücksicht nehmen. Ausserdem unterbleiben sie bei langsamem Sprechen.

Vor Personennamen steht immer der bestimmte Artikel: **de Häiri, d Marta, de hërr Honold, d frau Sulzer.** Weibliche Vornamen auf **-i** haben den neutralen Artikel: **s Marti, s Trudi, s Mäieli.**

Der unbestimmte Artikel

	Maskulinum	Femininum	Neutrum
Gdf.	**en maa**	**e frau**	**es chind**
Dat.	**emene maa**	**enere frau**	**emene chind**

Der Artikel **e** nimmt vor Vokal ein Binde-**n** an: **en aarmbruscht, en alti frau.**

Neben **emene** und **enere** kommen auch kürzere Formen vor: **eme** und **ere.** Sowohl die längere wie die kürzere Form nimmt vor Vokal ein Binde-**n** an: **emen alte maa** und **emenen alte maa.** Auch der unbestimmte Artikel verschmilzt mit **vo bi a zu: vomene bimene zumene vonere binere zunere.** Näheres in Lektion 10.
Vor Adjektiven haben die Artikel *d* und *es* die Formen **di** und **e**, siehe Lektion 8.

Die Präsenskonjugation eines regelmässigen Verbs lautet folgendermassen:

i singe	**mer singed**
du singsch	**er singed**
er singt	**si singed**

WÖRTER

In den Wortlisten, die den Lektionen beigegeben sind, werden Wörter, die im Schriftdeutschen und im Schweizerdeutschen identisch sind, nicht aufgeführt, zum Beispiel *see*, *kanone*, *esel*, *vogel*, *tier*, *wasser*, *hell.* Man muss sich aber der Regeln unserer Schreibung immer bewusst bleiben; danach haben kanone, vogel, esel kurze Vokale, und tier wird mit Diphthong «ti-er» gesprochen.

gresli	Gräslein	**sune**	Sonne
gable	Gabel	**schybe**	Scheibe
gu'syne	Cousine	**straass**	Strasse
chugle	Kugel	**stängel**	Stengel
fädere	Feder	**steëern**	Stern
pumpi	Pumpe	**tagweëerch**	Tagwerk
der ander	der andere	**tropfe**	Tropfen
aabig	Abend	**wält**	Welt
aug	Auge	**wulche**	Wolke
beëerg	Berg	**chüel**	kühl
bluem, blueme	Blume	**chüeli**	Kühle
		chalt	kalt
fueter	Futter	**chelti**	Kälte
hërrschaft	Herrschaft	**helikäit**	Helligkeit
huus	Haus	**waarm**	warm
mäntsch	Mensch	**weëermi**	Wärme
näbel-schleyer	Nebelschleier	**tunkel**	dunkel
		tünkli	Dunkelheit
morge	Morgen	**chraft**	Kraft
näscht	Nest	**chreftig**	kräftig
mäischter	Meister	**hööch**	hoch
still	still	**uuftue**	öffnen
isch stile	ist still	**uuffrässe**	auffressen
hööcher	höher	**wecke**	wecken
hööchi	Höhe	**es gseet uus**	es sieht aus
paraad	bereit	**er isch**	er ist
liecht	1. leicht 2. Licht	**si sind**	sie sind
läbig	lebendig, lebhaft	**i, er wott**	ich, er will

glitzerig	schimmernd	**choo**	kommen
gääl	gelb	**er chunt**	er kommt
nöi	neu	**si chönd**	sie können
aafange	beginnen	**ab, aab**	von weg, wegen
fĕrbe, färbe	färben	**daa**	hier
flüüge	fliegen	**dänn**	dann, darauf
verschrecke	erschrecken	**naadinaa**	nach und nach
gspu̖ü̖re	spüren, fühlen	**vo**	von
gumpe	hüpfen, springen	**füre**	hervor, nach vorn
rangge	sich recken	**hii**	hin
rybe	reiben	**au, ä**	auch
si rode	sich rühren	**iez**	jetzt
sueche	suchen	**na**	noch
schlaaff	Schlaf	**nanig**	noch nicht
yschlaaffe	einschlafen	**ume**	umher, herum
spiegle	spiegeln	**suscht**	sonst
stryche	streichen	**us**	aus
styge	steigen	**under**	unter
tänke	denken	**ob**	oberhalb
verwache	aufwachen	**uf**	auf
dur	durch	**nu**	nur
wänn (vor **m wä**)	wenn	**me** (vor Vokal **men, mer**)	man
hinder	hinter	**alls, ales**	alles

In runden Klammern stehen Übersetzungshilfen: Wörter, die im Deutschen nicht nötig sind, schweizerdeutsche Wörter, die noch nicht behandelt sind und ähnliches. In eckigen Klammern stehen deutsche Wörter, die bei der Übersetzung wegzulassen sind. – Man übersetze nie blindlings, sondern verwende die grammatischen Kenntnisse und Wörter, die schon behandelt worden sind. In einzelnen Fällen kommen Wörter, die bei der Übersetzung verlangt werden, in den Wortlisten nicht vor; dann sind es solche, die im Schweizerdeutschen genau oder fast gleich sind wie im Deutschen.

Man übersetze: Man spürt die Wärme (von) der Sonne. Die Tiere wachen auf. Über dem Grat ist eine Wolke. Die Vögel schlafen noch, aber bald fangen (fanged) sie an, sich [zu] rühren. Die Tautropfen färben sich rot. Ein Haus spiegelt sich im Wasser. Hinter dem Berg ist die Sonne; jetzt kommt sie hervor. Alles wird warm und hell. Ein Nebelschleier verhüllt (versteckt) den Berggrat. Der See ist blau. Die Sonne spiegelt sich auf dem Wasser. Man sieht noch einen Stern. In der Nacht schlafen die Menschen und die Tiere, aber die Kraft (von) der Sonne weckt alle (ali) auf (uuf). Am Morgen machen sich die Menschen bereit zum Tagwerk. Eine Blume will sich öffnen, aber sie erschrickt wegen der Kälte. Das Licht weckt die Vögel. Am Abend schlafen die Tiere ein; es wird dunkel und kühl. Die Nacht wird Meister über den Tag. Die Sterne beginnen [zu] glänzen, und der Mond kommt hervor.

Uf em Wääg

A. Salü!
B. Salü! Woane gaasch?
A. Ich gaanen as Bellwü, und deet triffi na epaar kameraade.
B. Sind au bekanti vo miir drunder?
A. Jaa, de Karl isch deby und de Sepp wiirt tänk ä choo.
B. Woane gönd er dänn mitenand eso früe am morge?
A. Mer gönd allwääg as Utoggëë, oder vilicht gömer au echli wyter gäges Zürihorn zue.
B. Was tüend er dänn deet?
A. Mer gönd doch go fische.
B. Aber wo häsch d fischerruete?
A. En fründ hät si häignoo. S isch öppis kabut draa, und ëër tuets flicke.
B. Tuesch du dyni sache nie sälber reperiere?
A. Moll, suscht scho, aber ich ha kä zyt ghaa. Mer händ die wuchen im gschäft vil z tue, und es wiirt amigs spaat, bis i dihäime bi.
B. Also, tüend er würkli fische?
A. Jaa, das tüemer. Was isch da psunders draa?
B. Und da stönd er de ganz morgen am wasser und waarted uf d fisch?
A. Werum au nööd?, iich staane gëërn am uufer und luegen über de see. Miir gfalts deet und fische tueni gëërn.

B. Ich gaane halt lieber furt näimenane, weder das i de ganz taag am glychen oort staane. Da wiirt me ja tüüffsinig.

A. Es tuet halt en iede daas, won er am liebschte hät. Duu tuesch gëërn lauffe, und iich tuene halt gëërn angle. Überhaupt wiirsch du tänk au nöd de ganz taag umeräne.

B. Fanged er aber au öppis oder tüend er nu derglyche?

A. Chasch tänke, d fisch byssed scho aa, und wänn t s dänn fäin prôôtled uf em täler häsch, so isch es au nöd läid. Wänn i emaale gnueg gfange ha, lüüti der aa und dänn tüemers ässe.

B. Tanke! Wänn i der zyt ha, bini gëërn deby.

HABEN, SEIN, TUN, GEHN, STEHN, WERDEN

Beim schweizerdeutschen Verb sind zu unterscheiden Infinitiv, Präsens, Subjunktiv, Konditional, Imperativ, Partizip Perfekt. Es fehlt das Präteritum (Imperfekt), statt dessen verwendet man die mit Hilfsverb zusammengesetzte Perfektform: *ich war:* **i bi gsy,** *ich hatte:* **i ha ghaa,** *ich tat:* **i ha taa.**

Es fehlen auch das Futurum (siehe Lektion 15), das Partizip Präsens (siehe Lektion 15). Der Subjunktiv wird in Lektion 17 behandelt, der Konditional in Lektion 18; diese Formen sind daher hier nur der Vollständigkeit halber aufgenommen und werden in den Übungen noch nicht verlangt.

	haben	*sein*	*tun*	*gehen*	*werden*
Infinitiv	**haa**	**sy**	**tue**	**gaa**	**wëërde**
1. Person	**i ha**	**i bi**	**i tuene**	**i gaane**	**i wiirde**
2. Person	**du häsch**	**du bisch**	**du tuesch**	**du gaasch**	**du wiirsch**
3. Person	**er hät**	**er isch**	**er tuet**	**er gaat**	**er wiirt**
Plural	**mer händ**	**mer sind**	**mer tüend**	**mer gönd**	**mer wëërded**
Partizip	**ghaa**	**gsy**	**taa**	**ggange**	**woorde**
Imperativ	**heb!**	**bis!**	**tue!**	**gang!**	**wiird!**
Subjunktiv	**i häig**	**i seyg**	**i tüeg**	**i göng**	**i wëërdi**
Konditional	**i hett**	**i wëër**	**i tëët**	**i gieng**	**i wûûr**

Die Flexion von *stehen* **staa** ist gleich wie die von gaa. Das Partizip lautet **gstande**, der Imperativ **stand!**

Die Endungen aller Personen des Plurals sind gleich, weshalb bei allen schweizerdeutschen Paradigmen nur eine Form angegeben zu werden braucht. Also: **mer händ, er händ, si händ, Si händ** = *wir, ihr, sie, Sie haben.* Der Imperativ des Plurals ist gleich wie der Indikativ: **händ! sind! tüend! usw.**

Wenn die Personalpronomina dem Verb folgen, haben sie teilweise andere Formen: in der ersten Person **-i**, in der zweiten verschwindet das Pronomen meist ganz. An das Pronomen **mer** gleicht sich die Endung des Verbs lautlich an. Die dritte Person Plural ist nur **-s**, die Höflichkeitsform bleibt gleich: **Si,** zum Beispiel.

hani	*habe ich*	**bini**	**tueni**	**wiirdi**	**gaani**
häsch	*hast du*	**bisch**	**tuesch**	**wiirsch**	**gaasch**
hämer	*haben wir*	**simer**	**tüemer**	**wëërdep-mer**	**gömer**
händ s	*haben sie*	**sind s**	**tüend s**	**wëërded s**	**gönd s**

Die Assimilation **wëërdep-mer** bleibt in der Schrift gewöhnlich unbezeichnet. In den andern Personen gibt es keine Angleichungen **hät er, hät si, hät s, händ er, händ Si.**

Vor Wörtern, die mit Vokal anlauten, tritt in der ersten Person ein Sandhi-*n* auf: **I han es büsi; i bin i der stadt gsy.** Bei **gaane, staane, tuene** kann, statt dass ein Sandhi-*n* eintritt **(i staanen uf der brugg; i tuenen au fische)**, auch das e ausfallen: **i staan uf der brugg, i tuen au fische.**

Zur Verwendung dieser Verben:

haa und sy haben denselben Verwendungsbereich wie *haben* und *sein.* Da sie als Hilfsverben zur Bildung des Perfekts dienen, das das deutsche Präteritum ersetzt, kommen sie äusserst häufig vor.

gaa wird im Gegensatz zum Deutschen nie im Sinn von *zu Fuss gehen* gebraucht. Dafür sagt man **lauffe** (vgl. das englische Wortpaar *to go* und *to walk*, die genau schweizerdeutschem **gaa** und **lauffe** entsprechen) zum Beispiel: **Woane gaasch?** *wohin gehst du?* **I gaane is wälebaad.** *Ich gehe ins Wellenbad.* **Faarsch oder laufsch?** *Fährst du oder gehst du zu Fuss?* Wenn von **gaa** ein Infinitiv abhängt, muss davor die Partikel **go** gebraucht werden. *Ich gehe fischen:* **i gaane go fische;** *ich gehe Einkäufe machen:* **i gaane go komissioone mache.** Nach modalen Hilfsverben wird **gaa** einfach weggelassen, wenn das Ziel der Bewegung angegeben ist, zum Beispiel **i wott häi:** *ich will heimgehen;* **i mues uf Basel:** *ich muss nach Basel gehen;* **er sett na gschwind i d stadt abe:** *er sollte noch schnell in die Stadt hinunter gehen.* (Siehe auch Lektion 19.)

staa wird verwendet wie im Deutschen. Es kann aber auch eine Bewegung ausdrücken in Wendungen wie **as fäischter staa** *sich ans Fenster stellen*, **füre staa** *nach vorn treten*, **zämestaa** *sich zu einander hinstellen.*

tue hat neben den Verwendungen, die gleich sind wie im Deutschen, noch weitere Aufgaben. Es dient:

1. zur Hervorhebung eines Verbs: **iich tuene fische** *ich fische und gehe nicht spazieren*;
2. als Durativform: **i tuene fische** = *ich bin dabei zu fischen*, vergleiche englisch *I am fishing.*
3. für einen nachdrücklicheren Imperativ: **tue fische! tue nöd chräble!** *kratze nicht!* **tue das publiziere!** *Publiziere das!*

4. zur Umschreibung der Frageform: **Tuesch sändele? Tüend er bääbele?** *Spielst du im Sand? Spielt ihr mit Puppen?* Diese Wendungen sind in der Kindersprache besonders gebräuchlich, kommen aber auch sonst recht häufig vor, sind jedoch nicht wie im Englischen obligatorisch: **Tuesch mer dänn d schue butze?**

5. Merke die Wendung: **es tuets,** *es genügt*, emphatisch auch *hör endlich damit auf!*

tue bildet viele Zusammensetzungen, die sehr verschiedene Bedeutungen haben, zum Beispiel **uuftue** *öffnen*, **zuetue** *1. schliessen, 2. sich anschaffen*, **abtue** *töten*, **vertue** *verschleudern*, **oobtue** *aufs Feuer stellen*, **dùùrtue** *durchstreichen*, **ytue** *einknöpfen* usw.

wëërde wird gleich wie im Deutschen gebraucht. Es dient auch zur Bildung des Passivs **es wiirt nüüt taa** *es wird nichts getan*, **du wiirsch gschlage** *du wirst geschlagen.* Ferner kann man damit die Wahrscheinlichkeit einer Handlung ausdrücken, **du wiirsch tänk au nöd de ganz taag umeräne.** Unkorrekt ist die Verwendung von **wëërde** für die Bildung des Futurums, siehe Lektion 15. Das Partizip von **wëërde** nimmt nie ein **g-** an. Man merke sich ein für allemal, dass es ein «gwoorde» nicht gibt, es heisst: *ich bin krank geworden* **i bi chrank woorde.**

WÖRTER

der angel	die Angel	**kabut**	entzwei
büsi	Kätzchen	**gëërn**	gern
chumer	Kummer	**lieber**	lieber
find	Feind	**am liebschte**	am liebsten
fründ	Freund	**wyt**	weit
gschäft	Geschäft	**tüüff**	tief
kameraad	Kamerad	**echli**	ein wenig
komissioone	Besorgungen	**ächt**	ob wohl
ruete	Rute	**zfride**	zufrieden
sach	Sache	**moorn**	morgen
täler	Teller	**woane**	wohin
s tram	Strassenbahn	**näime, nöime**	irgendwo
zyt	Zeit	**näimenane**	irgendwohin
der zyt haa	Zeit haben	**eläi, eläige**	allein
zytli	ein Weilchen	**häi**	nach Hause
zytig	Zeitung	**dihäime**	zu Hause
ässe	essen	**vilicht**	vielleicht
bstaa	bestehen	**halt**	nun eben
bysse	beissen	**halt!**	halt
bröötle	braten	**furt**	fort
pröötlet	gebraten	**zimli**	ziemlich
chräble	kratzen	**salü**	servus

luege	schauen	**enand, denand**	einander
uufgaa	aufgehen	**epaar**	einige
umeräne	herumlaufen	**es paar**	ein Paar
tänk	nehme ich an	**öppe**	etwa
tanke	danken	**öpper**	jemand
träffe	treffen	**öppis**	etwas
i triffe	ich treffe	**nüüt**	nichts
sändele	im Sand spielen	**nöd (nid, nüd)**	nicht
lauffe	zu Fuss gehen	**ja, näi**	ja, nein
derglyche tue	so tun als ob	**soo, so, ase, esoo**	so
nöd derglyche tue	sich nichts merken lassen	**iede, iedi, iedes**	jeder, jede, jedes
i, er cha	ich, er kann	**käne, käni, käs**	keiner, keine, keines
du chasch	du kannst	**sälber**	selbst
gnoo, gnaa	genommen	**der, diir**	dir
moll	doch	**dyni**	deine
gschwind	schnell	**deby**	dabei
gnueg	genug	**aa**	an (adv.)
weder	weder, als (nach Komparativ)	**draa**	daran
werum, wurum	warum	**au, ä**	auch
scho	schon	**vil**	viel, oft
daas, das	dieses, das	**gäge, zue**	gegen, zu
das	dass	**allwääg**	jedenfalls

Übung 2

Ich gehe nach Hause. Wohin gehst du? Wir gehen miteinander an den See. Wenn ich zu Hause bin, tue ich am liebsten nichts. Geh fort! Wird er wohl auch kommen? Wir verstehen nicht, warum ihr eure (öii) Zeit so vertut. Dabei habt ihr doch viel zu tun! Wann gehen wir zum Fischen? Hast du Zeit? Ich habe keine Zeit. Geh du allein, ich gehe in die Stadt, um Besorgungen zu machen. Wann gehst du fort? Morgen früh (übers.: morgen am Morgen). Ich gehe irgendwohin, wo ich einige Kameraden treffe. Du kannst auch mitkommen. Ist es weit? Ein wenig weiter als das Zürichhorn. Wann sind wir dort? Mit der Strassenbahn geht's etwa acht Minuten (acht minuute). Man kann aber auch zu Fuss gehen. Tust du fischen, oder tust du nur so als ob? Wir werden uns wohl nicht nur so stellen, das verstehst du doch. Wir haben die Strassenbahn genommen, aber wir haben trotzdem (glych) viel Zeit verloren. Warum hast du mich (mi) nicht verstanden? Du wirst, nehme ich an (tänk), nicht so dumm sein, wie du (t) tust. Wir sind auf die Strasse gegangen. Die Wärme (von) der Sonne hat die Blumen aufgetan. Er ist ganz tiefsinnig geworden; vielleicht hat er viel Kummer gehabt. Es wird schon so sein. Kratze mich nicht! Stell dich in die Türe! Sei doch zufrieden!

Im zirkus

En huuffe lüüt trucked si vor em kassehüüsli ume. Allwääg wänd s denand di beschte plätz ewägschnappe, oder si händ angscht, si chömid käi bileet mee über. Zeerscht chömed d glöön und mached iri tume witz. Äin gloon isch soo mit määl überstriche, das mer em schier d auge nüme gseet. Iez wott er emen andere gloon en öpfel vom chopf abeschüüsse, aber wänn er si amigs cheert, nimt der ander schnäll epaar biss und isst esoo de ganz öpfel uuf. D glöön wëërded abglööst von eren andere numere, und zwaar vo de ross. Epaar kunschtryter mached ganz toli sache; me hät s gfüül, si siged eso mäischter über die tier, das s chönd mache, was ene grad yfallt. Nach de ross chunt de zirkus-tiräkter sälber mit den elefante. Äine von ene mues über de domptöör, wo am bode lyt, lauffe und mit de füess uf en staa; i dëm momänt rütsched d lüüt vor uufregig uf de bänk ume. D luftakrobaate bringed au epaar nöii trigg an irne trapeez. Es sind d söön und d töchtere vom zirkusbsitzer sälber, wo i dëne gfaare da obe schwäbed. S isch nu guet, das une groossi netz gspane sind zur sicherheit für die küene turner. Luschtig zum aaluege sind d zueschauer, wo iri chöpf i d hööchi hebed und augen und müüler uufspeered vor spanig. Öppis wo hütigstags vil zirküs bringed, staat na uf em program: balettänzerine; äigetli passed s ja nöd zum zirkus, aber wänns eso schööni bäi händ, sind ämel d hëre under de zueschauer zfride. Wo di schööne mäitli wider verschwunde sind, wëërded hööchi gitter-hääg anegschläikt und uufgstellt. Da wäiss me scho was chunt:

natüürli d löie und d tiger oder anderi raubtier. Si hocked uf iri böck wie aliwyl und ryssed iri müüler uuf, das me ne ali zää cha zele, aber si tüend em dressöör nüüt, und ëër git bloos zum ydruck schinden epaar schüss aab. Ganz wool isch äim doch nöd bi dëne gfüürchige vycher. Nachane chömed dänn zòòmeri tier: seehünd, giraffe, zebra – me chëëm a käs änd, wä me ali programnumere wett uufzele.

Der Plural beim Substantiv

Vorbemerkung: Umlaut nennt man den Übergang eines velaren (harten) Vokals in einen palatalen (weichen) innerhalb eines Wortes, zum Beispiel *Blatt: Blätter*, *stossen: er stösst*, *Sucht: Süchte*. Im Schweizerdeutschen gibt es folgende Umlaute: **u:ü, ù:ǜ, o:ö, ue:üe, au:öi, ou:öi, a:ä-ë-e-ò**. Umlautfähige Wörter sind also solche, die einen velaren Vokal in der betonten Silbe haben.

Wir können im Schweizerdeutschen vier Hauptdeklinationsklassen unterscheiden, das heisst, vier verschiedene Arten, den Plural zu bilden. In der 1. Deklination kommen Wörter aller Geschlechter vor, in der 2. und 3. nur Maskulina und Feminina und in der 4. nur Neutra und einzelne Maskulina.

1. Deklination: Der Plural ist gleich dem Singular.

m.	**de fisch:d fisch**	*Fisch*
f.	**d zunge:d zunge**	*Zunge*
n.	**s jaar:d jaar**	*Jahr*

2. Deklination: Der Plural wird durch Umlaut gebildet.

m.	**de huet:d hüet**	*Hut*
f.	**d chue:d chüe**	*Kuh*

3. Deklination: Der Plural wird durch die Endung *-e* gebildet.

m.	**de bueb:d buebe**	*Knabe*
f.	**d sach:d sache**	*Sache*

4. Deklination: Der Plural wird durch die Endung *-er* gebildet. Umlautfähige Wörter haben Umlaut.

n.	**s bild:d bilder**	*Bild*
	s huus:d hüüser	*Haus*

Im allgemeinen kann man vom Deutschen aus schliessen, nach welcher Deklination ein schweizerdeutsches Substantiv den Plural bildet. Man braucht sich dabei nur an Lautentsprechungen zu halten, die auch sonst für das Verhältnis von Deutsch zu Schweizerdeutsch charakteristisch sind. Dann ergibt sich:

1. Ein auslautendes *-e* im Deutschen fällt im Schweizerdeutschen gewöhnlich ab. Einer deutschen Form *Tische* muss deshalb im Schweizerdeutschen **tisch** entsprechen, zum Beispiel: *Knechte:*

chnächt, *Kreuze:* **chrüüz**, *Sterne:* **stëërn.** Wenn ein Substantiv im Plural keine besondere Endung hat, bekommt es auch im Schweizerdeutschen keine, zum Beispiel: *Schlüssel:* **schlüssel**, *Schneider:* **schnyder.**

2. Wenn ein deutsches Substantiv im Plural Umlaut hat, behält es ihn auch im Schweizerdeutschen, zum Beispiel: *Köche:* **chöch**, *Bräute:* **brüüt.**

3. Ein im Deutschen auslautendes *-n* fällt ab; also: *Gewohnheiten:* **gwonete**, *Schulen:* **schuele**, *Predigten:* **predige.**

4. Die deutsche Endung *-er* bleibt auch im Schweizerdeutschen, zum Beispiel: *Dächer:* **tächer**, *Felder:* **fälder**, *Bilder:* **bilder**, *Eier:* **äier.**

Die Häufigkeit des Umlauts

Da in der 1. Deklination der Plural gleich dem Singular ist, neigen die schweizerdeutschen Substantive aus Gründen der Deutlichkeit häufiger dazu, den Plural mit Umlaut zu bilden als im Deutschen. Voraussetzung dazu ist natürlich, dass sie umlautfähigen Stammvokal haben:

guurt : güürt	*Gurt, Gürtel*	**schatte : schätte**	*Schatten*
		brune : brüne	*Brunnen*
moond : möönd	*Mond*	**boge : böge**	*Bogen*
hund : hünd	*Hund*	**wage : wäge**	*Wagen*
phunkt : phünkt	*Punkt*	**zapfe : zäpfe**	*Zapfen, Kork*
dolch : dölch	*Dolch*		
psuech : psüech	*Besuch*	**name : näme**	*Namen*
prueff : prüeff	*Beruf*	**chrage : chräge**	*Kragen*
aarm : äärm	*Arm*	**chaschte : chäschte**	*Kasten*
halm : hälm	*Halm*	**chare : chäre**	*Karren*
stoff : stöff	*Stoff*	**pfoschte : pföschte**	*Pfosten*
tokter : tökter	*Doktor, Arzt*	**chnole : chnöle**	*Knollen*
		cholbe : chölbe	*Kolben*
pfaarer : pfäärer	*Pfarrer*	**chnoche : chnöche**	*Knochen*
monet : mönet	*Monat*	**chlobe : chlöbe**	*Kloben*
brüütigam : brüütigäm	*Bräutigam*	**tropfe : tröpfe**	*Tropfen*
romaan : romään	*Roman*	**chueche : chüeche**	*Kuchen*
baloon : balöön	*Ballon*	**huuffe : hüüffe**	*Haufen*
kantoon : kantöön	*Kanton*	**chöschte**	*Kosten*

Einige Wörter schwanken zwischen 1. und 2. Deklination, wie **taag, morge, sumer**, bei andern wirkt die 2. Deklination manchmal leicht humoristisch, wie bei **zirkus : zirküs; unggle : ünggle; erfolg : erfölg.** Nach der 2. Deklination gehen die schweizerdeutschen Wörter für *Haken, Braten, Schaf, Tatze, Apparat, Grat, Abend*, die in der nächsten Lektion näher behandelt werden. Abend **(aabig)** geht auch nach der 3. Deklination.

Besondere Pluralbildung

Die Verwandtschaftsnamen auf **-er** bilden ihren Plural auf **-ere** und haben Umlaut, soweit sie umlautsfähig sind: **vatter:vättere, mueter:müetere, schwöschter:schwöschtere, brüeder:brüedere, tochter:töchtere, vetter:vettere.**

Die Feminina auf **-i** haben im Plural die Endung **-ene,** zum Beispiel **hööchi** *Höhe,* **tüüffi** *Tiefe,* **müli** *Mühle,* **bäsi** *Base* lauten im Plural: **hööchene, tüüffene, mülene, bäsene.** Auf die gleiche Weise bilden **tante** *Tante* und **gotte** *Patin* ihren Plural: **tantene, gottene.** Die Feminina auf **-in** bilden ihren Plural regelmässig nach der 3. Deklination: **fründin:fründine, studäntin:studäntine, fotograafin:fotograafine, schriftstelerin:schriftstelerine.**

Der Plural zu **maa** *Mann* lautet **mane** (mit kurzem a).

Deutsche Substantiva fremden und niederdeutschen Ursprungs bilden ihren Plural häufig durch -s, zum Beispiel: *Radios, Sofas, Kolibris, Tandems, Tangos, Cafés, Chamäleons, Chefs, Mädels, Kerls.* Sie gehen im Schweizerdeutschen nach der 1. Deklination: **radio, soffa, kolibri, tandem, tango, kafi, chameëleoon, schef, mäitli, kärli. -s** kommt im Schweizerdeutschen nie als Pluralzeichen vor.

Die Verteilung der Deklinationen

Der Vollständigkeit halber sei hier noch angeführt, wie sich die Deklinationen verteilen, wenn man sie ohne Bezugnahme auf das Deutsche betrachtet. Dabei sind Beispiele angegeben, die sich durch ihre Form und ihre Deklinationsklasse vom Deutschen unterscheiden.

Zur 1. Deklination gehören: Die meisten unumlautbaren Maskulina, viele Neutra, alle Maskulina auf **-el, -er** und Neutra auf **-i,** alle Feminina auf **-e.**

chëërne	*Kern*	**tschooli**	*Dummrian*
blätz	*Fleck*	**kärli**	*Kerl*
helge	*Bild*	**chüssi** n.	*Kissen*
welo	*Fahrrad*	**wäschpi**	*Wespe*
chile f.	*Kirche*	**mäitli**	*Mädchen*
zäine f.	*Korb*	**becki**	*Becken*
bale	*Spielball*	**chämi**	*Kamin*
schabe	*Motte*	**chefi**	*Käfig*
götti m.	*Pate*	**hirni**	*Hirn*
brüeli	*Schreihals*	**beeri**	*Beere*
schnöri	*Schwätzer*	**chriesi**	*Kirsche*

Zur 2. Deklination gehören: Die meisten umlautbaren Maskulina und eine beschränkte Anzahl Feminina.

gutsch	*Wasserschwall*	**gramofoon**	
schnuer	*Bindfaden*	**(-föön)**	*Grammophon*

schooss f.	*Schürze*	**wùùrscht**	*Wurst*
schooss m.	*Schoss*	**sou**	*Schwein*

Zur 3. Deklination gehören: Eine Anzahl Maskulina, meist Lebewesen bezeichnend, alle Feminina auf **-ig, -igung, -häit, -et, -t, -ey, -schaft** und die meisten übrigen Feminina. Die beiden Neutra **aug** und **oor** und im Vokativ (Rufform) **chind.** Man sagt: **myni chind,** aber man ruft sie: **chinde!**

naachber	*Nachbar*	**ratz** m.	*Ratte*
franzoos	*Franzose*	**truckerey**	*Druckerei*
schweed	*Schwede*	**gäiss**	*Ziege*
türgg	*Türke*	**nuss**	*Nuss*
schnägg m.	*Schnecke*	**chäib**	*Schimpfwort*

Zur 4. Deklination gehören: Die meisten Neutra; sie haben immer Umlaut, wenn der Stammvokal umlautbar ist.

hämp	*Hemd*	**heft**	*Heft*
bett	*Bett*	**gspängscht**	*Gespenst*
spiil	*Spielsachen*	**gschäft**	*Laden*

WÖRTER

Die Zahlen geben die Deklination an

bank m. 2	die Sitzbank	**vych** 4	Vieh
bank f. 3	die Geldbank	**voorhang** 2	Vorhang
bäi 1	Bein	**fläsche** 1	Flasche
soldaat 3	Soldat	**foo'tööi** 1	Fauteuil
spanig 3	Spannung	**fuess** 2	Fuss
stuel 2	Stuhl	**raadioo** 1	Radio, Rundfunk
schüssle 1	Schüssel		
tach 4	Dach	**gfaar** 3	Gefahr
tecki	Decke	**ryter** 1	Reiter
tante (-ene)	Tante	**gloon** 2	Clown
gotte (-ene)	Patin	**öpfel** 1	Apfel
trucke 1	Schachtel	**numere** 1	Nummer
uufregig 3	Aufregung	**momänt** 1	Moment
unggle 1, 2	Onkel	**muul** 4	Mund, Maul
zaa 2	Zahn	**määl**	Mehl
ross 1	Pferd	**läitere** 1	Leiter
bock 2	Bock	**lüüt**	Leute
chopf 2	Kopf	**lampe** 1	Lampe
chuchi	Küche	**läbesmittel** 1	Lebensmittel
gschiir	Geschirr	**hüüsli** 1	Häuschen
verwandti	Verwandte	**hoochsig** n. 1	eine Hochzeit
di verwandte	die Verwandten	**haag** 2	Zaun
fërie	Ferien	**gstell** 1	Gestell

elefant 3	Elefant
tiger 1	Tiger
löi 3	Löwe
en gi'raff 3	eine Giraffe
tischli 1	Tischchen
zaam	zahm
zòòmer	zähmer
gfüürchig	furchterregend
nöi	neu
küen	kühn
schnäll	schnell
nëë	nehmen
schläike	schleppen
ydruck schinde	Eindruck machen wollen
schwäbe	schweben
überchoo	bekommen, empfangen
i chumen über	ich bekomme
mer, er, si wänd	wir, ihr, sie wollen
mer, er, si müend	wir, ihr, sie müssen
me wett	man möchte
es hät	es gibt, il y a
hütigstags	heutzutage
ewäg	weg, hinweg
äigetli	eigentlich
zeerscht	zuerst
ämel	wenigstens, immerhin

speere	sperren
rütsche	rutschen
stryche	streichen
uufzele	aufzählen
cheere	wenden
rysse	reissen
yfale	einfallen
hüete	hüten
hebe	festhalten
hocke	sitzen, hocken
gi'gampfe	schaukeln
gëë	geben
er git	er gibt
aaluege	anschauen
abeschüüsse	niederschiessen
uufstele	aufstellen
allwääg	wahrscheinlich
amigs, amel	jeweils
schier	beinahe
zum	um zu
blos	nur
nüme, nüm	nicht mehr
nachane	nachher
en huuffe	sehr viele
hëre	her
dëne	diesen, denen
all, ali	alle (Gdf. Pl)
ale, alne	allen (Dat. Pl)
demit	damit (Adverb)
bi	bei (Präp)
ene, ne	ihnen

Übung 3

Im Zirkus gibt es (hat es) viele (vili) Tiere: Löwen, Tiger, Elefanten, Zebras, Giraffen, Seehunde. Im Programm stehen alle Nummern. Die Reiter und die Pferde haben jeweils einen grossen Beifall (byfall). Der Clown hat alle Äpfel weggenommen. Unter dem Dach des (vom) Zirkus turnen (turned) die Trapezkünstler. Die Akrobaten stehen auf ein paar Leitern und schaukeln damit. Die Fischer wollen Fische fangen. Die Blumen sind schön. Die Soldaten müssen die Grenzen hüten. Bei einer Hochzeit wollen alle Verwandten dabei sein: die Väter, Mütter, Schwestern, Brüder, Tanten, Onkels, Vettern und Basen. Wir müssen euch (öi) noch die Schlüssel für die Ferienhäuschen geben. Die Haustiere gehen auf die Weide: die Kühe, Ziegen, Böcke, Schweine, Gänse. Ihr müsst Augen und Ohren auftun, wenn ihr im Zirkus seid. Die Mädchen haben weisse (wyssi) Zähne. In einem (imene) Haus sind viele Möbel: Tische, Stühle, Bänke, Teppiche, Kasten, Fauteuils, Büchergestelle, Bilder, Tischchen, Plastiken, Lampen, Klaviere, Grammophone, Radios, Betten, Decken, Kissen, Vorhänge. In der Küche gibt es Geschirr, Flaschen, Töpfe, Schüsseln, Lebensmittel.

Üebigsätz

Rapperschwyl isch e nets stedtli am Zürisee. A den eschte sind zwyg und a de zwyge sind pletter. De schryner hät all hobelspöö zämegwüscht und zwee seck demit gfüllt. Di veräinigte rööt wëëled d mitglider vom bundesraat. Si hät all nööt no emaal uuftränt und nöi püezt. Es git es aperöötli, wo me demit abegfalni strumpfmasche wider cha uufnëë. Wänn äine spint, säit me, er heb es redli z vil. De bueb isch bi de chüenen uf der wäid. D puure sind vertöibt wäg de reene und hase, wo am morgen amigs uf irne wise graased. Mit stricke händ s d chüe aapunde. Der elefant mues mit de füessen uf en staa. D müetere sitzed uf de stäinen am uufer und lueged de chinde zue, wie s baded. Mit chüssene händ die goofe gchrieget, bis di ganz luft vole staub gsy isch. Kän äinzigi vo de pumpene hät funkzioniert, und s wasser isch derwylen imer hööcher gstige. Er isch scho imer äine gsy, wo gëërn mit de mäitlene karisiert hät. Epaar trööt a der verspanig sind lugg gsy, er hät de start müese verschiebe. I de chrüegen isch wasser. De wiirt jasset mit de geschte. De chileraat schrybt de pfääreren en brief. Di alte daame händ kafi trunke, und zwüschet ine händ s echli gsprööchlet. Imene jöörli simer allwääg fërtig. Wänn t löcher i de zääne häsch, gaasch zum zaanaarzt. I alne stedte vo der Schwyz händ s propagandaakzioone duregfüert, aber s abstimigsergäbnis hät dänn spööter bewise, das s grad so guet hettid chöne dihäime blybe. Si gaat all jaar ine chlyses bedli, wil si schmëërzen i de chnüüne hät.

Der Umlaut von A

Für die Pluralbildung kommen beim **a** drei Varianten in Frage: **ä e òò**. Die Verteilung ist die folgende:

Der Normalfall ist **a**:**ä**, zum Beispiel: **bach:bäch, hand:händ, land: länder, baart:bäärt, zaa:zää.** Alle Substantive der 2. und 4. Deklination haben diesen Umlaut, mit Ausnahme der unter Punkt 2 und 3 behandelten.

Bei einigen bestimmten Wörtern, die man sich besonders einprägen muss, kommt der Umlaut **a:e** vor. Dieses **e** ist immer kurz, auch wenn das **a** im zugehörigen Singular lang ist. Man beachte daher besonders den Unterschied in der Vokallänge bei den letzten fünf der folgenden Beispiele:

ascht:escht	*Ast*	**platt:pletter**	*Blatt*
gascht:gescht	*Gast*	**graab:greber**	*Grab*
sack:seck	*Sack*	**raad:reder**	*Rad*
nagel:negel	*Nagel*	**graas:greser**	*Gras*
stadt:stedt	*Stadt*	**glaas:gleser**	*Glas*
chraft:chreft	*Kraft*	**baad:beder**	*Bad*

Ein Wechsel von langem Vokal im Singular und kurzem im Plural kommt noch bei einigen andern Wörtern vor, die keinen Umlaut haben:

riis:rise	*Riese*	**gliid:glider**	*Glied*
jùùd:jude	*Jude*	**wiis:wise**	*Wiese*
haas:hase	*Hase*	**gùùf:gufe**	*Stecknadel*

Bei den beiden letztgenannten Wörtern haben sich allerdings die zweisilbigen Formen **gufe** und **wise** auch im Singular immer mehr ausgebreitet, wodurch sie aus der 3. in die 1. Deklination übergegangen sind.

Einige wenige Wörter der 2. Deklination, die im Singular ein langes **aa** haben, bekommen im Plural ein **òò**. Man erinnere sich, dass dieses lange **òò** offen auszusprechen ist wie in französisch *cœur*. Dieser **òò**-Umlaut tritt auch in den Verkleinerungsformen derselben Wörter auf, siehe unten.

raat:ròòt	*Rat*	**haagge:hòògge**	*Haken*
traat:tròòt	*Draht*	**taape:tòòpe**	*Tatze*
spaa:spòò	*Span*	**schaaff:schòòff**	*Schaf*
braate:bròòte	*Braten*	**naat:nòòt**	*Naht*
aabig:òòbig	*Abend*	**aperaat:aperòòt**	*Apparat*
graat:gròòt	*Grat*		

Das **òò** tritt auch bei den Ableitungen dieser Wörter auf: **bròòtle, schòòfli, aperòòtli, hòòggli, tròòtli, tòòpli.** Ferner kommt dieses **òò** in den Ableitungen einer Anzahl von Wörtern vor, die ihren

Plural ohne Umlaut bilden: **haar:hòòrli** *Härchen*, **spraach: spròòchle** *plaudern*, **fraag:fròògle** *neugierig fragen*, **schlaaf: schlòòfele** *schlummern*, **schwaab:schwòòbi** *Schwäbin*, **straass: stròòssli** *Strässchen*, **spaat:verspòòtig** *Verspätung*, **spòòter** *später*.

Bei den Ableitungen tritt im allgemeinen derselbe Umlaut auf wie im Plural, man vergleiche: **tùùrm:tüürm:tüürmli, choch:chöch: chöchi** *Köchin*, **baum:böim:böimig** *grossartig*, **land:länder:ländi** *Landungssteg*, **stadt:stedt:stedtisch, nacht:nächt:nächtig** *nächtlich*, **nächt** *gestern abend*, **platt:pletter:plettere** *blättern*, **glaas: gleser:glesig** *gläsern*, **chraft:chreft:chreftig** *kräftig*, **raad:reder: redli** *Rädchen*, **ascht:escht:eschtli** *Ästchen*.

Jene Wörter, die in der Region Zürich den Umlaut aa zu òò haben, sind die selben, die in nordostschweizerischen und nordwestschweizerischen Mundarten in der unumgelauteten Form ein mehr oder weniger offenes langes oo haben: schloofe, sprooch, spoot usw.

DER DATIV PLURAL

In der ersten Lektion wurde gesagt, das Schweizerdeutsche kenne keine Kasusflexion des Substantivs mehr. Von dieser Regel gibt es aber eine wichtige Ausnahme, das ist der Dativ Plural. In diesem Fall gibt es doch noch eine Flexionsendung, nämlich **-e**. Dieses **-e** wird an alle Substantive angehängt, die nicht schon auf **-e** endigen. Zum Beispiel: **uf de böime, mit de hünde, bi de schlossere, vo de bundesròòte, sid jaare, mit de beschte grüesse.** Dagegen ist bei den Substantiven, die im Plural auf **-e** ausgehen, das heisst, bei der 3. Deklination, keine besondere Endung anfügbar: **mit de buebe, in alne zunge, vo de fraue.**

Besondere Formen

Die Substantive, die auf **-el** ausgehen, stossen im Dativ Plural das e vor dem l aus: **der esel:mit den esle; de schlüssel:wäg de schlüssle.**

Einige Wörter, die auf betonten Vokal enden, schieben vor der Dativ-Plural-Endung ein *n* ein: **zaa:zääne, stäi:stäine, bäi:bäine, chnüü:chnüüne, chue:chüene, schue:schuene, flue:flüene, ree:reene.**

Die Neutra und Maskulina der 1. Deklination, die auf **-i** enden, haben im Dativ Plural **-ene**, sehen dann also genau gleich aus wie die Feminina auf **-i**: **es chüssi:uf chüssene, s mäitli:mit de mäitlene, s becki:i de beckene, myn götti:mit öisne göttene.**

Sandhi: Es sei daran erinnert, dass die Endung des Dativ Plurals wie alle Endungen auf **-e** mit einem **-n-** an das folgende Wort gebunden werden, wenn dieses mit einem Vokal beginnt. Das gleiche gilt auch für den Artikel des Dativ Plurals. Wir schreiben im folgenden ausnahmsweise einen Bindestrich statt das **-n** direkt an das vorangehende Wort anzuhängen: **uf chüssene-n-und teckene, mit mäitlene-n-und buebe, vo-n-esle-n-und chüene, bi buebe-n-und chinde, wäg de-n-eltere-n-und groseltere.**

Die speziellen Deklinationsformen des Dativ Plurals, die für das Zürichdeutsche typisch sind, befinden sich unter dem Einfluss anderer Mundarten auf dem Rückzug. Man hört heute schon so oft Formen wie **uf de bäi, mit de mäitli, i de hüüser,** dass man sie nicht mehr schlechtweg als fehlerhaft bezeichnen darf. So konnten in Lektion 3 die Dativendungen ganz übergangen werden.

WÖRTER

stäi 1	Stein	**d eltere**	die Eltern
chnüü 1	Knie	**abstimig** 3	Abstimmung
schue 1	Schuh	**bedli** 1	kleiner Badeort
flue 2	Fluh	**buech** 4	Buch
ree 1	Reh	**chrüsimüsi**	Durcheinander
chileraat	Kirchenrat	**chriege**	Krieg führen
verspanig	Verspannung	**durefüere**	durchführen
goof m. 3	Göre, Kind	**karisiere**	liebeln, flirten
es kafi n.	ein Café	**büeze**	nähen, flicken
en kafi m.	ein Kaffee	**spròòchle**	plaudern
moscht	Apfelsaft	**spine**	spinnen, geistige Störungen haben
puur 3	Bauer		
stùùrz	Sturz		
schryner	Schreiner	**graase**	weiden, mähen
wiirt 1	Wirt	**uufträne**	auftrennen
zwyg 1	Zweig	**wüsche**	wischen, kehren
gruess 2	Gruss		
vole	voll (prädikativ)	**wëële**	wählen
lugg	locker	**weetue**	schmerzen
rëëss	scharf gewürzt, scharfzüngig	**zueluege**	zuschauen
		ine chlyses	in ein kleines
taub, vertöibt	erzürnt	**derwyle**	unterdessen
fërtig	fertig	**zwüschet ine**	zwischendurch
jasse	jassen (Kartenspiel)	**wäg, wäge**	wegen
		wider	wieder
bade	baden	**zäme**	zusammen

ÜBUNG 4

Die Vögel haben Nester auf den Bäumen. Die Apparate sind beim Sturz leider entzweigegangen; Drähte, Haken und Späne waren in einem (i äim) Durcheinander. In den Säcken sind Nägel. Das Buch besteht aus losen (loose) Blättern. In den Gläsern ist Most. Hast du ein paar Stecknadeln? Zwei (zwoo) Nähte sind aufgegangen. In jenem (säbem) Bad sind Gäste aus allen Ländern. Vor Jahren hatten sie noch keine Pneus an den Rädern. In den Städten sind die Häuser grösser als auf dem Lande. Wenn eine Frau scharfzüngig ist und bös redet (redt), sagt (säit) man: sie hat Haare auf den Zähnen. Ihr müsst mit den Beinen kräftig treten (trampe).

Öppis vom Salomoon Landolt

De Salomoon Landolt, wo zwüschet sibezä hundert achzg und nüünzg landvogt vo Gryffesee gsy isch, hät me zäntume (überall) gëërn ghaa, wil er alne ghulffe hät und wil er eso grächt gsy isch i sym amt. Mängsmaal hät er d lüüt vo syner vogtey, wo verchlagt woorde sind, mit ganz bsundere straaffe glueget z bessere. – Emaal isch en puur zuen em choo und hät gjaameret, dass syni frau aliwyl tüeg chybe mit em, und en zu alem ane na verbrügli. Er hät em landvogt na vil prichtet vo sym ungfell, aber de Landolt isch zletschtamänd doch nöd rächt druus choo, öb de puur oder syni frau de schlimer täil seyg. Zletscht hät er gsäit: «I ha iez scho gmërkt, das du häsch müesen e höll uusstaa dihäime, defüür muesch du zu dym rächt choo. Am nö̀öchschte suntig laani dy frau, wo s der eso wüescht gmacht hät, i d trüli speere und dänn chasch si vor der ganze gmäind trüle, so lang dass t wotsch.» – D trüli isch e hölzigs chefi gsy, wo d strö̀öffling drin ygspeert woorde sind, und wo me s drin esoo lang umetrület hät, bis es ene ganz trümlig und schlächt woorden isch. – Iez isch de puur aber ganz truurig verschrocke und hät em landvogt gsäit: «Das bringi dänn doch nöd über s hëërz. S isch ja scho e rëësses wyb, aber mer sind halt doch emaal verhüüraatet und sind als maa und frau dur s läbe ggange. Wänn si mer s au gnueg verhunzet hät, vor der ganze gmäind wott i my äige frau dänn doch nöd lächerli mache. I ha nu tänkt, Iir, hërr landvogt, hetted ere emaal

echli chöne zuerede.» Uf daas abe hät de Landolt de puur verabschidet und hät em na gsäit, er sell dänn sy frau emaal zuen em ufeschicke. Wo die frau dänn vor de vogt choo isch, hät er zuen ere gsäit: « I ha ghöört, du hebisch e schlimms läbe bi dym maa; er händ vil stryt und du hebisch scho vil gchlagt über en.» Iez hät halt das strytsüchtig wyb aagfange weeberen und schimpfen über de maa, das es e gattig ghaa hät. Doo hät ere de vogt voorgschlage, si sell emaal ire maa en ganze taag vor alne lüüten i der trüli plaage. Das hät ere passt, grad uufgumpet isch das zanggwyb vor fröid und hät ggöisset vor raachsucht. Iez hät de landvogt scho gwüsst, wëër de schlimm täil gsy isch vo dëne zwäi puurelüüte und hät das wyb, wo so gëërn syn äigne maa öffetli gmisshandlet hett, e zyt lang bi wasser und broot ygspeert, bis me hät chöne hoffe, si heb si echli pesseret.

DAS VERB

Man kann im Schweizerdeutschen drei Konjugationen unterscheiden. Als Kennzeichen für die verschiedenen Konjugationen eignet sich am besten die unterschiedliche Bildung des Partizips:

1. Konjugation: Die Endung des Partizips ist **-t, stime: gstimt.**
2. Konjugation: Die Endung des Partizips ist **-et, rächne: grächnet.**
3. Konjugation: Die Endung des Partizips ist **-e, faare: gfaare.**

Die beiden ersten Konjugationen fasst man zusammen als schwache Konjugation, die dritte Konjugation nennt man stark. Es kennzeichnet die dritte Konjugation, dass die meisten Verben, die zu ihr gehören, im Partizip einen anderen Stammvokal haben als im Infinitiv, zum Beispiel: **binde: punde, lüüge: gloge.** Näheres siehe Lektion 14.

Allen Konjugationen gemeinsam ist das Augment des Partizips, ein dem Partizip vorangestelltes **g-**. Nach den Gesetzen der Assimilation (vgl. die lautliche Einführung) kann dieses **g-** mannigfachen Veränderungen unterliegen, je nach dem Laut, vor den es tritt. Mit **b d g** verschmilzt es zu **p t gg.** Von **p t k z** wird es aufgesogen und ist nicht hörbar, wird folglich auch nicht geschrieben. Bei allen übrigen Anfangslauten tritt **g-** unverändert an. Man beachte ganz besonders, dass es als Fortis, das heisst, energisch, artikuliert ausgesprochen wird. Beispiele:

g + b = p	**bräne: pränt**	
g + d = t	**diene: tienet**	
g + g = gg	**güüsse: ggosse**	
g + p = p	**pumpe: pumpet**	**angle: ganglet**
g + t = t	**trinke: trunke**	**singe: gsunge**
g + k = k	**käne: känt**	**läbe: gläbt**
g + z = z	**zünde: zündt**	**schicke: gschickt** usw.

Bei den sogenannten untrennbaren Zusammensetzungen wird kein Augment gesetzt (**verbräne:verbränt, bhaupte:bhauptet**). Da es sich damit ganz genau wie im Deutschen verhält, kann auf eine ausführliche Regel verzichtet werden.

Dagegen wird bei den Fremdwörtern auf **-ieren** im Schweizerdeutschen oft das Augment gesetzt, wo es im Deutschen fehlt, zum Beispiel: **gstudiert, gmarschiert, gspaziert**; bei seltenen Wörtern auf **-ieren** fehlt es aber auch im Schweizerdeutschen **abstrahiert, negiert, redigiert** usw.

Der Infinitiv endigt bei allen regelmässigen Verben auf **-e: bräne, helde, faare.**

Die 2. Konjugation

Das Partizip der Verben der 2. Konjugation endigt auf **-et.** Das Präsens lautet folgendermassen:

i rächne	**rächni?**	**mer rächned**	**rächnep-mer?**
du rächnisch	**rächnisch?**	**er rächned**	**rächned er?**
er rächnet	**rächnet er?**	**si rächned**	**rächned s?**

> *Zur Erinnerung*: Wenn ein Vokal nicht verdoppelt geschrieben wird, ist er kurz auszusprechen. Viele Wörter unterscheiden sich hierdurch deutlich von ihren deutschen Entsprechungen: **hebel, gable, hole, bode, hase, gresli.**

Bemerkungen: Der Ausgang **-e** der ersten Person Singular ist allen Konjugationen gemeinsam. Die Endungen **-isch -et** in der 2. und 3. Person Singular sind typisch für die 2. Konjugation. Die Endung **-ed** ist allen Konjugationen gemeinsam. Sie ist für alle drei Personen des Plurals gleich.

Die zweiten Formen in der Tabelle gelten für Inversion, das heisst, wenn das Personalpronomen dem Verb folgt. Dabei tritt das Pronomen der 1. Person **ich** in der Form **-i** an die Stelle der Endung **-e.** In der 2. Person fällt das Pronomen ganz ab. In der 1. Person Plural ist auf die Assimilation von **-d** an das **m-** zu achten. Sie tritt übrigens immer ein, wenn ein mit **m-** beginnendes Wort auf eine Verbalform auf **t** oder **d** folgt, zum Beispiel: **si rächnep-mer voor, er rächnepmee als nöötig.** Beim Schreiben pflegt man diese Assimilation nicht zu berücksichtigen. Man beachte auch, dass das Pronomen der 3. Person Plural in der Stellung nach dem Verb zu **s** verkürzt ist; in der Höflichkeitsform dagegen behält es die volle Form: **rächned Si.**

Zugehörigkeit zur 2. Konjugation

Zur 2. Konjugation gehören alle Verben auf **-le -ere -ne -me -ge.** Man merke sich folgende Leitwörter: **hagle, sichere, rächne, chräsme, sündige.** Ferner gehören dazu Ableitungen von Substantiven und Adjektiven, die ohne Umlaut gebildet werden. Leitwörter: **zälte** *Zelte aufschlagen*, **alte** *alt werden.* Die Verben, die auf **-t** und

-d ausgehen, gehören alle zur 2. Konjugation, mit Ausnahme von **pfände, schade, tööde, verchünde, gschände,** die zur 1. gehören und den in Lektion 14 aufgeführten starken Verben der 3. Konjugation auf **-t** und **-d**.
Für jeden Verbaltypus, der zur 2. Konjugation gehört, seien in der folgenden Liste einige Beispiele gegeben. Natürlich wird dadurch nur ein Bruchteil sämtlicher Verben der 2. Konjugation erfasst.

Durch den Auslaut charakterisiert sind zum Beispiel:

zügle	*umziehen*	**zöisle**	*mit Feuer spielen*
sùùrpfle	*schlürfen*	**chifle**	*keifen*
chafle	*herumnagen*	**schnäfle**	*schnitzeln*
zöikle	*locken, necken*	**hòòggle**	*häkeln*
trätzle	*reizen, necken*	**böpperle**	*leicht klopfen*
sëërble	*dahinsiechen*	**gvätterle**	*spielen, trödeln*
schnätzle	*fein zerschneiden*	**schëërbele**	*unrein tönen*
gròònele	*schimmlig riechen*	**boosge**	*etwas anstellen*
		beläidige	*beleidigen*
staggele	*stottern*	**sundige**	*sich sonntäglich anziehen*
verplämperle	*vertrödeln*		
tschädere	*rattern, scheppern*	**glette**	*bügeln*
		spette	*als Aufwartfrau gehen*
wässere	*wässern*		
bessere	*bessern*	**verchelte**	*erkälten*
chräsme	*krabbeln, kriechen*	**hüete**	*hüten*
		mälde	*melden*
lisme	*stricken*	**helde**	*neigen, kippen*
tröchne	*trocknen* (tr.)	**verläide**	*verleiden*
trochne	*trocknen* (intr.)	**blände**	*blenden*
metzge	*schlachten*		

Denominative ohne Ableitungssilben:

tische	*Tisch decken*	**lyre**	*leiern*
hüüte	*häuten*	**huuse**	*sparen*
schuume	*schäumen*	**wiirte**	*Wirt sein*
zeyse	*Zins bezahlen*	**muure**	*mauern*
alte	*alt werden*	**saage**	*sägen*
chalte	*kalt werden*	**graase**	*Gras mähen*
chuele	*kühl werden*	**suume**	*säumen*
hübsche	*hübscher werden*	**chëëse**	*Käse machen*
böse	*böser werden*	**strëële**	*kämmen*

Nicht näher charakterisierbare Verben:

chale	*gerinnen, stocken*	**chyche**	*keuchen*
		gnaage	*nagen*

mure	*murren*
plampe	*schlaff hängen*
schnöre	*reden (grobe Sprache)*
schlaarpe	*die Füsse nachziehen*
gaume	*hüten, aufpassen*
nöise	*naschen, durchsuchen*
ineschoppe	*hineinstopfen*
schile	*schielen*
trööle	*hinauszögern*
gäine	*gähnen*

hange	*hängen* (intr.)
veriire	*verirren*
plange	*sich sehnen*
sure	*surren*
frȍȍge	*fragen*
folge	*gehorchen*
mungge	*undeutlich reden*
striele	*streunen, strolchen*
stuune	*staunen*
tröisse	*zwängelnd schreien*
huure	*kauern*

WÖRTER

broot 1	Brot
chëës	Käse
stryt	Streit
straaff 3	Strafe
trüli	Trülle, Drehkäfig
ungfell	Unglück
wyb 4	Weib
zangg	Zank
de'filee	Defilé
flugzüüg, flugi	Flugzeug
fröid	Freude
gmäind 3	Gemeinde
hëërz m. 1	Herz
höll 3	Hölle
obscht, obs	Obst
namitaag 2	Nachmittag
es macht e gattig	es sieht nach etwas aus
mügli	möglich
schlächt	schlecht
trümlig	schwindlig
truurig	traurig
wüescht	hässlich
grächt	gerecht
verbrügle 2	verprügeln
chybe 2	keifen
schimpfe 3	schimpfen
umtroole 2	umpurzeln
uusstaa	ausstehen
zuerede 1	zureden

suntig 3	Sonntag
wëërchtig 3	Werktag
druus choo	verstehen
verchlage 1	verklagen
verhüüraate 2	verheiraten
verhunze 2	verhunzen
gëërn haa	lieben, schätzen
ghööre 1	gehören, hören
gschäfte 2	Geschäfte machen
göisse 2	kreischen
hoffe 1	hoffen
plaage 2	quälen
läbe 1	1. Leben, 2. leben
luege z.. 2	versuchen zu
säge, gsäit	sagen, gesagt
prichte 2	berichten, erzählen
brägle 2	prasseln
passe 1	passen
beobachte 2	beobachten
brüele 2	laut weinen
hüüle 2	laut schreien
briegge 2	weinen
soorge 2	sorgen
süüfzge 2	seufzen
trüle 2	drehen
sünele 2	sich sonnen
sune 2	etwas sonnen
täfere 2	täfeln

toktere 2	medizinieren	**zwüschet ine**	zwischenhinein
tuure 2	dauern	**wo** (relativ)	welcher -e -es
waarte 2	warten	**wil**	weil
weebere 2	wehklagen	**bsunderi**	besondere
chlädere 2	klettern	**bsunders**	besonders
grochse 2	ächzen, seufzen	**aliwyl**	immer
laa, i laane	lassen, ich lasse	**uf daas abe**	daraufhin
wie gaats ene	wie geht's ihnen	**abe**	hinab, herab
mängsmaal, mängisch	manchmal	**druf**	drauf
		es bitzeli	ein bisschen
öb, eb	ob	**ufe**	hinauf
öffetli	öffentlich	**zu alem ane**	obendrein
sid	seit	**zletschtamänd**	schliesslich
zwüschet	zwischen		

ÜBUNG 5

Der Bauer rechnet damit, dass der Landvogt die Frau bessert. Hat der Landvogt die Frau gebessert? Wie lang sonnst du dich jeden Tag im Strandbad? Er steigt jeden Sonntag in den Bergen herum. Ich beobachtete das Flugzeug so lang wie möglich. Wir haben den ganzen Nachmittag auf das Defilé gewartet. Was schaust du an dieser Felswand hinauf? Ich rechne aus, wie lang es dauert, wenn ich hier hinauf klettere. Wie geht es Ihnen? Ja, es hat eher gebösert, ich muss noch immer doktern. Hast du die Fotografie schon gewässert? Ja, sie hängt dort und trocknet. Warum weinst du? Ich bin umgepurzelt. Du weinst ja wegen jedem bisschen. Den ganzen Tag seufzt und ächzt er; er dauert mich. Unser Vorrat reicht (langt) nicht mehr lang: du sorgst für Brot und Käse. Das Zimmer ist getäfert und mit allen Bequemlichkeiten ausgestattet. Wir sind froh, dass wir umgezogen sind. Das Obst prasselt nur so von den Bäumen herab; die Bauern können gute Geschäfte machen dieses Jahr.

LEKTION **6**

Imene restorant

Letschti bini mit myner frau i säb nöi restorant bim baanhoofplatz go ässe. Mer händ ghöört ghaa, das si deet eso guet chochid, und es isch mer verläidet gsy, aliwyl dihäime z ässe. Myni frau hät si au gfröit, won ere gsäit ha, das mer i der stadt ässe welid. Wo mer glückli deet gsy sind, hät d frau d spyschaarte dureglueget. Si hät nöd lang gsuecht, und dänn hät si mer verchündt: «duu, iich pschtelen es filebiftegg, die sind psunders guet, wä me s uf em grill macht, und es choscht nöd emaal eso vil.» - «Guet, so pschtells», hani gsäit, «ich glauben iich wott en salaattäler und nachanen es birchermüesli. Fläisch issi hüt käs, das schadt äim doch mee, als das es äim nützt, ich isse suscht scho z vil.» Es isch en groosse läptig i dëm lokaal ine gsy, all tisch sind psetzt gsy und d lüüt händ gschwätzt und glachet, was es zäichen isch, das si s ässe guet tunkt. Myni frau hät i äim furt im saal ume glueget und ali lüüt fixiert. Ich cha das nöd verbutze. Sobald öpper ine chunt, trëët si sich um, und dänn schupft si mi echli und mäint, wäiss gott, ich sell au na luege, aber miich intressierts bigoscht nöd. Wänn s dänn en uuffelig aagläiti daamen isch, wo zuefelig miich echli früntli aagügslet, dänn – guet nacht. Ich ha s letscht maal gsäit zuen ere: «du töödsch ja d lüüt mit dyne blicke.» Aber s isch vergäbe gsy, me cha si halt nöd ändere. I bi

froo gsy, wo öises ässen äntli uufträit worden isch. I säbem lokaal händ s au na e zümpftigi musig aagstellt ghaa; und am achti händ s aagfange spile, das es nu eso gchide hät. S ässen isch guet gsy, psunders d frau hät ires biftegg eso grüemt, das es mi fascht au gluschtet hät. Es hät mi tiräkt gfuxt, das i nöd au esone grilierts brȍȍtli pschtelt ha. Wil mer nachane na händ in kino wele, hämer zimli prässiert bim ässe. Es hät zwaar nöd vil gnützt; wo mer nämli der serviertochter grüeft händ, isch es na lang ggange, bis si choo isch, aber es hät dänn doch na für de kino glanget. Bloos en täil vom voorprogram hämer verpasst.

Die erste Konjugation

Das Partizip endigt in der 1. Konjugation auf blosses **-t: sueche: gsuecht, nütze: gnützt, zünde: zündt.**

Die Endungen des Präsens weichen in der 2. und 3. Person des Singulars von denen der 2. Konjugation ab. Bei den Verben, die auf **-d** enden, schliesst sich das **-t** der 3. Person direkt an den Stamm an. Verben, die auf Zischlaut ausgehen **(s sch z)** schieben in der zweiten Person ein **-i-** zwischen Stamm und Endung, so dass sie dann gleich aussehen wie Verben der 2. Konjugation.

i sueche	**i zünde**	**i häize**
du suechsch	**du zündsch**	**du häizisch**
er suecht	**er zündt**	**er häizt**
mer sueched	**mer zündet**	**mer häized**

Wie **zünde** flektieren nur noch: Wie **häize** flektieren z. B.

pfände	*pfänden*	**litze**	*krempen*
schade	*schaden*	**stütze**	*stützen*
tööde	*töten*	**tütsche**	*anstossen*
verchünde	*verkünden*	**netze**	*anfeuchten*
gschände	*beschädigen*	**setze**	*setzen*
rede	*sprechen, reden*	**lösche**	*löschen*

Die Endung der ersten Person Sg. **-e** kann in allen Konjugationen ausfallen, wenn ein schwachtoniges Wort folgt (sie muss aber nicht):

i glaub nöd	*ich glaube nicht*
i glaub em	*ich glaube ihm*
i trou ere	*ich traue ihr*
i füll de chrueg	*ich fülle den Krug*
i säg der	*ich sage dir*
i zünd ene	*ich leuchte ihnen*
i lupf en	*ich hebe ihn auf*
i schaff amene buech	*ich arbeite an einem Buch*

Ferner kann sie bei Verben des Sagens und Glaubens ausfallen, wenn das Verb unbetont, gleichsam nur eingeschoben ist, z. B. **du lauffsch**

tänk au nöd de ganz taag ume. Er isch glaub nöd zfride mit syner stelig. Hier ist das Verb gleichsam zu einem Adverb geworden: **tänk** = wohl, **glaub** = vermutlich.
Im übrigen ist das **-e** der ersten Person Singular im Gegensatz zu süddeutschen Dialekten sehr stabil. Wenn ein Wort, das mit Vokal beginnt, folgt, so tritt ein Binde-**n** auf: **i suechen öppis, i chumen au, i glauben ire mee als im.**

Zur 1. Konjugation gehören die Verben, die von einem Nomen durch Umlaut abgeleitet sind:

nütze	*nützen* vgl. Nutzen	**gspüüre**	*spüren* vgl. Spur
schwërze	*schwärzen* vgl. schwarz	**schetze**	*schätzen* vgl. Schatz

In vielen Fällen ist das zugehörige Nomen nicht mehr erkennbar, so dass einem diese Regel nicht viel nützt. Die folgenden Listen enthalten einige wichtige Verben der 1. Konjugation.

büeze	*nähen, flicken*	**leere**	*lehren, lernen*
chlöpfe	*knallen*	**lupfe**	*aufheben*
chlöibe	*hinkleben* (transitiv)	**mërke**	*merken*
		präiche	*treffen*
chläbe	*kleben bleiben* (intransitiv)	**pütsche**	*stark stossen*
		ränke	*eine Kurve machen*
chnöpfe	*knöpfen*		
eerbe	*erben*	**ruume**	*räumen*
erwele	*aufkochen* (transitiv)	**spile**	*spielen*
		stele	*stellen*
fele	*fällen*	**stecke**	*stecken* (trans.)
verheye	*kaputt machen kaputt gehen*	**stäcke**	*stecken* (intransitiv)
fëële	*fehlen*	**strëëze**	*stark regnen*
si verschnäpfe	*sich verplappern*	**schupfe**	*einen Stoss geben*
fröie	*freuen*	**tänke**	*denken*
füle	*füllen*	**tüpfe**	*treffen*
ghööre	*gehören, hören*	**traume**	*träumen*
höre	*aufhören*	**tunke**	*dünken*
hänke	*hängen* (trans.)	**zele**	*zählen*

Ausserdem gehören zur 1. Konjugation alle Fremdwörter auf **-iere**: **eschtimiere** *schätzen*, **si trumpiere** *sich täuschen*, **verbarikadiere** *verrammeln*, **spändiere** *stiften, spenden*, **zämeramisiere** *zusammenraffen*, **parliere** *wichtig drauflos reden.*

Ferner folgende auf Vokal ausgehende Verben:

blëëe	*blähen*	**trëëe**	*drehen*
bëëe	*leicht rösten*	**blüe**	*blühen*
chrëëe	*krähen*	**brüe**	*brühen*
mëëe	*mähen*	**bemüe**	*bemühen*
nëëe	*nähen*	**glüe**	*glühen*
sëëe	*säen*	**trüe**	*gedeihen*

Anmerkung: Es gibt auch Verben, die zwischen der 1. und 2. Konjugation schwanken. Solche sind in den Wortlisten durch 1, 2 gekennzeichnet.

Ein besonderer Fall ist **choschte** 2, indem die Endung **-et** mit dem Stamm zusammengezogen wird. Das ergibt dann **es choscht** und **es hät gchoscht** an Stelle von «choschtet» und «gchoschtet».

WÖRTER

egge m. 1	Ecke
ändi 1	Ende
eermel 1	Ärmel
brö̀ö̀tli 1	kleiner Braten
bröötli 1	Brötchen
spyschaarte 1	Speisekarte
schwyzer-tüütsch	Schweizer-deutsch
wägeli 1	Wägelchen
wonig 3	Wohnung
läptig	Lärm, Betrieb
chole 1	Kohle
musig	Musikkapelle
fi'lebiftegg 1	Filetbeefsteak
früelig	Frühling
gschicht 3	Geschichte
ofe 2	Ofen
reed 3	Rede
restorant 1	Restaurant
hals 2	Hals
wand 2	Wand
briefmaargge 1	Briefmarke
chläid 4	Kleid
schwëër	schwer
uuffelig	auffällig
zuefelig	zufällig
der äint	der eine
der ander	der andere
fescht	fest, sehr
vergäbe	umsonst
zümpftig	stark, gehörig
verruckt	verrückt
früntli	freundlich
aablinzle 2	zuzwinkern
angaschiere 1	engagieren
ändere 2	ändern
pschtele 1	bestellen
psetze 1	besetzen
umeschläike	herumschleppen
verbutze 1	(Geld) verpulvern
nöd verbutze chöne	nicht ausstehen können
gügsle 2	schauen, blinzeln
umelitze 1	umkrempeln
es litzt en	er stürzt
choche 2	kochen
schmöcke 1	riechen, schmecken
schupfe 1	einen Stoss geben
vertwütsche 1	erwischen
verzele 1	erzählen
versprütze 1	platzen, zerspringen
fuxe 1	ärgern, necken
gluschte 2	Lust haben nach etwas
lache 2	lachen
prässiere 1	sich beeilen
rüeme 1	loben

uusruume 1	ausräumen	**letschti**	letzthin,kürz-
uufträäge	auftragen	**niemer,**	[lich
rüere 1	werfen	**niemert**	niemand
i, er wäiss	ich, er weiss	**vor**	bevor
i, er sell (söll)	ich, er soll	**bigoscht**	bei Gott
wäiss gott	weiss Gott	**zue**	zu (betont)

Übung 6

Die Rede hat gezündet. Er krempelte die Ärmel hinauf. Das schadet nichts. Was kostet es? Sie haben ihn (en) gepfändet. Die Bäume blühen im Frühling. Die Kohlen glühen im Ofen. Ich habe die zwei Enden zusammengeklebt, jetzt halten sie wieder. Der eine kauft alle Briefmarken und klebt sie in ein Album, der andere sammelt Bilder und hängt sie an die Wände. Hast du das Kleid geflickt? Ja, ich muss nur noch ein wenig nähen, dann ist es fertig. Das regnet ja wie verrückt, ich glaube, es hört nicht so schnell [auf]. Wann erzählst du uns (öis) wieder einmal eine Geschichte? Warum heizest du so sehr (fest), der Hals vertrocknet einem (äim) ja ganz. Wir lernen jetzt Schweizerdeutsch. Es dünkt mich (mi) nicht einmal so schwer. Ich warf ihm den Apfel zu, er erwischte ihn aber nicht, und der Apfel stiess an die Mauer und zerspritzte. Ich habe mich versprochen, und jetzt lachen mich alle aus. Wenn du das Wägelchen überall umherschleppst, (so) geht es entzwei. Warum machst du dich nicht nass (aanetze), bevor du ins Wasser springst? Ich habe es nicht nötig; ich bin trainiert. Es hat mir geträumt, dass wir die Wohnung ausgeräumt haben; dabei habe ich mich überlupft, es tat mir weh, ich hielt mich an einer Tischecke und rief, aber niemand hörte mich. Ich konnte mich nicht rühren. Ich weiss nicht, was dann noch passierte, ich bin nämlich gerade (grad) dann geweckt worden.

Brief von ere mueter an ire soon z Amërika

Liebe Köbi! Du häsch is mit dym brief e groossi fröid gmacht. Mer händ natüürli scho lang uf pricht vo der gwaartet, aber mer händ scho begriffe, das iir da äne nümen esonen gmüetsbetriib händ wie d lüüt bi öis i der Schwyz. Si müend ja natüürli scho au schwëër schaffe zum si durebringe, aber si sind halt doch, ämel bi öis uf em land, ire äige hërr und mäischter, und ine schrybt niemer voor, wänns müend fërtig sy. Defüür gits natüürli wider vil anders, wo sii plaaget, und won iir käi aanig händ devoo; oder häsch öppe doch ghöört vo dëm hagelwätter im Aargau? Wänn s is au sälber nöd troffe hät, so machts is doch chumer ane. Di säbe puure chönd äim tuure, und dänn wüssed mer ja au nöd, wänn s öis emaal trifft. Miir dihäim chönd zwaar nöd chlage. De vatter isch geschter mit em muni uf de mëërt und tänk, er hät en vil besser chöne verchauffe, als er gmäint hät. Für in isch das alewyl di gröönscht fröid, wänn em sonen handel graaten isch und er epaar nöötli cha häibringe. S Stäiners näbetzue händ iez müese verchauffe, me hät ene s hinderscht mööbel uf d gant träit. D frau hät mer emaal gsäit, sy heb d hoffnig scho lang uufggëë, das es wider emaal besser chöm, s heb ja scho lang niene mee wele lange. Si wänd iez i d stadt zie, und s Grytli göng au grad mit. Um ins mues es äim nöd angscht sy, ins cha me zäntume bruuche; ëës schlaat si scho dure. Syn brüeder isch biräits i d stadt gfaare zum em e stell sueche. Zu miir hät zwaar s Grytli gsäit, im wëërdi

s glaub am schwëërschte, vom hoof ewägg z gaa, na schwëërer als der mueter, ire seyg überhaupt i der letschte zyt ales glych. S läbe heb ere scho soo vil soorge praacht, das es si au grad abghërtet heb. – Mee wäiss i grad iez nöd z prichte. Was miich aagaat, so gaat s mer alewyl guet. Es isch mi ja scho schwëër aachoo, di uf Amërika z schicke, aber wänn s ja nu diir guet gfallt und der die zyt i der fröndi öppis nützt, dänn isch es miir au en trooscht. De bisch mer ja imer en guete soon gsy. So bhüet di Gott und lönd s i guet gaa, duu und de Schaaggi; im isch es ja au z gune, wänn er e schööni stell überchunt. Wänn s i dänn emaal rächt langwylig isch, chönd er ja wider emaal mitenand häischrybe und verzele, wie s öi gaat. – Vili grüess vo dyner mueter.

DAS PERSONALPRONOMEN

Bei den persönlichen Pronomen ist immer genau zu scheiden zwischen betonten und unbetonten Formen, ähnlich wie in den romanischen Sprachen. Doch gibt es keine starre Regel über die Verwendung der betonten und unbetonten Pronomen. Wenn der Sprecher einen Nachdruck auf ein Pronomen legen will, verwendet er die betonte Form, wenn ein anderer Satzteil hervorgehoben werden soll, bleibt das Pronomen unbetont. Auch nach Präposition kann, im Gegensatz zum Französischen, bald die betonte, bald die unbetonte Form verwendet werden, ganz wie der Sinn es verlangt. Der formale Unterschied zwischen betonten und unbetonten Pronomen liegt meist in den Vokalen: Die betonten Formen haben lange, vollklingende Vokale, die unbetonten kurze, verdumpfte, die in einigen Fallen sogar ganz verschwinden, so dass nur noch ein Konsonant übrigbleibt.

Betonte Pronomina

	ich	*du*	*er*	*sie*	*es*		*wir*	*ihr*	*sie*	*sich*
Nominativ	**iich**	**duu**	**ëër**	**sy**	**ëës**	**daas**	**miir**	**iir**	**sy**	
Dativ	**miir**	**diir**	**im**	**ire**	**im**	**dëm**	**öis**	**öi**	**ine**	**siich**
Akkusativ	**miich**	**diich**	**in**	**sy**	**ins**	**daas**	**öis**	**öi**	**sy**	**siich**

Unbetonte

	ich	*du*	*er*	*sie*	*es*	*wir*	*ihr*	*sie*	*sich*
Nominativ	**ich, i**	**du, de, t**	**er**	**si**	**s, es**	**mer**	**er**	**si, s**	
Dativ	**mer**	**der**	**em**	**ere**	**em**	**is**	**i**	**ene**	**si, sich**
Akkusativ	**mi**	**di**	**en**	**si**	**s, es**	**is**	**i**	**si, s**	**si, sich**

In der gesprochenen Sprache kommen noch mehr Variationen vor; es gibt auch halblange und überlange Vokale, je nach dem Gewicht, das der Sprecher auf das betreffende Pronomen legen will. Man beachte, dass stark betontes **im, in** wie **imm, inn** lautet. Das e in **mer, der, en, em, ene** ist andererseits sehr abgeschwächt, es kann bei **ene** ganz schwinden: **Wä-mer-ne-s säge?** *wollen wir es ihnen sagen?*

Schreibung: In dieser Lektion werden alle enklitischen, d.h. angehängten Pronomina durch Bindestrich mit dem Wort verbunden, an das sie angelehnt sind. Dies dient nur zur Veranschaulichung und wird in den übrigen Lektionen unterlassen. – Das enklitische Pronomen der zweiten Person Sg. **t** wird genau gleich ausgesprochen wie der Artikel **d** (das heisst als stimmloses *d*) und meistens auch so geschrieben. Um dem Lernenden Verwechslungen zu ersparen, wird es in dieser Grammatik als **t** gedruckt. Die unbetonten Pronomen, die einem Verb folgen, gehen mit diesem eine innige Verbindung ein. (Wir verweisen auf die Lektionen 5 und 2.)

Ein besonderer Fall sind die angehängten Pronomina nach Konjunktionen und Fragepronomen **wänn, wo, wie, werum, wil, das, bis, vor, öb, waas, wëër.** Nach ihnen erscheinen *ich* und *sie* in den unbetonten Formen, hier allein tritt auch das zu **t** verkürzte *du* auf. (Bei *sie* gilt dies nur für den Plural *(sie = die Menschen)* nicht für den Singular Femininum *(sie = die Frau):*
Wir verwenden zur Verdeutlichung in den folgenden Beispielen einen Bindestrich: **Wänn-t chunsch, bringsch de Häiri mit. – Tuesch-mer prichte, wänn-s chömed. – Wo-n-i ine cho bi, händ-s glachet. – Waas isch passiert, wo-t aachoo bisch? Si händ überchoo, was-s händ wele. – S gaat lang, bis-s chömed.** – (Als Nebenformen kommen in dieser Stellung infolge des Zusammenstosses der zwei s auch Formen vor wie **was-e-s händ wele** und **was-si händ wele). – Chasch mache, was-t wottsch. – Er hät nöd kapiert, wie-n-i da inechoo bi. – Händ-s di nöd gfröög̊et, werum-t z spaat choo bisch? – Miir isch nöd klaar,** (isch steht für isch-s, siehe unten) **werum-s nöd aafanged. – Du bisch häi, wil-t e schlaaffchappe bisch. – Was-t wottsch, mached-s. – Si wänd wüsse, was-i i de fërie tüeg. – Wänn-t mer säisch, wëër-t suechsch, hilff-i der au. – Das-t mer ja nöd z vil schaffsch! – Wänn-s waarted, bis-i chume, chönd-s na lang daa staa. – Vor-t gaasch, säisch mer na adie! – Miir isch glych, öb-s rägni. – Ich fröög̊ di iez zum letschte maal, öb-t mitchunsch.**

Eine Besonderheit bei der angehängten Form von **du -t** ist die sogenannte pleonastische Verwendung: das **t** wird nach den oben genannten Konjunktionen gesetzt, auch wenn das *du* betont ist, das heisst, das *du* wird zweimal ausgedrückt: **Wänn-t ere duu chasch d chappe wäsche, bisch en mäischter. – Öpper hät de prys ja müese güne, aber das-t en duu überchunsch, hett niemer von is tänkt.**

Das nachgestellte **-i** der ersten Person kann wegfallen, wenn noch ein weiteres Pronomen folgt: **Geschter han-en gsee** statt **han-i-en gsee. Das mues der aber na säge** statt **mues-i-der. Doo han-ene ali schand gsäit** statt **han-i-ene.**

Die Verwendung von **es** und **s** (Neutrum Singular) in angehängter Stellung hängt weitgehend vom vorangehenden Laut ab. Das gewöhnliche ist **s: Hät-s vil lüüt ghaa? Mer wänd-s go aaluege. Daas isch s bescht für-s.** Nach einem Zischlaut (**s, sch**) wird entweder **es** verwendet, oder das **s** verschmilzt mit dem vorhergehenden Laut nach den Gesetzen der Assimilation: **Isch-es waar** oder **isch waar?** – **Miir isch-es glych** oder **miir isch glych,** dagegen nur **häsch-es überchoo? Wottsch-es? Händ-s-es aagnoo? Hät-s-es ggëë** *hat es sich ergeben?* **Iez hät-s-es** *jetzt hat es es = jetzt ist es so weit.*

Vor dem Verb werden heute meistens die Formen **ich** und **du** mit kurzem Vokal gebraucht. Dass **de** ist gegenwärtig nur noch selten zu hören, während **i** vor dem Verb sich neben **ich** noch behauptet. Die unbetonten Formen für *uns* und *euch*, **is** und **i,** befinden sich ebenfalls zugunsten der volleren **öis** und **öi** auf dem Rückzug. Man hört oft **öis** und **öi,** wo **is** und **i** am Platz wären.

Eine schweizerdeutsche Besonderheit ist das **ëës, im, ins,** das sich auf Kinder und weibliche Wesen bezieht, besonders solche mit Namen auf **-i,** für die das sächliche Geschlecht üblich ist: **ëës isch e liebs, mit im mues me nie schimpfe, uf ins chan-i mi verlaa, aber de bueb tuet nöd alewyl guet.** Für Sachen wird **ëës, im, ins** nie gebraucht, sondern dafür dienen **daas, dëm, daas: daas isch z vil verlangt; mit dëm machsch niemerem ydruck; gäge daas chunsch nöd uuf.**

Im Grundfall der höflichen Anrede ist das enklitische Pronomen **s** unmöglich. Auch unbetont muss es heissen **Chömed Si au mit? Wie Si wänd,** betont ohnehin: **Was Sy nöd säged.** Im Dativ gehen **Ene** und **Ine** nebeneinander: **Seled mer s Ene schicke** oder **Ine schicke?** Die Form **Ine** gewinnt aber offensichtlich an Boden, da sie als höflicher empfunden wird.

Das enklitische Pronomen der 3. Person Plural lautet gewöhnlich **s.** Wenn ihm jedoch ein weiteres Pronomen, das mit s beginnt, folgt, bekommt es die volleren Formen **se** oder **si: Händ-s d chriesi ggässe? Händ-se-s ggässe? Händ-s di nöi brugg fërtig poue? Händ-se-si fërtig poue? Händ-se-si aagläit?** *Haben sie sich angezogen?* Die Folge **händses gfunde** wird man in der Schrift je nach dem Sinn als **händ-se-s gfunde?** *haben sie sie* oder als **händ-s-es gfunde?** *haben sie es gefunden* auflösen.

Eine syntaktische Besonderheit ist beim Maskulin der 3. Person Singular noch zu erwähnen. Die deutsche Wendung *Er ist es* lautet auf schweizerdeutsch: **es isch en.** Man stellt das Pronomen an den Schluss, und zwar im Akkusativ. Ebenso wird der Akkusativ in folgenden Wendungen verwendet: **wänn i diich wëër** = *wenn ich an* *deiner Stelle wäre* und **wänn i in wëër** = *wenn ich an seiner Stelle wäre.*

Hier sei auch der typisch schweizerische Gruss **grüezi** erklärt, der auch als Titel über diesem Lehrbuch steht. Das heute gebräuchliche Verb **grüesse** hiess früher **grüeze.** Aus **Gott grüez i** = *Gott grüsse Euch* entstand durch Zusammenzug das **grüezi,** das man heute ebenso gut gegenüber Personen verwendet, die man duzt, wie gegenüber jenen, die man siezt. Zu Kindern und Duzfreunden kann man allerdings auch sagen **grüez di.** Es ist üblich, den Namen zu sagen, wenn man ihn weiss, also **grüezi hërr Pfischter.** Begegnet man mehreren Personen zugleich, so sagt man **grüezi mitenand.** Bei der Verabschiedung sagt man nach Belieben **uf widerluege, adiö, adie.** Unter jungen Leuten sagt man bei der Begrüssung **salü** und beim Abschied **tschau.**

Parallelbeispiele mit betonten und unbetonten Pronomen
(Das gesperrt gedruckte Wort trägt den Ton)

iich bi s gsy	**i bi geschter z Basel gsy**
bi miir git s nüüt dërigs	**wänn chunsch zue mer?**
über miich sind s am wüetigschte	**kän mäntsch hät mi geschter gsee**
ëër hät aliwyl s muul offe	**waas hät er wele?**
wäge diir simer z spaat choo	**i wott äntli bschäid vo der**
von ire cha mer öppis leere	**i bi mit ere uf der Üetli**
für ins isch das s bescht	**s isch s bescht für s**
daas isch s bescht	**s isch s bescht**
miir händ s halt chöne	**mer wänd s emaal probiere**
uf öis müend er lose	**tuen is nöd zläid wëërche**
öi hämer vil z verdanke	**händ-s i nöd yglade?**
ine vergraatet ales	**es gscheet ene rächt**

Noch einige Beispiele in Lektion 10, wo die Verwendung der betonten und unbetonten Formen nach Präpositionen behandelt wird.

WÖRTER

Die Deklinations- und Konjugationsklassen werden fortan nur noch angegeben, wenn sie sich nicht aus den Regeln in Lektion 3 bis 6 ableiten lassen.

aanig	Ahnung	**nöötli**	Banknote
fröndi	Fremde	**oornig**	Ordnung
füür	Feuer	**wätter**	Wetter
gant	Auktion	**Üetli**	Üetliberg
gmüetsbetriib	gemütliche Wirtschaft	**d chappe wäsche**	die Leviten lesen
müe	Mühe	**chriesi**	Kirsche
muni	Zuchtstier	**bschäid**	Nachricht, Auskunft
mëërt	Markt	**stell**	Stelle

tässli	Tässchen
zwyfelhaft	zweifelhaft
zrächt	zurecht
wüetig	wütend
prëzys	genau
abhërte	abhärten
aagaa	angehen, betreffen
si durebringe	sich durchbringen
bruuche 1	brauchen
chauffe 1	kaufen
faare 3	fahren
graate 3	geraten
gfale 3	gefallen
gune 2	gönnen
i äim furt an äiner tuur	ohne Unterbruch
graad	gerade
näbetzue	daneben
niene	nirgends

hinder	hinter
chümere	kümmern
mäine 1	meinen
schicke 1	senden
si dry schicke	sich darein ergeben
schrybe 3	schreiben
uufgëë	aufgeben
güne 3	1. gewinnen, 2. pflücken
gschee	geschehen
es butzt en	er geht drauf
mer, er, si lönd	wir usw. lassen
es gseet	es sieht
vergraate 3	missraten
häizünde	heimzahlen
de hinderscht	der hinterste
sonen	so einer, so einen
ali schand säge	ausschelten,
a'die, a'diö	adieu

> *Zur Erinnerung:* Die Vokalverbindung **ie** bezeichnet immer einen Diphthong. Sprich **lieb, schiebe, niemer, nie** wie wenn iä geschrieben stünde. Die Diphthonge **ey** und **ou** sind ja nicht wie deutsches ei und au auszusprechen, sondern mit deutlichem geschlossenem **e** und **o** in der ersten Hälfte. **schreye, truckerey, gschroue, boue.**

(Die kursiv gedruckten Pronomina sind betont.)

ÜBUNG 7

Ich bin mit ihm spazierengegangen. Mit *ihm* gehst du spazieren, aber um *mich* kümmerst du dich nicht. Ihr müsst endlich einmal Ordnung machen; bei *uns* ist immer Ordnung, aber bei *euch* sieht's traurig aus (dry). Was wollen Sie von mir? Ich will nichts von Ihnen, aber kann ich mit den Herren von der Direktion sprechen? Wenn sie hier sind, können Sie mit ihnen sprechen. Glauben Sie, dass sie fort sind? Man weiss nie recht, wo sie sind. Meistens sind sie in der Fabrik drüben (äne). Haben sie denn viel zu tun? Ja, sie arbeiten in einem fort. Von *dir* habe ich nette (netti) Geschichten gehört; wenn du dich nicht besserst, weiss ich nicht, was du eigentlich denkst. Ist sie schon da gewesen? Nein, aber *er* ist schon bei uns gewesen. Hat er euch keinen (kän) Bericht gegeben? Nein, von *ihm* erwarten wir so etwas auch gar nicht. (Das) Anni lernt jetzt Auto fahren. Der Vater hat es ihr endlich erlaubt. Ob sie (es) wohl lang braucht, bis sie es gelernt hat? Ich glaube, für *sie* (es) ist es leicht, *sie* hat Energie. *Er* ginge (gieng) für *sie* durchs Feuer, aber ob *sie* es auch für *ihn* täte, ist zweifelhaft.

Imene moodegschäft

Verchöifferi: Grüezi frau Büeler!

Chundin: Grüezi fröiläin. Ich wett gëërn rooti und ggarierti wulechläider aaluege, oder zäiged Si mer grad chläider i alne farbe.

V. Wänn Si s wänd zumene schwarze huet trääge, gaat root scho am beschte. Da hämer e nöii koläkzioon vo de letschte Paryser modäl. Si händ da ggostüüm i verschidene tööne, hele und tunkle. Mer füered di hübsch fassong i de mäischte nüangse.

Ch. Es gfalt mer nöd läid, was Si mer da zäiged. Aber mues me nöd angscht haa, das mer uusgseet wie all lüüt, wä men e settigs chläid aahät?

V. Wüssed Si, wä me di richtig moode wott mitmache, mues me das imer risggiere. Mir händ natüürli au na ganz uusgfalni sache, aber Si sind mit soo öppisem glaub besser bedient.

Ch. Es hät ja würkli vil schiggi sache drunder. Ich wott emaal epaari von ene probiere zum luege, weles das mer am beschte chunt, vilicht die bäide roote und säb jegergrüen. –

Ch. Apropo, händ Si di nöien aabigchläider scho überchoo?

V. Jaa, öises laager isch grad iez am beschten yteckt. Wänd Si so guet sy und grad i di ander abtäilig übere choo?

Ch. Ja gëërn. Was git s nöis i dëm winter?

V. Di mäischten aabigchläider sind iez äng, mit hööchem ver-

schluss und freyem rugge. Daa isch grad ganz en apards: en schwarze samet mit ere goldige schleppe. Für Sy wùùri aber eender wyss empfele.

Ch. **Händ Si daa öppis bsunders elegants?**

V. **Ja, lueged Si emaal das da aa. Und dänn wüssed Si, wänn Si vom sumer hèër e prüünti huut händ, würkt nüüt besser, als e tüüff uusgschnittes wysses chläid. Oder suscht, lueged Si emaal das violet terileenchläid aa. Das isch en aagnëëmi abwächslig, wänn Si emaal nöd i ganz groosser aabigtoalete wänd uusgaa.**

Ch. **Si händ würkli schööni sache daa, wo s äim gluschtet z chauffe. Ich mues mer s aber na überlegge. Für hüt tanki Ine, das Si mer ales eso grüntli zäiget händ.**

V. **Mir tanked Ine. Tòòrffed mer Ine das wulig chläid schicke?**

Ch. **Ja, schicked Si s i de nëëchschte tage. Adie fröiläin!**

V. **Uf widerluege, frau Büeler!**

Das Adjektiv

Wie das Schriftdeutsche unterscheidet auch das Schweizerdeutsche beim Adjektiv zweierlei Deklinationen, die man als «stark» und «schwach» bezeichnet. Ihre Verwendung richtet sich nach den unten folgenden Regeln.

Die starke Deklination

Singular, Gdf.	**guete maa**	**gueti frau**	**guets chind**
Dat.	**us guetem stoff**	**us räiner wule**	**i suuberem wasser**
Plural, Grundfall	**gueti mane, fraue, chind**		
Dativ	**guete mane, fraue, chinde**		

(die Geschlechter werden nicht unterschieden)

Die schwache Deklination

Singular, Gdf.	**de guet maa,**	**di guet frau,**	**s guet chind**
Dat.	**em guete maa,**	**der guete frau,**	**em guete chind**
Plural, Grundfall	**di guete mane, fraue, chind**		
Dativ	**de guete mane, fraue, chinde**		

Die Endungen auf **-e** nehmen ein Binde-**n** an, wenn das nächste Wort mit einem Vokal beginnt: **vo de-n-alte-n-üüle** von den alten Eulen, Schreibung wie üblich: **vo den alten üüle.**

Adjektive, die auf einen Zischlaut ausgehen (**s sch z**) haben im Neutrum Einzahl der starken Deklination anstelle der Endung **-s** ein **-es**: **groosses, häisses, schwarzes, bööses, hübsches.**

Ein Sonderfall ist **chly** *(klein)*. Statt **chlys** heisst es **chlyses.** In den übrigen Formen schiebt es ein **-n-** vor die Endung; **e chlyses chind, en chlyne, chlyni lüüt.** Dieses **-n-** tritt auch bei **früe** auf: **en früene zùùg, früeni bire.** Das Neutrum ist aber regelmässig: **e frües vögeli.**

Die Adjektive auf **-e** und die Partizipien der 3. Konjugation, die ebenfalls auf **-e** endigen, schieben vor allen vokalischen Endungen ein **-n-** zwischen Stamm und Endung. Die Deklination sieht wie folgt aus:

stark Singular	**offne**	**offni**	**offes**		schwach Singular	**offe**
	offnem	**offner**	**offnem**			**offne**
Plural	**offni**		Plural	**offne**		
	offne			**offne**		

Beispiele: **e frisch abzoges mässer, mit eme frisch abzogne mässer, bi offner tüür, di äige frau, mit der äigne frau, trochni chläider, de gfroore see, e gfundes frässe, gsottni hërdöpfel.**

Wann stark, wann schwach?

Die starken Formen werden verwendet

1. Wenn vor dem Adjektiv kein Bestimmungswort steht: **liebe fründ, schlächts wätter, mit groossem gschrey, us puurem nyd, rooti chriesi, uf hööche stüele.**

2. Wenn im Grundfall des Singulars der unbestimmte Artikel **en, e, e,** das Pronomen **kän, kä, kä,** das Maskulinum des Possessivpronomens **myn, dyn, syn,** sowie **vil** vor dem Adjektiv stehen: **en tröie bürger, e spitzigi fädere, e liebs chind; kän äinzige gmäindraat, kä gültigi voorschrift, kä guets gsetz; myn nöie mantel, dyn rassige wage, syn verlotterete gaarte; vil guets gält.** Diese Regel gilt nur für den Grundfall, im Dativ werden die schwachen Endungen verwendet: **mit ere spitzige fädere, mit käner gültige voorschrift.** Dagegen: **trotz vilem guete zuerede** (daneben bei flexionslosem **vil: trotz vil guetem zuerede**). Weiteres über **vil** auf Seite 93.

3. Wenn Zahlwörter vorausgehen, wobei **epaar** und **vil** auch als solche angesehen werden: **zwee jungi saxofonischte, föif italiëënischi musiker, vil veralteti gramoplatte, epaar gueti diskotheeke.**

4. Wenn **iich, miir, miich, duu, diir, diich** vorausgehen: **iich erfaarne spezialischt, miir altem praktiker, miich flyssige verträtter, duu hërzige chäfer, diich gueti verchöifferi.**

Die schwachen Formen werden verwendet:

5. Nach dem bestimmten Artikel: **de nöi nazionaalraat, di revidiert AHV, em beschte fachmaa, di pangsionierte beamte, den alten und de junge wëëlere.**

6. Nach den bestimmenden Pronomina: **dëë alt plagööri, die aaspruchsvoll daame, daas unaartig chind, säb chly büechli, iedi jung mitbürgeri, ali änglische schriftsteller.** Nach **etlichi** und **vili** kommen sowohl starke wie schwache Formen vor: **etlichi jungi (junge) lüüt.**

7. Nach dem Possessivpronomen mit Ausnahme von **myn, dyn, syn: myni alt jagge, mys root chläid, mit sym grüene huet, mit dyner alte jagge, iri roote chläider, öisi wulige mäntel, öii lange tschööpe, mit irne moodische chläidlene.**

8. Nach dem unbestimmten Artikel und *kein* im Dativ, vergleiche unter Punkt 2. **uf eme hööche chiletùùrm, in ere gootische chile, us eme frönde land, i käm äinzige kanton, i käner äinzige stadt.**

9. Nach **miir** und **iir** (*wir* und *ihr*, das heisst, erste und zweite Person Plural) **miir organisierte chämifäger, iir truurige mölch.**

Adjektive ohne Endung werden verwendet
gleich wie im Schriftdeutschen in prädikativer Stellung sowie als Adverb: **s chind isch früntli, si chind lachet früntli, die sängeri isch schöön und singt schöön.**

Sprachwandel

Auf keinem Gebiet der schweizerdeutschen Flexionen haben sich in jüngerer Zeit so starke Veränderungen vollzogen wie bei der Adjektivflexion. Insbesondere sind folgende Neuerungen zu beachten:

Beim starken Adjektiv im Nominativ Plural wurde früher zwischen einer endungslosen Form bei Maskulinum und Femininum unterschieden. Man sagte **guet mane, guet fraue,** aber **gueti chind.** Heute gilt durchweg **-i,** doch kommen die endungslosen Formen noch gelegentlich vor, man sagt etwa **alt lüüt,** noch üblich sind die endungslosen Formen bei **all** und **vil: vil soldaate, all öpfel.**

Beim schwachen Adjektiv im Nominativ Singular macht sich heute eine Endung **-i** breit, die aber in diesem Buch nie vorkommt und nicht zur Nachahmung empfohlen sei: **di äigni mäinig, de ganzi vercheer, s nazionaali inträssi, der eerschti aschtronaut.**

Eine Anzahl von Adjektiven war früher in der endungslosen starken Form um den auslautenden Konsonanten gekürzt, während er bei den vokalischen Endungen wieder erschien: **de grüe öpfel: en grüene öpfel, de wuli mantel** der wollene Mantel: **e wulis chläid: en wulene mantel, s früntli chind: e früntlis chind: di früntliche chind.**

Bei diesen Wörtern besteht heute die Tendenz, den Endungskonsonant wieder herzustellen: **de grüen öpfel, e früntlichs chind.** Die auf **-i** endenden alten Stoffadjektive sind weitgehend durch Formen auf **-ig** ersetzt worden: **wulig, goldig, silberig.**

Der freistehende oder Adjektivartikel

Das Schweizerdeutsche hat zwei eigene Artikel entwickelt, die nur verwendet werden, wenn sie vor einem Adjektiv stehen: **di** für **d** und **e** für **es.** Die Artikel **d** und **es** dürfen nicht vor Adjektiven verwendet werden, sondern dafür treten die Artikel **di** und **e** ein. Also:

d nazioon : di schwyzerisch nazioon
d völcher : di öiropëëische völcher
es land : e demokraatisches land

Die übrigen Artikel sind vor Adjektiv dieselben wie sonst. Es ist noch zu beachten, dass, wenn ein Adjektiv substantiviert wird (das heisst, ohne nachfolgendes Substantiv gebraucht wird), der Adjektivartikel beibehalten wird:

di alten und di junge; di root und di blau; e roots und e blaus; di aagstelte; di organisierten und di unorganisierte.

Anmerkung: Man verwechsle den Adjektivartikel **di** nicht mit dem Demonstrativpronomen **die. Di jung frau** = die junge Frau, aber **die jung frau** = diese junge Frau.

Wörter

chùùrz	kurz	**bëërgstyger**	Bergsteiger
puur	pur, rein	**erfaarig**	Erfahrung
luuter	lauter	**hämp**	Hemd
tick	dick	**hang**	Abhang
tünn	dünn	**tschoope**	Männerjacke
nider	nieder	**ledischiff**	Lastschiff
wyss	weiss	**ghüüs**	Gehäuse
gääl	gelb	**modäll**	Modell
bruun	braun	**nüangse**	Nuance
o'rangsch	orangefarben	**samet**	Samt
grüen	grün	**chäfer**	Käfer
bëësch	beige	**rugge**	Rücken
ggariert	kariert	**partey**	Partei
hölzig	hölzern	**wulechläid**	Wollkleid
wuli, wulig	wollen	**schätzli**	Schätzchen
äng	eng	**schryb-maschine**	Schreib-maschine
guet	gut	**büechli**	Büchlein
ebe	eben	**molch**	Kaulquappe
lëër	leer	**truurige molch**	mieser Kerl
blööd	blöd, faden-scheinig	**beamte**	Beamter
glych	gleich	**aagstelte**	Angestellter
glychlig	gleich, gleich-artig	**plagööri**	Prahlhans
		wëëler	Wähler
verschide	verschieden	**gaarte**	Garten
gstole	gestohlen	**hërdöpfel**	Kartoffel
gschnitte	geschnitten	**papyr**	Papier
nöd läid	nicht übel	**volch**	Volk
schigg	chic	**nazioon**	Nation
stotzig, gëëch	steil	**aahaa**	tragen (Kleider)
änglisch	englisch	**risggiere**	wagen
italiëënisch	italienisch	**settig**	solch
uusgfale	ungewöhnlich	**übere**	hinüber
underschribe	unterschrieben	**a'propo**	Was ich noch sagen wollte
ygschribe	eingeschrieben		

ÜBUNG 8

Die grünen und roten Kleider. Schwarze Mäntel. Grosser Gott. Mit fünf (föif) geübten Bergsteigern. Der neue Stadtrat. Ein früher Gast. Die alten Leute. Von den alten Eseln. Ein neuer Tisch. Ein frisches Hemd. In einem dunkeln Zimmer. Ein dunkles Loch. Das goldene Horn. Das wollene Kleid. Die silbernen Löffel. Hölzerne Gehäuse. Ein freundlicher Herr. Ein freundliches Kind. Die alte Dame ist freundlich. Auf einer ebenen Fläche. Eine fadenscheinige Stelle. Die Türe ist offen. Die offene Türe. Eine offene Türe. Die Alten und die Jungen. Die Beamten. Die Angestellten. Mit grossem Vergnügen. Bei hellem Licht. Wegen schlechten Erfahrungen. In schwerer Not. Vor lauter Aufregung. Das Haus ist klein. Ein kleines Haus. Ein kleiner Hund. Eine kleine Schreibmaschine. Mit einem kleinen Hund. Auf der kleinen Schreibmaschine. Kleine Leute. Gestohlenes Gut. Das Gras ist geschnitten. Der Vertrag ist unterschrieben. Die gestohlene Brieftasche. Das geschnittene Gras. Der unterschriebene Vertrag. Viele leere Worte. Zwanzig (zwänzg) blaue Strassenbahnwagen. Ein paar steile Hänge. Im grossen ganzen. Viel Grosses. Etwas Neues. Kein einziges Ledischiff. Kein einziger Wagen. Auf keinem einzigen Boot. Ich dummer Esel. Mir armem Tropf. Du liebes Schätzchen. Wir eingeschriebenen Parteimitglieder. Ihr unsolidarischen Aussenseiter.

En buebestryt

Häiri: Werum nimsch du mir mys bleystift und myn liniaal?

Ruedi: Si sind myne.

Häiri: Dëë liniaal isch myne und daas bleystift au, frȍȍg nume der Ueli!

Ueli: Zäiged emaal öii sache!

Häiri: Daa chunt s uus, ëër hät i sym theek zwee liniääl. Devoo isch doch nu äine syne und der ander isch bestimt myne. Ich kän en, d egge sind ganz stumpf.

Ruedi: Iez hani bigoscht öisi liniääl verwächslet; aber das daas bleystift dyne seyg, das machsch mer nöd voor.

Häiri: Moll, es isch myne, so waar wie die fädere mynen isch.

Ruedi: Die fädere isch ja gaar nöd dyne, die häsch du ja hütemorge vo dyner schwöschter vertleent.

Häiri: Isch ja gar nöd waar. Ich vertleene nie öppis vo myne gschwüschterte, suscht sind myni sache vor enen au nüme sicher.

Ruedi: Moll, du häsch es vo dyner schwöschter.

Häiri: Ich glaub, du vertleensch als vo dynere, wil t bhauptisch, ich heb alls vo mynere. Überhaupt händ öisi gschwüschterti iez gaar nüüt demit z tue, öb das bley myne seyg oder dyne.

Ueli:	**Ich wäiss gnau, das es synen isch.**
Ruedi:	**Chasch tänke; ich wiirde mys bleystift wol käne.**
Ueli:	**Ja, so guet, wie du dyn liniaal gchännt häsch.**
Häiri:	**Gib s iez hëre. Der Ueli sitzt doch näbet miir; ëër cha s bezüüge, das es mynen isch.**
Ueli:	**Gib em s doch! Suscht gaat er na go brüele oder er säit s sym vatter, und dänn chunt dëë i d schuel und säit s öisem leerer und dänn git s di grööscht gschicht bloos wäge somene bley.**
Ruedi:	**Miraa – së, daa häsch es. Aber mynen isch es äinewääg. Ich gib der s bloos, das mer öisi rue händ.**

DAS POSSESSIVPRONOMEN

Vorbemerkung: Adjektive und Pronomen können sowohl substantivisch als adjektivisch gebraucht werden. Da bei den Pronomen in einzelnen Fällen beim substantivischen Gebrauch andere Formen als beim adjektivischen verwendet werden, muss man den Unterschied kennen. Adjektivisch ist ein Pronomen oder Adjektiv, das einem Substantiv beigefügt ist, substantivisch eines, das selbständig ist. Zum Beispiel:
Dieses ist mein Haus (adjektivisch) : dieses ist das Meinige (substantivisch).
Viele Leute waren dort (adjektivisch) : Viele waren dort (substantivisch).

Die schweizerdeutschen Possessivpronomina entsprechen genau den deutschen. **myn, dyn, syn, ire, öise, öie, ire** sind die Entsprechungen von deutsch *mein*, *dein*, *sein*, *ihr*, *unser*, *euer*, *ihr*. Ihre Flexion ist die des starken Adjektivs, mit einigen Abweichungen, besonders bei den ersten drei. Die Flexionsbeispiele sind wie folgt:

		Mask.	Fem.	Neutr.	Mask.	Fem.	Neutr.
Singular,	Grundf.	**myn**	**myni**	**mys**	**öise**	**öisi**	**öises**
	Dativ	**mym**	**mynere**	**mym**	**öisem**	**öisere**	**öisem**
Plural,	Grundf.		**myni**			**öisi**	
	Dativ		**myne**			**öisne**	

Wie **myn** werden flektiert **dyn** und **syn**, wie **öises öie** und **ire.**
Wenn die drei ersten Possessivpronomen **myn, dyn, syn** unbetont sind, werden sie gekürzt zu **min, din, sin.** Doch wird nicht so scharf unterschieden wie zwischen betonten und unbetonten Personalpronomen (Lektion 7), sondern die Länge des *i* schwankt stark.

Nebenformen

An Stelle von **myni, dyni, syni** wurde in der Zürcher Mundart früher **my, dy, sy** verwendet. Heute kommen diese Formen nur noch selten vor: **my frau.** In adjektivischer Stellung wird neben der volleren Form im Dativ Singular Femininum **mynere** usw. häufig die mit dem Schriftdeutschen identische Form **myner** verwendet. Neben Nominativ **öise** und **öie** kommen auch **öisere** und **öiere** vor: **öise hund** und **öisere hund.** Im Dativ Plural gibt es auch eine Form ohne eingeschobenes **-n-**, also **öise, öie, ire** neben **öisne, öine, irne** und **öisere, öiere** neben **öiserne** und **öierne.**

Die deutschen substantivierten Formen, *der meinige*, *das seinige*, *die unsrige* usw. haben im Schweizerischen keine Entsprechung. An ihrer Stelle verwendet man die eigenständigen substantivierten Formen, die im Gegensatz zum Deutschen nie einen Artikel vor sich haben und daher in ihrer Flexion mit dem starken Adjektiv gleichgesetzt werden.

Der meinige: **myne**	*die meinige:* **myni**	*das meinige:* **mys**
dem meinigen: **mym**	*der meinigen:* **mynere**	*dem meinigen:* **mym**
	die meinigen: **myni**	
	den meinigen: **myne**	

Entsprechend: **dyne, syne, öise, öie, ire.** Man beachte, dass im Dativ Singular Femininum substantivisch immer die längere Form gebraucht wird: **mynere, dynere, synere, öisere, öiere, irere.**

Beispiele: *Euer Haus ist nicht so gross wie das unsrige, dafür hat das eure einen grösseren Garten:* **Öies huus isch nöd eso grooss wie öises, defüür hät öies en gröössere gaarte.** *Meine Mutter schenkte mir fünfzig Rappen, was hat dir die deinige gegeben?:* **Myni mueter hät mer füfzg rappe gschänkt, was hät der dyni ggëë?** *Lass meinen Kugelschreiber in Ruhe, schreib du mit dem deinigen:* **Las myn chugelschryber i rue, schryb du mit dym!** *Meiner Frau geht es gut, wie geht es der deinigen?:* **Myner frau gaat s guet, wie gaat s dynere?** (Hier könnte am Anfang adjektivisch ebenso gut **mynere frau** gebraucht werden, aber auf keinen Fall am Schluss substantivisch **dyner**).

Das gehört mir

Die substantivischen Formen **myne, dyne, syne, öise, öie** werden in allen Geschlechtern sowie im Singular und Plural für ein Besitzverhältnis verwendet. Also nicht nur, was grammatisch-logisch richtig ist, **dëë theek isch myne, dëë chugelschryber isch dyne, dëë wald isch öise, dëë schungge isch syne,** sondern auch **die fädere isch myne, das buech isch syne, das huus isch öise.** Die Verwendung von **öie** und **ire** ist in diesen Konstruktionen eher selten, man verwendet hier lieber den Dativ des Personalpronomens, der übrigens bei allen Personen möglich ist: **dëë wald isch öi, das huus isch ine,** sowie **dëë theek isch mir, dëë chugelschryber isch diir, dëë schungge isch im.** «*Das gehört mir*» kann also entweder mit «**daas isch myne**» oder mit «**Das isch miir**» übersetzt werden.

Wörter

theek	Schulranzen	**belüüchtig**	Beleuchtung
schuel	Schule	**bleystift, bley**	Bleistift
stägehuus	Treppenhaus	**hiesig**	hiesig
schungge	Schmöker	**heb soorg!**	gib acht!
schaufäischter	Schaufenster	**bhaupte** 2	behaupten

rue	Ruhe	**bezüüge** 1	bezeugen
liniaal m.	Lineal	**vertleene** 1	borgen
hündli	Hündchen	**verwächsle** 2	verwechseln
füli	Füllfeder	**voormache** 1	einreden wollen
chugelschryber	Kugelschreiber	**fascht**	beinahe
chatz	Katze	**äinewääg**	ohnehin
gschwüschterti	Geschwister	**së!**	da nimm!
uur	Uhr	**miraa**	meinetwegen
zytsignaal	Zeitsignal		

ÜBUNG 9

Meine Uhr geht vor; was hast du für Zeit auf der deinen? Meine geht auch ein wenig falsch (spint echli); unser Radio ist in Reparatur, und da kann ich sie nicht nach dem Zeitsignal stellen. Wessen (wem sein) Bleistift ist das? Meiner ist es nicht. Gehört er nicht dir (ist er nicht deiner)? Ich glaube, er ist ihm oder ihr. Euer Hund hetzt immer unsere Katze. Die Redaktion sandte ein Zirkular an ihre Mitarbeiter. Frau Brändli macht Einkäufe für ihre Familie. Der Vater geht mit seinem Sohn und seiner Tochter spazieren. In unserer Familie gibt es bald eine Hochzeit. Mein neuer Füllfederhalter ist schon entzwei; hast du mehr Glück mit deinem? Dein kleines Hündchen ist heute fast unter ein Auto gekommen. Unser hiesiges Obst ist konkurrenzfähig. Eure moderne Treppenhausbeleuchtung gibt ein schönes Licht. Sie bezaubert alle Welt mit ihrem freundlichen Wesen. Schauen Sie unsere Schaufenster an! Unsere neuen Modelle sind gestern gekommen. Lassen Sie Ihre Sorgen zu Hause und kommen Sie zu einem lustigen Abend in unser Cabaret!

LEKTION

10

Muschtersätz

Er hät emaal amene hoochsig vil erfolg ghaa mit eme gedichtli, und sider träit er alpot öppis voor, wänn er bimene fäscht isch. Vom eerschte bis zum letschte stundeschlaag hät er gwëërchet. Gägen en settigen yfer isch niemer uufchoo. Am wëërchtig gönd s i d schuel und am suntig i d chile. Ich gieng gëërn mee in kino, aber i präiche s nie. Er isch im kino gsy, aber er isch nöd begäischteret gsy vom film. Wäg eren äinzigen interpelazioon hät de raat namaal müese zämechoo. Ooni d hilff von komunischte wëëred d soziaaldemokraten im waalkampf underläge. Di freysinige sind gäge s referändum gsy, wil si s nöd händ wele risggiere, das gsetz emene abstimigskampf uuszsetze. Er hät epaar maal a d behörde gschribe, aber si händ vo syne reklamazioone nüüt wele wüsse. Mer händs inere zytig gläse, aber mer wüssed nümen i welere. Zur erholig händ s en as meer gschickt, aber vilicht wëërs besser gsy, si hettid en anes oort i d bëërg gschickt. Im bültëng vom Turingklup hät er gläse, das d Gotthart-Straass verschneyt seyg; do hät er syn wage z Göschene uf d baan taa, wil er am glyche taag na is Tessyn hät wele. Wëret der ganzen italiënischen exkursioon sind s fascht iede taag ine chile oder ines museum. Im alte Zürichrieg händ d Äidgenosse gäge d stadt Züri und gäge d Habsburger gchrieget und im Schwaabechrieg

gäge s Tüütsch Rych. Gang na gschwind in konsum go poschte. Zunere böleweëe bruucht s en halbe liter nidel. Er hät zun mäitlene gsäit, an fyrtige hebed s von zwäinen aa frey. Wo mer uf der nordsyte vom Gotthartunel usechoo sind, simer ines rägewätter choo, wie me si s ërger nöd cha voorstele. Em Obersee naa boued s iez äis wuchenändhuus na em andere. Z Züri wiirt en huuffe poue. Oben a der uniwërsitëët händ s e ganz e nöii straass poue und unen a der ggasërne wiirt d Siil teckt. D ggasërne isch änet der Siil, aber si blybt nüme lang deet.

Die Präpositionen

Die folgenden Präpositionen entsprechen in Form und Bedeutung weitgehend den deutschen:

i	in	**wäge, wäg**	wegen
a	an	**vor**	vor
us	aus	**vo**	von
uf	auf	**z, zu, zue**	zu
na, nach	nach	**bi, by**	bei
um	um	**gäge, gäg**	gegen
dur	durch	**sid**	seit
under	unter	**oni**	ohne
hinder	hinter	**mit**	mit
über	über	**ussert**	ausser
näbet	neben	**inert**	binnen
zwüschet	zwischen	**statt**	statt
wäret	während	**trotz**	trotz

Daneben gibt es aber noch eine Reihe spezifisch schweizerischer Vorwörter und präpositionaler Bildungen:

ab	von – herab	**unen a**	unterhalb
ob	auf, über	**ussen a**	ausserhalb
änet	jenseits	**inen a**	innerhalb
zmitts i	inmitten	**hinen a**	auf der Rückseite von
hëërwärts vo	diesseits		
... naa	längs	**vornen a**	auf der Vorderseite von
wisawy vo	gegenüber		
oben a	oberhalb		

Zur Verwendung:

D hërdöpfel sind ob em füür	auf dem Feuer
Du muesch d hërdöpfel ab em füür nëë	vom Feuer weg
Ali händ müese lachen ab diir	über dich
Si isch ab der rytschuel gsprunge	vom Karussel herab
Dëë isch ab de schine	der ist auf und davon
Domodossola isch änet em Simplon	jenseits des Simplons

Änet em bëërg sind au lüüt	jenseits des Bergs
Hëërwärts vo der Wäid	diesseits der Weid
Zmitts im doorff isch d chile	mitten im Dorf
Der baanlinie naa gaat en autobaan	längs der Bahnlinie
Wisawy vo der chile staat s raathuus	gegenüber der Kirche
Oben am hang isch es schneebrätt	
Unen am hang hät s e lawyneverbouig	
Ussen am doorff isch e lawynen abeggange	
Hinen am huus hät s es müürli ytruckt	
Vornen am huus isch nüüt passiert	

Bei Orten und Ländern ohne Artikel dient **uf** für die Angabe der Richtung, während **z** das Verweilen angibt:
uf Züri, uf Basel, uf Chuur, uf Amërika, uf Frankrych *nach Zürich*, usw.
uf s gricht, uf de baanhof, uf de wëërchplatz *zum Gericht* usw.
z Züri, z Basel, z Chuur, z Frankrych *in Zürich* usw.
dagegen mit Artikel: **i d Schwyz, i der Schwyz, is Elsass, im Elsass**

Gedehnte und gekürzte Präpositionen

Zu tritt in drei Formen auf: **z zu zue**, wobei **z** nur vor Ortsnamen und vor dem Infinitiv gebraucht wird, **zu** ist die normale Form und **zue** steht vor unbetonten Pronomen. In letzterem Fall nimmt **bi** die Form **by** an. Umgekehrt werden **wäge** und **gäge** oft in einer kürzeren Form **gäg** und **wäg** gebraucht.

Es ist eine Eigentümlichkeit des Schweizerdeutschen, dass Präpositionen sowohl mit betonten wie unbetonten Personalpronomen verbunden werden können, wobei im letzteren Fall die Präposition allein der Tonträger wird und bei Vokalzusammenstoss (Hiatus) Binde-n auftritt. Man vergleiche die folgenden Beispiele:

zuen em, zuen ere, zuen is	**zu im, zu ire, zu öis**
zue mer, by mer, by der	**zu miir, bi miir, bi diir**
byn ere, byn is, byn ene	**bi ire, bi öis, bi ine**
von em, von ere, von is	**vo im, vo ire, vo öis**
mit em, für en, über s	**mit im, für in, über ins**

Sandhi und Verschmelzungen

Die schweizerdeutschen Präpositionen regieren den selben Fall wie die entsprechenden deutschen. Da es im Schweizerischen aber keinen Genitiv gibt, regieren **wäge, wäret, statt, trotz** den Dativ, andere wie kraft, halber, in betreff, zwecks, binnen, angesichts fehlen im Schweizerdeutschen völlig.

Die vokalisch auslautenden Präpositionen **a, i, vo, gäge, wäge** haben im Hiatus ein Binde-n: **an öisi fründ, in alne döörffere, von Effrëëtiken uf Dietlike, gägen öisi überzüügig, wägen arbäitermangel, an en baum, in es hüüsli, in e chile.** Bei **wäge** wird vor Artikel gewöhnlich die kürzere Form verwendet **wäg em schlächte wätter.** Eine eigentliche Verschmelzung von vokalisch auslautenden Präpositionen mit Artikel tritt ein im Dativ Singular. Die Verschmelzung geht dabei nach folgender Regel vor sich: In den Artikeln **emene, enere, em** fällt das erste **e** ab und wird ersetzt durch die Präposition, zum Beispiel: **a + emene** wird zu **amene.** Die folgende Liste enthält sämtliche Fälle:

a		**amene**	**anere**	**am**
i	**emene**	**imene**	**inere**	**im**
vo	**enere**	**vomene**	**vonere**	**vom**
bi	**em**	**bimene**	**binere**	**bim**
zu		**zumene**	**zunere**	**zum**

Zu als einzige Präposition verschmilzt mit **der** zu **zur.**

Wenn **a** und **i** vor dem männlichen bestimmten Artikel **de** stehen, so tritt eine Verschmelzung mit dem sonst ausgestorbenen Akkusativartikel «den» ein. Statt **a de tisch pütsche** *an den Tisch stossen* und **i de see flüüge** *in den See fallen* heisst es **an tisch pütsche, in see flüüge.** Man gebraucht aber auch die unverbundenen Formen **a de** und **i de.**

Auch im Dativ Plural verschmilzt der ausgestorbene Artikel «den» mit vokalisch auslautenden Präpositionen, **a de** gibt **an, vo de** gibt **von, i de** gibt **in, bi de** gibt **bin, zu de** gibt **zun. Bin griechen und römere** *bei den Griechen und Römern,* **von nüüne bis zun zwölfe** *von den neunen bis zu den zwölfen,* das heisst, von neun bis zwölf Uhr. Diese Verschmelzung wird nicht mehr konsequent gebraucht.

Verbalzusammensetzungen

Bei Zusammensetzungen mit Verben in sogenannten trennbaren Komposita nehmen verschiedene Präpositionen eine gelängte Form an. Einige Beispiele, die für viele stehen:

a : aamache *befestigen* **mach de laden aa**
us : uuschoo *sich verstehen* **mir chömed guet uus mit ene**
uf : uuftue *öffnen* **d tierli tüend d augen uuf**
dur : dùùrtue *auswischen* **tue das dùùr und schryb s nöi**
zu : zuemache *schliessen* **mach s fäischter zue**
na : naastyge *begreifen* **stygsch naa, häsch kä langi läitig?**
vor : voorchoo *vorkommen* **so öppis chunt äim mängsmaal voor**
bi : bystaa *beistehen* **stand mer by!**
ob : oobhaa *auf dem Feuer haben* **wie lang häsch es scho oob?**
ab : abschlaa (kurz a) *verprügeln* **si schlönd en aab** (lang a)

Von Präpositionen abgeleitete Adverbien haben die gedehnte Stufe der Präpositionen: **devoo, duraab, devoor, verby, dezue, voruus, dry, dury,** usw. Näheres darüber in Lektion 22.

WÖRTER

chind 1	Kind	**yhäimisch**	einheimisch
schëër	Schere	**ableene** 1	ablehnen
windle	Windel	**boue** 3	bauen
Gämf	Genf	**dränge** 1	drängen
überzüügig	Überzeugung	**poschte**	einkaufen gehen
referändum	Volksbefragung		
abonänt	Abonnent	**präiche**	dazu kommen
bölewëëe	Zwiebelkuchen	**wëërche**	arbeiten
brune	Brunnen	**ghäisse**	heissen, nennen
chilbi f.	Kirchweih	**tecke** 1	zudecken
fyrtig	Feiertag	**choo**	gekommen
hüüsli	Häuschen	**wele**	wollen
nidel	Rahm, Sahne	**wüsse**	wissen
räge	Regen	**doo, do**	da, dann (zeitl.)
tunel n.	Tunnel	**alpot**	alle Augenblicke, jederzeit
turnhale	Turnhalle		
umzùùg	Umzug		
uni, uniwërsitëët	Universität	**zvorderscht**	vorne dran
		zrugg	zurück
Wältschland	Welschland	**wo** (Konjunkt.)	als, nachdem

ÜBUNG 10

Merkst du nicht, wie sie über dich lachen? Jenseits des Rheins steht ein Häuschen. Wir gingen dem Fluss nach, bis wir zu einem Seelein kamen. Seit ein paar Jahren geht die Zahl der Abonnenten zurück. Oberhalb der Universität stehen die Turnhallen. Zwischen der Kirche und dem Schulhaus steht ein schöner Brunnen. Ich habe es von einem Einheimischen erfahren (zu wissen bekommen). An einem Feiertag sind alle Geschäfte zu. Von den Fachleuten ist der Vorschlag abgelehnt worden. Bei einer Kirchweih sind die Kinder vorne dran. Als wir in die Stadt kamen, stand schon alles voller Leute, und wir haben vom Umzug nichts gesehen. Da gingen wir in ein Restaurant. Ich reiste letzte Woche ins Welschland. Zuerst ging ich nach Lausanne, und dann bin ich einige Tage in Genf geblieben. In Zürich gibt es jederzeit etwas Neues. Die Pferde stürmten ans Wasser und traten (standen) mit den Füssen ins Wasser.

D schwätzbäsene

Em leerer syni frau und em pfaarer syni hushelteri stönd di mäischt zyt vom taag amene fäischter uf der gaartesyte vo irne hüüsere und rätsched über em nöie tokter syn hushalt und wërwäised, was ächt syni frau für äini seyg. Derwyle spaziered d hüener in aler rue im pfaarer syne schööne bluemebeeten umenand und d buebe vom dorff chönd uf der andere syte vom leerer sym huus stäi dur di offne fäischter rüere. Psunders der äint, de bueb vomene ryche puur, wo wäg sine schlime sträiche i der hinderschte hütte vom dorff verhasst isch, trybt s am gröbschte; ëër mäint halt, mit sym vatter sym gältsack chön er sich ales erlaube: nöd öppe, das er dänn das bild vom leerer syner frau, wo a der wand hanget und wo grad iez zmittst ine en stäi gfasst hät, wott zale, aber er känt em leerer syni angscht vor dëne ryche puuremane und wäiss, das dëë kän mux macht zum das schwarz schaaff vo syner klass bi dem sym vatter verrätsche. Underdesse händ si die luusbuebe scho lang us der Babete und der frau leerer irer nööchi verzoge, bis die schwätzbäsene nu i d mitti vo irem inträssante gspröööch choo sind. A der uur uf em chileturm isch es scho elfi, aber is pfaarers chuchi isch na kä chöchi z gsee. Em leerer syn zmittaag staat sicher am zwölfi ä nanig uf em tisch, und deby mues er doch de grööscht täil vo syne stunde am morge gëë und drum früe uufstaa, und dänn hät er sicher en bëëre-

hunger. Eër isch scho es muschter vomene geduldige maa, aber syner frau ire rueff isch dänn defüür nöd eso tiptop, und was si iez wider z giftle wäiss über em tokter syni frau, wo doch s harmloosischt wäse vo der wält isch, das gaat doch echli z wyt. Aber dëne zwoo bäsenen ires gschwätz trëët si eben nu um sache, wo si nüüt aagönd. Drum gscheets ene ja au ganz rächt, wänn ene de bueben und de hüeneren iri lumpereye ërger mached, und es wëër würkli guet, wänn s dur dënen iri tumhäiten emaal echli gschyder wüüred.

DER GENITIV

Das Schweizerdeutsche hat keine Fallform, die dem deutschen Genitiv oder Wesfall entspricht. Es drückt dieses Verhältnis zwischen zwei Substantiven auf andere Art aus. Es hat dazu drei Möglichkeiten:
1. den possessiven Dativ; 2. die Umschreibung mit einer Präposition; 3. den sächsischen Genitiv.

Der possessive Dativ

Den possessiven Dativ versteht man am ehesten, wenn man seine Entstehung kennt. Aus einer Wendung wie: **Em puur isch sys huus abepränt** *(dem Bauer ist sein Haus abgebrannt)* wird durch die Verrückung des Verbs hinter das regierende Wort ein possessiver Dativ: **Em puur sys huus isch abepränt** *(das Haus des Bauern ist abgebrannt)*. Oder: **Mym vatter flüügt wäg em wind syn huet devoo** wird zu: **Mym vatter syn huet flüügt wäg em wind devoo.**
Definition: Beim possessiven Dativ **(em puur sys huus** *das Haus des Bauern)* wird das Wort, das im Deutschen im Genitiv steht, vorausgenommen und in den Dativ gesetzt **(em puur)**. Das Wort, das den Genitiv regiert **(huus)**, folgt, und davor wird das Possessivpronomen der Person, die im Genitiv steht **(puur,** folglich **sys)** gestellt.
Faustregel: Wenn man einen deutschen Genitiv in einen possessiven Dativ verwandeln will, empfiehlt es sich, den Genitiv zuerst in einen sogenannten sächsischen Genitiv umzuwandeln: *Das Haus des Bauern* zu *des Bauern Haus*, *das Strickzeug der Mutter* zu *der Mutter Strickzeug*, *die Spielsachen der Kinder* zu *der Kinder Spielsachen.* Dann setze man das erste Wort in den Dativ: *Dem Bauern, der Mutter*, *den Kindern.* Hierauf schiebe man vor dem folgenden Wort das Possessivpronomen, das zur vorausgehenden Person gehört, ein mit der Flexionsendung, die das folgende Wort verlangt: *sein*, *ihr*, *ihre.* Dann kann man buchstäblich übersetzen:

em puur sys huus,
Der mueter iri lismete,
De chinden iri spilsache.

Nun kann es geschehen, dass das regierende Wort, das ist das beim possessiven Dativ an zweiter Stelle stehende, entweder von einer

Präposition abhängt oder Dativobjekt zu einem Verb ist. Dann muss die Präposition mit dem Artikel, der vor dem possessiven Dativ steht, verschmelzen und das Possessivpronomen die Endung annehmen, die die Präposition verlangt.
Man vergegenwärtige sich das folgendermassen:

vo (em maa) syner syte	*von der Seite des Mannes*
bi (em pfaarer) syner hushelteri	*bei der Haushälterin des Pfarrers*
i (em tokter) syner chuchi	*in der Küche des Doktors*
zu (em tokter) syner frau	*zu der Frau des Doktors*

Präpositionen und Artikel müssen verschmelzen, so dass diese Sätze in der wirklichen Sprache folgendermassen aussehen:

vom maa syner syte; bim pfaarer syner hushelteri; im tokter syner chuchi; zum tokter syner frau.

Die Frau des Doktors = **em tokter syni frau.** Wenn aber *Frau* Dativobjekt eines Verbs ist, muss **syni** ebenfalls die Dativendung annehmen, genau wie nach den betreffenden Präpositionen:

i gibe s em tokter syner frau	*ich gebe es der Frau des Doktors*
i empfile di em tokter syner frau	*ich empfehle dich der Frau...*

Der possessive Dativ ist sehr beliebt im Schweizerdeutschen. Er ist aber nur möglich, wenn das regierende Wort mit dem bestimmten Artikel versehen ist, und wenn das abhängige Wort (das im Deutschen im Genitiv stehende) eine Person bezeichnet.

Bestimmter Artikel:	**em Ruedi syni fründ**
Unbestimmter Artikel:	**emene puur syni buebe**
Possessivpronomen:	**myner schwöschter iri chläider**
Demonstrativpronomen:	**säbem soldaat syn kabut**

Wenn der possessive Dativ nicht möglich ist, muss die zweite Möglichkeit, ein Genitivverhältnis auszudrücken, benützt werden.

Die Umschreibung des Genitivs

Man drückt das Genitivverhältnis mit Hilfe der Präposition **vo** aus.

es huus vo mym vatter	*ein Haus meines Vaters*
s tach vom huus	*das Dach des Hauses*
e reed vom presidänt	*eine Rede des Präsidenten*
d tüüffeschëërffi vonere kamera	*die Tiefenschärfe einer Kamera*
d räichwyti vom churzwälesänder	*die Reichweite des Kurzwellensenders*
en fründ vo miir	*einer meiner Freunde*

Diese Genitivumschreibung ist genau analog derjenigen des Englischen und der romanischen Sprachen «*a speech of the chairman*» *«un discours du président»* – Gelegentlich kann auch eine andere Präposition als **vo** ein Genitivverhältnis wiedergeben, zum Beispiel: **s tach uf em huus; di schönschte seen i der Schwyz; de himel über Itaalie.**

Der sächsische Genitiv

Bei Eigennamen kommt gelegentlich noch ein richtiger Genitiv vor. Dabei steht das Wort im Genitiv vor dem regierenden Wort; es bekommt die Endung **-s** und davor muss der Genitivartikel **s** stehen.

s vatters huus	*des Vaters Haus*
s pfaarers gaarte	*der Garten des Pfarrers*
s Ruedis stimm	*Rudis Stimme*
s Mäiers chuchi	*die Küche von Meiers*
s Oberholzers matte	*die Wiese von Oberholzers*

Doch sind diese Wendungen heute ziemlich selten. Die Bezeichnung von Familien **s Wasers, s Guyers, s Bachofners** ist dagegen gang und gäbe, nur werden sie ausser in den Konstruktionen wie **s Büelers chuchi** nicht mehr als Genitive, sondern als Grundfall gefühlt. Der Genitiv kommt aber noch in einigen formelhaften, erstarrten Wendungen vor:

i ha nöd der zyt	*ich habe keine Zeit*
um Gottes wile	*um Gottes willen*
um en Gottes loo	*umsonst arbeiten*
i Gotts name	*in Gottes Namen*
ums himels wile	*um Himmels willen*
s tüüfels tank	*keinen Dank*
er isch maas gnueg	*er ist Manns genug*
es hagels chröttli	*ein schlimmes Mädchen*
gömer wyters	*gehen wir weiter*
myner läptig	*solange ich lebe*
alerhand	*allerhand*
zwäierläi	*zweierlei*
öiseräin	*unsereiner*

WÖRTER

ame	Amtmann	**mux**	Laut, Bewegung
tokter 2	Doktor, Arzt	**nööchi**	Nähe
pfarer, pfaarer	(2) Pfarrer	**heft** 4	Heft
de zmittaag	das Mittagessen	**bèèr, bäär**	Bär
wäse	Wesen	**hushelteri**	Haushälterin
schwätzbäsi	Klatschtante	**verträter**	Vertreter
sitzig	Sitzung	**gmäindraat** (òò)	Gemeinderat
mitti	Mitte	**doorff** 4	Dorf
mittwuche	Mittwoch	**trännschèèrfi**	Trennschärfe
huen 4	Huhn	**räichwyti**	Reichweite

kabut 2 (ü)	Militärmantel	**rüere** 1	werfen
bezieig	Beziehung	**rätsche** 2	klatschen
Zürizytig	Neue Zürcher Zeitung	**verrätsche** 2	ins Gerede bringen
öiropëëisch	europäisch	**druusgloffe**	weggelaufen
suuber	sauber, rein	**giftle**	giftig reden
süüberer	reiner	**fasse**	fassen, bekommen
beliebtischt	beliebtest		
rych	reich	**drunder und drüber**	drunter und drüber
gschyd	gescheit		
wërwäise	mutmassen	**verlobe** 1	verloben

> *Zur Erinnerung:* Man halte die drei verschiedenen **e**-Laute genau auseinander:
> **e** geschlossen, zum Beispiel: **hebe, tecke, schnee:**
> **ë** offen wie französisch **è**: **dëm, chrënker, lëërme:**
> **ä** überoffen: **räge, gält, blääch.**

ÜBUNG 11

Die Vertreter der europäischen Länder haben eine Zusammenkunft in Bern. In des Doktors Haus ist alles drunter und drüber. Das Auto meines Vaters hat mehr Zylinder als dasjenige des deinigen (deinem seins). Im Schuppen des Ammanns ist nichts als Gerümpel. Die Gemeinderäte der Stadt Zürich haben Sitzung am Mittwoch. Mein Bruder verlobt sich bald mit Herrn Baumgartners Schwester. Hanslis Hefte sind sauberer als die Heiris (dem Heiri seine). Die Tiere sind die Freunde der Kinder. Die Redaktion der «Neuen Zürcher Zeitung» ist in der Nähe des Bahnhofs Stadelhofen. Ovomaltine ist eines (äis) der beliebtesten Getränke der Schweizer Kinder. Das Haus unseres Nachbars wird jetzt renoviert. Das Mädchen meiner Schwester ist davongelaufen. Am Hochzeitstag meiner Eltern machen wir einen Ausflug.

Vom baanhoof zum see

En zürcher zäiget syne verwandte, wo s eerscht maal uf Züri chömed, d stadt. Er holts vom zùùg ab und fangt grad uf em Baanhofplatz aa erchlëëre: Die bräit schöön straass daa isch d Baanhoofstraass, aber miir gönd iez zeersch über die brugg. Si ghäisst baanhoofbrugg und dëë fluss isch natüürli d Limet. Daas da isch s Zäntral, und die hüüser linggs vom Limetggëë, wo mer iez ufe gönd, ghööred zum Niderdoorff; vo dëm händ er sicher au scho ghöört. De säb hoger mit dëne schööne böime druf obe isch de Lindehoof, das isch der eltischt täil vo Züri, aber wäg säbem nöd de wüeschtischt, das gseend er ja. Iez gömer wyter duruuf und chömed zum Groossmünschter. En prächtige bou, säb mues me säge! Vo dëre chilen uus hät em Zwingli syni reformazioon aagfange. Dëë viereggig block obedraa isch s Choorhërestift. Das isch di eltischt schuel gsy i der stadt. Wä mer iez uf die brugg gönd, wo vom Groossmünschter zum Stadthuus überefüert, gseemer di mäischte wichtige boute vo der stadt, deet une s raathuus, wo mer vorig scho draa verby sind, grad vor öis s Fraumünschter, und di säb chile mit em ticke turm isch de Peeter. Di säb uur heb s grööscht ziferblatt i der wält. Dëë maa uf dëm dänkmaal, wo daa so küen uf em ross sitzt, mit der strytachs i der hand, isch de Hans Waldme. Vo daa uus gseemer au guet die verschidene zumfthüüser, daas daa isch d Mäise, daas deet d Zimerlüüte, und wänn s Helmhuus öis nöd eso bräit vor der

nase stiend, wüüred mer d Saffraan no gsee. Äigetli sett me säge zouft und möischter, aber das ghöört me iez nüme vil. Die brugg da une ghäisst Raathuusbrugg und die da obe isch d Ggëëbrugg. Iez gömer em Stadthuusggëë naae gäg de see ufe. Das inseli daa, wo iez es restorant druff isch, isch en täil vo den alte befeschtigunge, drum ghäisst s au Buuschänzli. Disi syte vo der Limet ghäisst Schiffländi, wil daa früener d lüüt vo de seegmäinde mit irne schiffe glandet sind, wo s na ekäi Ggëëbrugg ghaa hät. Hüt faared da nu na di flache schiff vo der limetschiffaart verby. Iez mached aber, das mer zum see chömed, dëë isch halt doch de gglu von öisere stadt. Wä mer langsam über d Ggëëbrugg gönd, händ er en schööne blick über de see, hüt isch sogaar en täil vo den Alpe z gsee, säb massyv isch de Glëërnisch. Iez simer am Bellwü aachoo, lueged emaal die zümftig vercheersaalaag, die vilen ample und die langen autoschlange! Daa nämed mer iez aber s tram und faared häi.

DEMONSTRATIV-PRONOMEN

Als Demonstrativpronomen werden **dëë** *(dieser)* und **de säb** *(jener)* verwendet. **Dëë** kann als betonter und erweiterter Artikel betrachtet werden, und **de säb** wird genau wie ein Adjektiv flektiert.

Singular, Grundform	**dëë**	**die**	**daas**	Plural	**die**
Dativ	**dëm**	**dëre**	**dëm**		**dëne**
Singular, Grundform	**de säb**	**di säb**	**säb**	Plural	**di säbe**
Dativ	**em säbe**	**der säbe**	**em säbe**		**de säbe**
	oder				
	säbem	**säbere**	**säbne**		**säbne**

Neben **dëë** und **daas** kommen bei schwächerem Nachdruck die gekürzten Formen **dë** und **das** vor.

Im Dativ von **säb** kommen Formen mit und ohne Artikel vor. – Das Neutrum **säb** (der Artikel **s** ist mit dem **s** verschmolzen) ist sehr häufig und gleichwertig mit **das**, zum Beispiel: **säb isch waar; säb mues me zuegëë; wäg säbem** (deswegen); **säb wili mäine** (aber ganz gewiss). Bei Gegenüberstellung von *dieser: jener* verwendet man gern **dëë-** mit einem Ortsadverb: **dëë daa** für *dieser* und **dëë deet** für *jener*. Zum Beispiel: **daas daa gfalt mer nöd, aber zäiged Si mer emale daas deet! Die schëër daa isch stumpf, nimm die deet! Was säisch zu dëne blueme deet? Mit dëre daa** (verächtlich) **wott i nüüt z tue haa.**

Dem deutschen Stamm «dieser» entspricht schweizerdeutsch **dise**, das wie ein starkes Adjektiv flektiert wird. Es hat aber nicht dieselbe Bedeutung wie im Deutschen, sondern bedeutet «*der andere*». **Dise** ist also gleichbedeutend mit **der ander.**

Der selbe wird übersetzt durch **de glych.** *Selbst* heisst **sälber.**
Die Entsprechungen von *solch* werden in der nächsten Lektion behandelt.

DAS RELATIV-PRONOMEN

Es gibt für alle Geschlechter, Zahlen und Fälle nur *ein* Relativpronomen: **wo,** das vollkommen unveränderlich ist. Beispiele:

Sg. Mask.	**Der artikel, wo mer i der zytig list**	*welchen*
Neutr.	**S fröiläin, won i i der baan käne gleert ha**	*welches*
Fem.	**D abstimig, wo me hät müese widerhole**	*welche*
Pl.	**D künschtler, wo uusgstelt händ**	*welche*

Man beachte, dass **wo** im Hiatus ein **-n** angefügt bekommt: **won i, won er.** Die Verwendung des Relativpronomens im Genitiv, Dativ und in Verbindung mit Präpositionen ist komplizierter und wird deshalb in Lektion 23 besonders behandelt.

Als Determinativpronomen dient das Demonstrativpronomen in der kürzeren Form:

dë, wo : *derjenige, welcher*
die, wo : *diejenige, welche*
das, wo : *dasjenige, welches*

WÖRTER

hoger	Anhöhe, Hügel	**bestëëtige**	bestätigen
vercheers-aalaag	Verkehrsanlage	**tauffe**	taufen
gëërtner	Gärtner	**öpperem öppis uufbinde**	jemandem etwas aufbinden
ggëë	Quai, Ufer-promenade	**uusstele**	ausstellen
gglu	Clou, Höhe-punkt	**i, er mues**	ich, er muss
		du muesch	du musst
fäischter-schybe	Fensterscheibe	**verschlage**	eingeschlagen
		furtrüere	wegwerfen
viereggig	viereckig	**schänke**	schenken
zümftig	grossartig	**aachoo**	ankommen, angekommen
linggs	links		
rächts	rechts	**vilicht**	vielleicht
waarschynli	wahrscheinlich	**vori, vorig**	vorhin
verboret	verbohrt, dick-köpfig	**hüt**	heute
		geschter	gestern
flattiere	schmeicheln	**verwütsche**	erwischen

> *Zur Erinnerung:* Jedes **e** in betonter Silbe ist geschlossen auszusprechen, auch wenn es kurz ist. **Reder, stedtli, bewege** mit kurzem geschlossenem e (französisches **é**).

ÜBUNG 12

Dieser Mann und jene Frau sind gestern angekommen. Das bindest du mir nicht auf. Von jenem Mann bekam ich zwei Äpfel geschenkt. Ihr seid verbohrte Lokalpatrioten, das muss man sagen. Nein, das ist nicht wahr. Doch, von dem bringt ihr mich nicht ab. Diese Leute da können es mir bestätigen. Jenes grosse Haus auf jener Anhöhe ist die Höhere Töchterschule. Jener Berg ist der Uetliberg. In dieser Kirche bin ich getauft worden. Mein kleiner Hund ist mein bester Freund; der geht immer mit mir. Diese Blumen habe ich selbst gezüchtet (zoge), und jene Bäume bekam ich vom Gärtner, als sie noch ganz klein waren. Die da kann man vielleicht noch einmal brauchen, aber die dort wollen wir fortwerfen. Mit denen da kann man wahrscheinlich nicht mehr viel anfangen. Das da ist das Haus, in dem (wo) Gottfried Keller als Knabe gewohnt hat. Der, der die Fensterscheibe eingeschlagen hat, ist erwischt worden. Die Kirschen, die ich von dir bekommen habe, haben mir gut geschmeckt. Von dem, der dir schmeichelt, musst du nichts Gutes erwarten.

Gsprööch über en gsangveräin

A. Was fürig lüüt händ iir in öiem gsangveräin?

B. Ja, s hät natüürli settigi und asigi. Di äinte chömed us liebi zur musig, die andere bloos zur underhaltig.

A. Was fürigi händ er lieber?

B. Natüürli dërigi, wo us inträssi und fröid a der sach chömed. Es hät zwaar au wider sonigi, wo mäined, si verstöndid mee weder de tirigänt sälber, aber me mues es nu verstaa, so cha me mit settige lüüten au uuschoo.

A. Was händ er für en tirigänt?

B. Äine wo sogaar am konsi gsy isch. Er hät no kän groosse name, aber er macht sy sach rächt. Wäisch, mer chönd sowisoo ekäine bruuche, wo z groossi aasprüch stelt; mer sind ja ekäi prueffsänger und händ schliessli käi psunderi ziil.

A. Sind ali dëre mäinig?

B. Ali ja nööd, es hät, wie gsäit, etlichi, wo gëërn hööcher use wettid, und es chunt öppe voor, das äine mit öppisem nöd yverstanden isch; aber i welem veräin chëëm so öppis nie voor? Aber öise presidänt laat si vo niemerem eso liecht druusbringe, und es bruucht vil, bis es öpperem glingt, en uufzrege.

A. Händ er na nie öpper müesen uusschlüüsse?

B. Moll, emaal hämer äifach müesen äinen uusschlüüsse. Das isch äine gsy, wo an alem öppis z kritisiere ghaa hät; es isch kän aabig vergange, das er nöd stämpeneye gmacht hett. Für esoo äinen isch natüürli kän platz imenen ëërnschte veräin. Epaari sind au sälber uusträte, wo au niemer gëërn

ghaa hät. Das isch äim am liebschte, wänn die, wo nöd rächt tüend, vome sälber gönd; uf die aart isch alne tienet, und mänge stile, wo nöd gèërn chrach hät, isch dedùùr em veräin tröi plibe.

A. **Weli lüüt händ er dänn am liebschte? Mit welne schaffed er am liebschte zäme?**

B. **Yfrigi sänger, wo glychzytig gueti kameraade sind; aber schliessli isch jede rächt; bloos äis cha niemer uusstaa; wänn äine mit nüütem zfriden isch und iedem am züüg flickt. Aber wie gsäit, settigi häts iez ekäini mee in öisem veräin.**

INDEFINIT- UND INTERROGATIV-PRONOMEN

Vorbemerkung: Der Unterschied von «substantivisch» und «adjektivisch» ist am Anfang von Lektion 9 erklärt. In den folgenden Wörtern steht immer in der oberen Linie der Grundfall und in der unteren der Dativ.

irgendeiner	**äine**	**äini**	**äis**
(substantivisch)	**äim**	**äinere**	**äim**

In unbetonter Stellung wird aus dem **äin** der unbestimmte Artikel, siehe Lektion 1, in adjektivischer Stellung das Zahlwort 1, siehe Lektion 21. Das deutsch «*irgend*» hat im Schweizerdeutschen keine Entsprechung, doch hört man gelegentlich **irged.**

einige (substantivisch)	**etlichi**	**epaari**
	etliche	**epaarne**
(adjektivisch)	**etlichi**	**epaar**
	etliche	**epaar**

keiner (substantivisch)	**käne**	**käni**	**käs**	Plural: **käni**
	käm	**känere**	**käm**	**käne**
(adjektivisch)	**kän**	**kä**	**käs**	**kä**
	käm	**käner(e)**	**käm**	**käne**

käne entspricht substantivisch der Flexion von **äine** und adjektivisch derjenigen des unbestimmten Artikels. Neben den Formen mit **ä** gibt es auch solche mit **-äi- (käine, käis, käi** usw.). Die Formen mit Diphthong **-äi-** kommen mehr in betonter Stellung vor, folglich auch eher substantivisch, während jene mit **-ä-** in unbetonter, adjektivischer Stellung vorgezogen werden. Eine strikte Regel besteht aber nicht. Ferner gibt es noch eine Variante mit einem vorgeschlagenen **e-: ekäine, ekäne, ekäini, ekäni** usw. In der Bedeutung besteht kein Unterschied, und über den Gebrauch gibt es keine Regeln.

mancher (adj. und subst.) nur Singular	**mänge**	**mängi**	**mängs**
	mängem	**mängere**	**mängem**

Man beachte, dass das **g** ausgesprochen wird = **mäng-ge**

jemand – niemand (nur substantivisch)	**öpper**	**niemer**
	öpperem	**niemerem**

Man merke sich dazu: **öppe** für *etwa*, Merksatz: **Hät öppen öpper öppis z reklamiere?** *Hat etwa jemand etwas auszusetzen?*

etwas – nichts (nur substantivisch)	**öppis**	**nüüt**
	öppisem	**nüütem**

Adverbial wird **öppis** nie gebraucht, an seiner Stelle steht **echli: es isch echli z lang** *es ist etwas zu lang*, **er spint echli** *er ist etwas verrückt.* Unterscheide: **gib mer öppis** *gib mir etwas* und **gib mer echli** *gib mir etwas davon.*

jeder: (substantivisch und adjektivisch)	**iede**	**iedi**	**iedes**
	iedem	**iedere**	**iedem**

all:	(substantivisch)	**alls ales** (nur neutrum)	**ali**
		alem	**alne**
	(adjektivisch)	**ale ali ales**	**all (ali)**
		alem aler alem	**ale (alne)**

Beispiele: **Er hät ale wy uustrunke, er hät ales uustrunke, er isch aliwyl cho luege** (=*alle Weile, immer*), **ales wasser isch uusgloffe, trotz alem gstrütt** *(Hast)*, **mit aler liebi, all lüüt händ s gglaubt, mit ale wassere gwäsche.**

viel: (substantivisch und adjektivisch)	**vil**	**vil(i)**
	vilem viler vilem	**vilne**

Vil wird vorwiegend unflektiert gebraucht: **vil arbet, vil gält, mit vil arbet, mit vil gält, vil böim, mit vil fründe.** Man sagt aber auch **mit vilem gält und viler müe.** Gelegentlich wird **vil** auch wie ein schwaches Adjektiv gebraucht: **trotz sym vile gält.** Substantivisch: **vil isch mer an em uufgfale, er isch mit vilem nöd zfride gsy, vili händ s glych gsäit, i ha s vo vilne ghöört, es hät vil zum ässe ghaa.** Frage und Antwort: **Häts vil lüüt ghaa? Ja, s hät vil ghaa.** Man hört aber auch **vili lüüt.** Die Form **viles** ist schriftsprachlich.

man: Man lautet **me,** vor Vokal sowohl **men** wie **mer.** Im Dativ und Akkusativ braucht man nur **äim** (im Deutschen *einem* und *einen*): **er wott äim nu fuxe** = *er will einen nur necken.*

wer? wen? was? **wëër** und **waas**

Nominativ und Akkusativ werden nicht unterschieden, **wëër** dient also für beide Fälle: **wëër isch deet gsy? wëër häsch gsee?** Sowohl bei **wëër** wie bei **waas** wird der Vokal bei schwacher Betonung kürzer: **wër** und **was: was duu nöd säisch! wër isch (isch** betont) **iez scho wider z spaat choo?**

welcher: (subst. und adj.)	**wele weli weles**	Plural **weli**
	welem welere welem	**welne**

Wele ist nur Fragepronomen und nie Relativpronomen, wie das deutsche welcher, also: *Welches Haus?* **weles huus?** *an welchem Tag?* **a welem taag?** aber *das Haus, welches dort steht:* **s huus, wo deet staat,** *der Tag, welchen ich nie vergessen kann:* **de taag, won i nie vergässe cha.**

was für einen	**was für äine, was für äini, was für äis**
(substantivisch)	**was für äim, was für äinere, was für äim**
	was fürigi
	was fürigne
(adjektivisch)	**was für en maa, was für e frau, was für es chind**
	was für eme maa, was für ere frau,
	was für eme chind
	was für lüüt
	was für lüüte

was für äine wird substantivisch wie **äine** flektiert und adjektivisch wie der unbestimmte Artikel. Das gleiche gilt bei **so äine,** nur verschmilzt hier das **so** mit dem Artikel nach untenstehendem Paradigma:

ein solcher (substant.)	**so äine, so äini, so äis**
	so äim, so äinere, so äim
(adjektivisch)	**sonen maa, sone frau, sones chind**
	somene maa, sonere frau, somene chind

Plural und adjektivisch Nominativ **sonig, sonigi,** Dativ **sonigne.** Substantivisch nur **sonigi.** Entsprechend gibt es ein adjektivisches **was fürig:** man kann also sowohl **was für lüüt** wie **was fürigi lüüt** sagen.

WÖRTER

Neben **so äine,** respektive **sonen** gibt es noch eine ganze Serie von Wörtern, die eine Beschaffenheit bezeichnen: **sëttig, sërig, sottig, dërig, asig.** Ihre Verwendung ist ganz willkürlich; ihre Flexion ist die gewöhnlicher Adjektive.

gspròòch	Gespräch	**mäinig**	Meinung
liebi	Liebe	**presidänt**	Präsident
ziil	Ziel	**tirigänt**	Dirigent
underhaltig	Unterhaltung	**stämpeneye**	unnötige Umtriebe
stuck	Stück		
päch	Pech	**prueff** 2	Beruf
scho'ggelade	Schokolade	**re'klaame**	Reklame
aaspruch	Anspruch	**schyräne**	Skirennen

bäibruch	Beinbruch	**yfrig**	eifrig
chäler	Keller	**letscht**	letzt
chrach	Krach, Streit	**zëëch**	zäh
fäscht	Fest	**du wottsch**	du willst
konsi	Konservatorium	**uusträte**	austreten
müe	Mühe	**si la druus-bringe**	sich aus dem Konzept bringen lassen
am züüg flicke	herumnörgeln		
schliessli	schliesslich		

ÜBUNG 13

Am letzten Skirennen gab es wieder ein paar Beinbrüche. Alle waren der Meinung, dass das Fest sehr schön war; niemand hatte etwas auszusetzen daran. Was für eine Schokolade hast du am liebsten? Ich habe jede gern. Er ist ein zufriedener Mensch; er hat mit niemandem Streit und hat an nichts etwas auszusetzen. Jeder hat ihn gern. Wenn du an etwas keine Freude hast, so gibst du dir auch keine Mühe. Was für welche waren dort? Solche und solche. Mit so einem Mann kann man nicht zusammenarbeiten. Bei so einer misslichen (traurigen) Reklame kann man keinen Erfolg erwarten. Da sind zwei Äpfel; welchen willst du? Ich will keinen solchen, ich will lieber so einen, wie du im Keller hast. Ich habe es allen gesagt, aber keiner hat sich gerührt (en mux taa). Dreissig (dryssg) Lose habe ich gehabt, und kein Stück hat etwas gewonnen (ggune); so ein Pech, ich beteilige mich an keiner Lotterie mehr. Ich mache auch schon lange an keiner mehr mit. In welcher hast du dein Glück versucht? In verschiedenen.

Es tramunglück

Wänn t geschter znacht na lenger mit is zäme plibe wëërisch, hettisch es tramunglück gsee. Geschter gäge mitternacht hät es zänitram motoordefäkt ghaa am Bürkliplatz und isch staa plibe. Si händ dänn us em depo Tüüffebrunen en hilfswagen uusgschickt und de kabutnig abgschobe. Underdessen isch aber dëë, won im depo a der Irchelstraass dienscht ghaa hät, efäng ungeduldig woorde, wo de letscht wagen eso lang nöd choo isch. Si händ em nämli vergässe z telefoniere. Zum schluss, wo dë zäner imer nanig choo isch, isch em s waarte verläidet. Er isch uf de füererstand vom nëëchschte beschte tram gstige und isch d Wintertuurerstraass durfüre und d Uniwërsitëëtsstraass duraab gfaare was gisch was häsch, zum sälber goge luege, wo dëë wage stäcki. Um die zyt isch natüürli fascht ekäin vercheer, und drum hät er wien en waansinige chöne zie laa. Für esones tämpo isch dë wagen aber nöd poue gsy, und i der mitti vo der Uniwërsitëëtsstraass hät s em wäg der zäntrifugaalchraft der anker vom motoor gschlisse, und do isch natüürli au d motoorbrämsi nüme ggange. Es isch äine vo dënen alte wäge gsy, wo ekäi lufttruckbrämsi händ, und bi dëre gschwindigkäit hät d handbrämsi ekäi groossi würkig mee. So isch dë chare wien en göölete blitz wyter gschosse und hät en höleleërme verfüert, das all lüüt verschrocke

sind und us em bett as fäischter gsprunge sind. Bi der Tanestraass isch d wäichen um de rank, also gägen abe gstande. Deet isch de wage dänn zun schinen uus gfloge. Zeerscht hät s en de zwäris über d straass gnoo, dänn uf s trotoaar und gäge zwoo süüle vom Poli. Di beede süüle hät s kompleet vertätscht und d vordersyte vom tramwage natüürli au; dëë won am kontroler gstanden isch, isch schwëër verletzt woorde. I der asfalt uf der straass und uf em trotoaar händ d reder tüüffi rilen yggrabe, und de randstäi hät s a der stell, wo s tram drüber inen isch, ganz vermaale. Di beede süüle sind wie ewäggplaase gsy; hütemorge händ s sofort müese mit epaar hölzige pföschte de bou stütze, susch wëër ene na dë egge vom Poli zämegheyt.

DIE 3. KONJUGATION

Die Kennzeichen der Verben der dritten Konjugation oder, wie man sie gewöhnlich nennt, der starken Verben, sind die Endung **-e** im Partizip und Vokalwechsel (Ablaut) im Stammvokal. Man kann sechs verschiedene Ablautreihen unterscheiden. In den ersten vier Reihen haben nur Präsens und Partizip verschiedenen Vokal, in der vierten und fünften Reihe haben ausserdem die drei Personen des Singulars im Präsens einen eigenen Vokal, und in der sechsten Reihe fehlt jeder Ablaut. Die folgenden Listen enthalten sämtliche Verben, die in der heutigen Sprache zu den verschiedenen Reihen gehören.

I. Reihe

Präsens langes geschlossenes **y**: Partizip kurzes **i** (selten **u**).

gryffe	**ggriffe**	greifen
byge	**pige**	aufschichten
bysse	**pisse**	beissen
blybe	**plibe**	bleiben
chyde	**gchide**	laut tönen
myde	**gmide**	meiden
glyche	**ggliche**	gleichen
lyde	**glitte**	leiden
pfyffe	**pfiffe**	pfeifen
rybe	**gribe**	reiben
rysse	**grisse**	reissen
ryte	**gritte**	reiten
schyne	**gschune**	scheinen
schwyne	**gschwune**	schrumpfen
schlyche	**gschliche**	schleichen
schlyffe	**gschliffe**	schleifen
schlysse	**gschlisse**	abreissen
spyse	**gspise**	speisen
schrybe	**gschribe**	schreiben
styge	**gstige**	steigen
stryche	**gstriche**	streichen

stryte	**gstritte**	streiten
trybe	**tribe**	treiben
wyche	**gwiche**	weichen
wyse	**gwise**	lenken, aufzeigen

II. Reihe Präsens **üü**, und andere Vokale: Partizip **o.**

büüge	**poge**	biegen
büüte	**pote**	bieten
trüüge	**troge**	trügen
chlüübe	**gchlobe**	kneifen
chrüüche	**gchroche**	kriechen
verlüüre	**verloore**	verlieren
flüüsse	**gflosse**	fliessen
flüüge	**gfloge**	fliegen, fallen
früüre	**gfroore**	frieren
gfrüüre	**gfroore**	gefrieren
gnüüsse	**gnosse**	geniessen
güüsse	**ggosse**	giessen
lüüge	**gloge**	lügen
nüüsse	**gnosse**	niesen
schüüche	**gschoche**	scheuen
pschlüüsse	**pschlosse**	beschliessen, zuschliessen
süüde	**gsotte**	sieden
schlüüffe	**gschloffe**	schlüpfen
schüüsse	**gschosse**	schiessen
stüübe	**gstobe**	stieben
suuge	**gsoge**	saugen
suuffe	**gsoffe**	saufen
schiebe	**gschobe**	schieben
zie	**zoge**	ziehen
flie	**gfloe**	fliehen
röie	**groue**	reuen
schreye	**gschroue**	(schreien) weinen
lauffe	**gloffe**	gehen, laufen

III. Reihe Präsens **i, ü**: Partizip **u.**

binde	**punde**	binden
verschwinde	**verschwunde**	verschwinden
finde	**gfunde**	finden
glinge	**gglunge**	gelingen
hinke	**ghunke**	hinken
psine	**psune**	besinnen
ringe	**grunge**	ringen
singe	**gsunge**	singen

sinke	**gsunke**	sinken
schimpfe	**gschumpfe**	schelten
schinde	**gschunde**	schinden
spine	**gspune**	spinnen
springe	**gsprunge**	springen, laufen
stinke	**gstunke**	stinken
trinke	**trunke**	trinken
winde	**gwunde**	winden
winke	**gwunke**	winken
zwinge	**zwunge**	zwingen
güne	**ggune**	gewinnen, pflücken
rüne	**grune**	rinnen
schwüme	**gschwume**	schwimmen

IV. Reihe a: Präsens Plural Infinitiv **ä, ëë, e**: Präsens Singular **i**: Partizip: **o, u.**

bräche	**i briche**	**proche**	brechen
verspräche	**verspriche**	**versproche**	versprechen
stäche	**stiche**	**gstoche**	stechen
stäle	**stile**	**gstole**	stehlen
träffe	**triffe**	**troffe**	treffen
hälffe	**hilffe**	**ghulffe**	helfen
gälte	**gilte**	**ggulte**	gelten
stëërbe	**stiirbe**	**gstoorbe**	sterben
wërbe	**wirbe**	**gworbe**	werben
schmelze	**es schmilzt**	**gschmulze**	schmelzen
befele	**befile**	**befole**	befehlen
empfele	**empfile**	**empfole**	empfehlen
verdeerbe	**verdiirbe**	**verdoorbe**	verderben
verschrecke	**verschricke**	**verschrocke**	intr. erschrecken

IV. Reihe b Präsens **ä**: Partizip **o, u** (deutsch Präsens **i**).

fächte	**gfochte**	fechten
flächte	**gflochte**	flechten
wäbe	**gwobe**	weben
bäle	**pule**	bellen
wäge	**gwoge**	wägen
mälche	**gmulche**	melken
gebëëre	**geboore**	gebären
schwööre	**gschwoore**	schwören

V. Reihe: Infinitiv **ä**: Präsens Singular **i**: Partizip **ä.**

ässe	**ich isse**	**ggässe**	essen
vergässe	**vergisse**	**vergässe**	vergessen
frässe	**frisse**	**gfrässe**	fressen

läse	**lise**	**gläse**	lesen
mässe	**misse**	**gmässe**	messen
trätte	**tritte**	**trätte**	treten
sitze	**sitze**	**gsässe**	sitzen
ligge	**ligge**	**gläge**	liegen

VI. Reihe: Infinitiv, Präsens, Partizip haben den gleichen Vokal.

bache	backen	**ghäisse**	heissen
blaase	blasen	**grabe**	graben
braate	braten	**graate**	geraten
boue	bauen	**halte**	halten
faare	fahren	**hüüraate**	heiraten
fale	fallen	**haue**	hauen, schneiden
gfale	gefallen		
höische	verlangen	**schmalze**	schmalzen
lade	laden	**spalte**	spalten
male	mahlen	**spane**	spannen, etwas merken
raate	raten		
salze	salzen	**wachse**	wachsen
schlaaffe	schlafen	**wäsche**	waschen

schäide, das früher auch in diese Reihe gehörte, bildet sein Partizip heute mit dem Stammvokal **i: gschide,** *geschieden.*

Die entsprechenden Verben der Reihe IV a im Deutschen haben den Vokal *-i-* nur in der zweiten und dritten Person Singular. Man beachte besonders, dass das **-i-** im Schweizerdeutschen auch in der ersten Person steht: **i briche, i stile, i triffe** usw.

Bei der Reihe IVb tritt im Präsens kein Vokalwechsel ein: *er ficht* : *er* **fächtet,** *sie flicht* : **si flächtet, de hund bälet.**

Bei den Verben der VI. Reihe tritt im Deutschen teilweise Umlaut in der zweiten und dritten Person auf: *er bäckt, du hältst, er stösst.* Im Schweizerdeutschen fehlt dieser Umlaut durchgehend, also: **er bachet, er haltet, du faarsch, du stoossisch, es wachst** usw.

Anmerkung: Einige im Deutschen regelmässig starke Verben sind im Schweizerdeutschen unregelmässig und in Lektion 16 zu suchen. Die Bildung des Subjunktivs und des Konditionals ist in den Lektionen 17 und 18 zu finden.

Die Flexion im Präsens

Die Verben der dritten Konjugation werden im Präsens gleich flektiert wie die der ersten Konjugation, zum Beispiel:

ich singe, du singsch, er singt, mer singed,
ich finde, du findsch, er findt, mer finded.

Verben, die auf Zischlaut endigen, haben in der zweiten Person Singular die Endung **-isch,** zum Beispiel: **du ryssisch, du schlyssisch,**

du güüssisch, du nüüssisch, du schüüssisch, du sitzisch, du lisisch, du wäschisch, du höischisch.

Verben, die auf **-t** endigen, haben in der dritten Person die Endung **-et** und in der zweiten Person willkürlich bald **-sch** bald **-isch. Er rytet, er strytet, er fächtet, er flächtet, er haltet, er spaltet, er raatet** und **du rytsch, strytsch, haltsch** neben **rytisch, strytisch, haltisch, spaltisch, raatisch.** Bei **fächte** und **flächte** zieht man es vor, mit **tue** zu umschreiben: **du tuesch fächte, du tuesch flächte,** auch in der dritten Person: **er tuet flächte.** Ausnahmen von dieser Regel sind **gälte** und **trätte,** hier heisst es **du giltsch, er gilt, du trittsch, er tritt.**

Verben, die auf **-d** endigen, haben die regelmässige Endung **-t,** also **er schnydt, es chydt, er bindt, er verschwindt, er ladt.** Bei **lyde** und **vermyde** schwanken die Formen zwischen **lydt, vermydt** und **lydet, vermydet.**

Ligge (V. Reihe) hat ein unregelmässiges Präsens: **ich ligge, du lysch, er lyt, mer ligged.**

Verhältnis von Deutsch zu Schweizerdeutsch

Eine Reihe von im Deutschen starken Verben fehlen im Schweizerdeutschen oder sind dort schwach. Es fehlen folgende:

beginnen	**aafange**	kreischen	**göisse**
bergen	**rette**	klingen	**tööne**
bersten	**versprütze**	quellen	**uufgaa**
erbleichen	**bläich wëërde**	riechen	**schmöcke**
genesen	**gsund wëërde**	schallen	**tööne, chyde**
gedeihen	**trüe**	schreiten	**lauffe**
gleiten	**rütsche, schlipfe**	spriessen	**choo**
		sprechen	**rede**
glimmen	**motte, glüe**	triefen	**tropfe**
klimmen	**chlädere**	verbleichen	**abschüüsse**
kneifen	**chlüübe**	werfen	**rüere**

> *Zur Erinnerung:* **b d g** und **s** sind nie stimmhaft, sondern ohne Stimmton, fast wie französisch p t q und ç, auszusprechen.

Folgende im Deutschen starke Verben sind im Schweizerdeutschen schwach:

dreschen	**trösche** 2	festhalten (heben)	**hebe** 2
erlöschen	**verlösche** 1	rufen	**rüeffe** 1

Verben, die im Deutschen schwach sind und im Schweizerdeutschen stark, sind bereits in den obigen Reihen enthalten.

Wörter

hame	Bauernschinken	**der anke** m.	die Butter
chare	Karren	**syte**	Seite
koleeg m.	Kollege	**müed**	müde
koleeg s.	Kolleg	**der zwäris**	quer
baabiwage	Puppenwagen	**di iner**	die innere
de'po	Depot	**vertätsche**	zerquetschen
mässer	Messer	**gheye**	werfen, fallen
Poli	Polytechnikum	**ööle** 2	ölen
prys	Preis [ETH	**en göölete blitz**	«geölter Blitz»
rile	Rille	**hütemorge**	heut morgen
rank	Kurve	**hüt zmitaag**	heut nachmit-
schine	Schiene	**hüt zaabig**	heut abend [tag
tämpo	Geschwindig-	**verby**	vorbei
	keit	**abenand**	entzwei
teaterstuck	Theaterstück	**sider**	seither
wyshäit	Weisheit	**efang**	nachgerade
würkig	Wirkung	**übere**	hinüber
zäner	Tram Nr. 10	**was gisch was**	
voorstelig	Vorstellung	**häsch**	im Hui

Übung 14

Sie sprangen auf den Hügel und winkten, bis das Schiff verschwunden war. Es reute ihn, dass er sein Kleid zerrissen hatte. Die Aufführung geriet gut, weil alle mithalfen. Das Kind schrie heute morgen, jetzt schreit es wieder. Ich gewinne den Preis, was gilt's? Ich habe ihn gewonnen. Er hat sich die Weisheit aus den Fingern gesogen. Das Mädchen schliff zuerst das Messer, dann schnitt sie den Bauernschinken ab (abhaue), und dann schnitt sie das Brötchen entzwei und strich die Butter auf die innere Seite und legte den Schinken darauf (hät gläit). Wie lange bist du gegangen (gelaufen), bis du den richtigen Weg gefunden hast? 1963 (im drüüesächzgi) war die letzte Seegfrörni, seither ist der See nicht mehr zugefroren. «Vogel, friss oder stirb!» heisst ein Theaterstück von Cäsar von Arx. Hast du den neuen Roman von Max Frisch schon gelesen? Nein? Dann lies ihn, ich bring ihn dir, wenn ich es nicht vergesse. Der Rehbock stösst seine Hörner ab. Mein Kollege fährt jeden Tag an meinem Haus vorbei in die Stadt, aber er lädt mich nie ein, mitzukommen. Schwimmst du mit mir heute nachmittag über den See? Nein, ich bin gestern hinübergeschwommen und bin noch müde. Das Kind hat seinen Puppenwagen kaputt gemacht.

E straaffpredig

De räkter hät epaarne buebe grüeft zum si kapitle. Er säit: «Iez prichted mer emaal äntli, wëër dë tumm sträich uustänkt hät. Wër wiirt au uf sone blöödi idee choo, syni ganze schuelsache zum fäischter uus uf d straass abezrüere. Natüürli wëërded ali gstraaft, wo bi dëm ufueg mitgmacht händ, aber mer chönd tänk i zuekumft dërig voorfäll liechter verhüete, wä mer wüssed, wëër der aafüerer isch. Mäier, säg duu, wër deby gsy isch; das me diich gsee heb, isch mer nämli z aler eerscht gmäldet woorde.» Da säit de Mäier: «Si wëërded begryffe, hërr räkter, wänn ich nöd di ganz schuld wott uf miich nëë. Chuum hani mys buech zum fäischter uus grüert ghaa, do händ mer s di andere scho naagmacht, und überhaupt händ s das i andere klasse au scho gmacht und mached s tänk au na mängsmaal. Wäge soo öppisem wiirt mer allwääg nöd eso schreckli gstraaft wëërde.» Uf daas abe säit de räkter: «Vergiss nöd, zu wëm du zitiert woorde bisch! Wäge dym fräche muul wiirsch nöd weniger gstraaft, als t verdienet häsch. Ich ha vo diir scho alerhand schlimms ghöört ghaa, bevor na dë nöi sträich dezue choo isch. I ha mer s scho tänkt ghaa, es wiirt hööchschti zyt, das duu und au ander von öi bueben us der schuel chömed und vom läben i d finger gnoo wëërded; deet leered er dänn, wie me si benëë mues. Es sind dänn nümen all lüüt eso guetmüetig und geduldig, das mërked er dänn gly. Wër wiirt sich in öiem alter eso hämigsloos benëë, das er syni

büecher uf d straass aberüert? Was wëërded au d lüüt i der stadt une gsäit haa, wo d stüüre zaled, das iir daobe zu gebildete mäntschen erzoge wëërded? Die sach isch ja waarhaftig scho hütemorge an alnen oorte bräit gschlage gsy. Wä men öi nöd daasmaal e tüchtigi läkzioon git, chömer ja nöd wüsse, ob nöd bis moorn wider esone lumperey gschee isch. Drum chömed am nëëchschte mittwuche daane in aräscht und überlegged i dänn, was i iez gsäit ha.»

Die restlichen Verbalformen

Der Imperativ

Die Befehlsform hat nur im Singular eine eigene Form, und zwar ist sie in allen Konjugationen gleich dem Stamm des Verbs ohne irgend eine Endung. Die starken Verben der Reihen IV und V, die im Singular ein **-i-** im Stamm haben, behalten es auch im Imperativ.

1. Konjugation: **mach! zünd! rüeff! stell!**
2. Konjugation: **lueg! los! choch! lüüt!**
3. Konjugation: **spring! schryb! lis! trink!**

Die Kerngruppe der Verben der zweiten Konjugation, nämlich jene auf **-le, -re, erle, -ne, -me, -ge** und Nominalableitungen lauten im Imperativ gleich wie im Infinitiv: **pöpperle!** *klopfe!* **sùùrpfle!** *schlürf!* **stägere!** *klettre herum!* **rächne!** *rechne!* **chräsme!** *klettere!* **metzge!** *schlachte!* Imperative dieser Art sind allerdings sehr selten, denn bei den meisten dieser Verben wird der Imperativ mit **tue** umschrieben: **tue rible!** *reib!* **Tue nöd alewyl tubake!** *Rauch nicht immer!* **Tue zälte!** *kampiere!* **tue rächne!** *rechne!*

Im Plural hat der Imperativ die gleiche Form wie der Indikativ.

1. Person:	**mached mer!**	**lueged mer!**	**räised mer ab!**
2. Person:	**mached!**	**lueged!**	**räised ab!**
Höflichkeitsform:	**mached Si!**	**lueged Si!**	**räised Si ab!**

Die norddeutsche Wendung «lasst uns» hat keine Entsprechung: *lasst uns gehen* wird übersetzt durch «gehen wir»: **gömer!**

Das Partizip des Präsens

Es gibt im Schweizerdeutschen eigentlich kein Präsenspartizip. *Die singenden Kinder* lässt sich ebenso wenig ohne Umschreibung übersetzen wie *singend zogen die Kinder durch die Strassen.* Man muss sagen **d chind wo singed**, und, **d chind händ gsunge und sind dur d straasse zoge.** Restformen des Partizips kommen noch vor, dem *-end* entsprichte in **-ed: en aasteckedi chranket** *eine ansteckende Krankheit*, **de hinked bot** *der hinkende Bote.* Eine Anzahl deutscher Partizipien haben schweizerdeutsche Entsprechungen auf **-ig:**

glüeig	*glühend*	**zitterig**	*zitternd*
wüetig	*wütend*	**läbig**	*lebend*
glänzig	*glänzend*	**lëërmig**	*lärmend*

chochig	*kochend*	**strodlig**	*brodelnd*
süttig	*siedend*	**brüelig**	*brüllend*

Unter dem Einfluss des Deutschen werden heute aber doch wieder Partizipien verwendet, indem sie einfach übernommen werden: **am laufende band, vom faarende zug, en ygryffendi maassnaam, e raasendi begäischterig, vo der sprächenden uur.**

Das Plusquamperfekt

Die Vorvergangenheit wird aus dem Perfekt des Hilfsverbs (**i bi gsy, i ha ghaa**) und dem Partizip des Hauptverbs zusammengesetzt:

i bi ggange gsy : *ich war gegangen*
i ha trunke ghaa : *ich hatte getrunken*

Grad wo t abgfaare gsy bisch, isch de psuech choo. *Nachdem du abgefahren warst...* **Chuum hät er de brief gläse ghaa, so isch er scho anegsässe und hät en antwoort gschribe.** *Kaum hatte er den Brief gelesen...* **Wo mer uf de baanhoof choo sind, isch de zùùg scho abgfaare gsy...** (Man beachte, dass «*nachdem*» keine schweizerdeutsche Entsprechung hat, sondern meist durch **wo** übersetzt wird.)
Man braucht das Plusquamperfekt aber nicht so häufig, wie es die Logik erfordern würde, sondern behilft sich oft mit dem Perfekt, so könnte man obigen Satz auch so sagen: **Chuum hät er de brief gläse, so isch er scho...**

Das Futurum

Das Futurum ist, wie schon Lektion 2 bemerkt, gleich dem Präsens. Es ist falsch, **wëërde** zur Bildung eines Futurums zu verwenden. Um die Zukünftigkeit einer Handlung deutlich zu machen, verwendet man Adverbien; am beliebtesten ist **dänn,** das sich fast zu einer eigentlichen Futurpartikel entwickelt hat. **I chume moorn wider häi. Chunsch dänn? I gaane dänn i d stadt. I hilff der dänn, wänn t eso wyt bisch.**

Das Futurum exaktum

Da das Futurum gleich dem Präsens ist, entspricht das Futurum exaktum dem Perfekt. Zum Beispiel: *Wenn ihr kommen werdet, werde ich schon gegessen haben* = **wänn er (dänn) chömed, hani scho gässe.** – *Keiner kann wissen, ob er nicht morgen schon gestorben sein wird* = **käne cha wüsse, öb er nöd moorn scho gschtoorben isch.**

Das Präsens historicum

Da das Schweizerdeutsche, nachdem es das Präteritum *(ich ging, ich hatte)* verloren hat, keine unzusammengesetzte Zeit der Vergangenheit mehr besitzt, wirkt es bei längeren Erzählungen ausserordentlich ermüdend, wenn ein Perfekt dem andern folgt. **(Do simer abgsässe, und dänn hämer trunke, und dänn simer wider ggange,**

und dänn hämer...) Aus diesem Grund wird sowohl im gesprochenen wie im geschriebenen Schweizerdeutsch das Präsens sehr häufig als Tempus der Vergangenheit gebraucht. Man nennt dies das Präsens historicum. Zum Beispiel: **Geschter gaani d Baanhoofstraass duraab. Do triffi s Häidi, grad wie s vor eme schaufäischter staat und d früeligsnöihäiten aalueget. Wo s mi gseet, säit s...** Weitere Beispiele findet man in den Lesestücken verstreut, besonders in den Lektionen 3, 14, 22.

Nachträge zur Verbalflexion

Die drei Verben **trääge** *tragen*, **säge** *sagen*, **legge** *legen* haben die Eigentümlichkeit, dass ihr Stammvokal in der zweiten und dritten Person und im Partizip zu **-äi-** wird:

	i trääge	**säge**	**legge**
	du träisch	**säisch**	**läisch**
	er träit	**säit**	**läit**
	mer trääged	**säged**	**legged**
Partizip	**träit**	**gsäit**	**gläit**

Das Partizip von **bringe** heisst **praacht** (man beachte, dass das **aa** lang ist).

Die deutschen Verben *rennen*, *brennen*, *kennen*, *denken*, *nennen* haben im Partizip *-a-: gerannt*, *gebrannt* usw. Die entsprechenden schweizerdeutschen Verben haben im Partizip den gleichen Vokal wie im Präsens: **räne : gränt, bräne : pränt, käne : känt, tänke : tänkt, ernäne : ernänt.** *Senden* und *wenden* haben keine Entsprechung. Dafür steht: **schicke : gschickt** und **cheere : gcheert.**

Nennen wird durch **säge** übersetzt. Zum Beispiel: **si säged em de chumerbueb,** *sie nennen ihn einen Kummerbuben.*

Das Perfekt von *sitzen*, *stehen*, *liegen* wird deutsch mit haben, schweizerdeutsch mit **sy** gebildet. Für *sich setzen*, *sich stellen*, *sich legen* wird **absitze, staa, abligge** verwendet und das Perfekt mit **sy** gebildet:

ich habe gesessen : **i bi gsässe**
ich habe gestanden : **i bi gstande**
ich habe gelegen : **i bi gläge**
ich habe mich gesetzt : **i bin abgsässe**
ich habe mich hingestellt : **i bin anegstande**
ich habe mich gelegt : **i bin abgläge**

WÖRTER

wienechts-gschänk	Weihnachts-geschenk	**läkzioon**	Lektion
		räkter	Rektor
helfti	Hälfte	**ufueg**	Unfug
glägehäit	Gelegenheit	**zuekumft**	Zukunft
aafüerer	Anführer	**en bekante**	ein Bekannter

gütterli	Fläschchen	**es käfeli nëë**	Kaffee trinken
frey	frei	**lade**	Laden [gehen
fräch	frech	**nöierschynig**	Neuerscheinung
nëëchscht,		**wuche**	Woche
nööchscht	nächst	**leere** 1	1. lernen,
schlimm	schlimm		2. lehren
hole 1	holen	**mälde** 2	melden
schläike 1	schleppen	Partizip auch	
kapitle 2	abkanzeln	**gmulde**	gemeldet
uf all fäll	auf alle Fälle	**erledige**	erledigen
hërbscht	Herbst	**versuume** 2	versäumen
de kafi m.	der Kaffee	**chuum**	kaum
s kafi n.	das Café	**sälber**	selbst

ÜBUNG 15

Ich gehe heute nachmittag in die Stadt und werde Einkäufe machen. Was wirst du kaufen? Ich werde Weihnachtsgeschenklein kaufen. Bring mir bei dieser Gelegenheit ein paar neue Grammophonplatten mit. Kauf du dir deine Platten selber! Als ich dir das letzte Mal einige mitgebracht hatte, warst du nicht zufrieden. Doch, sei so gut, und schau dir die Neuerscheinungen an, und wenn du etwas Besonderes findest, so hör es doch grad an und sag mir dann, was du davon denkst. Wenn du nicht dazu kommst, so hol doch auf alle Fälle den neuesten Katalog. Sie haben mir zwar gesagt, sie werden mir ihn schicken, aber das letzte Jahr war er um diese Zeit schon erschienen, und ausserdem hat im letzten Verzeichnis gestanden, dass er in dieser Woche herauskommen werde (usechöm). Ich werde dann schauen, ob ich Zeit habe. Ich habe ja nicht so viel zu besorgen, aber gestern, als ich in der Stadt war, hatte ich auch erst die Hälfte erledigt gehabt, da traf ich einen Bekannten, der mich in ein Café mitschleppte, und da habe ich mich versäumt, bis es zu spät war und die Läden schon geschlossen waren. Schau, dass du selber einen Nachmittag frei bekommst, und geh dann selbst in die Stadt.

LEKTION

16

Psuech bimene toonjeger

F. Grüezi Hans, tǒǒrffi inechoo?

H. Grüezi Fritz, chum nu ine, du häsch di scho lang nüme gsee laa.

F. Das chönt me vo diir au säge, du chunsch ja nie zu äim, und me mues der uf d buude styge, wä me wott wüsse, was t machsch. Äigetli wäiss me s ja scho, du bisch äifach alewyl uf der toonjagt.

H. Pass uuf, da chunsch grad öppis z ghöören über.

F. Was isch dänn daas wider für en hölechrach? Du machsch äim scho na gwunderig.

H. Bis stile, chasch raate, was es isch. Ich säge diir, die uufnaam isch s zäni.

F. Das hät gchide, de luutsprächer hett s ja fascht verjagt. Aber säg, was isch es gsy?

H. Häsch es nöd gmërkt? Das isch doch de start vonere rageete gsy.

F. Das hetti sele mërke. Ich bi ja ä deby gsy am fërnsee, wo d amërikaaner di letscht rageete händ la styge.

H. Wäisch, suscht nimi nöd eso vil dokumäntaarsändigen uuf. Lieber gaani mit mym tragbaare grëët in wald oder uf d

straass. Wotsch emal dë handöörgelimaa ghööre, woni letschti uufgnoo ha? Näi, du settisch zeerscht na die chlyne vögel ghööre, won in irem näscht pypsed, bis ene d mueter wider fueter bringt. Da hani müesen uf en baum ue chlädere und s mikrofoon an en ascht hänke zum das überchoo.

F. Das isch prima, mit dëm settisch an en toonjegerwettbewëërb.

H. Ich ziene voor zu mym äigene vergnüege bändli uufznëë. Da git s vil probleem z lööse, aber wänn s äim dänn graatet, fröit s äim topplet. Bi natuuruufnaame, wo me mängsmaal lang mues waarte, chunsch öppedie i schwirikäite, wänn t nüme gnueg pfuus i de batterie häsch.

F. Ich wäiss aber, diir isch käs hindernis z grooss, wänn s der um dys hobby gaat.

H. Der äint tuet ebe briefmäärggele und der ander jagt de tööne naa. Miich tunkt das intrëssanter.

F. Defǜǜr gseets bi diir au uus wie imene radiostudio, aber ich mues der s laa, du chasch öppis uf dym gebiet.

H. Nööchschti wuche muesch zue mer choo, dänn chasch e maximaals konzëërt ghööre. Moorn z abig gaani i d stadtchile go d Matthëëus-passioon uufnëë. I ha d bewiligung überchoo zum myni mikroföön uufstele; defǜǜr muesi s band vor em ganze choor emaale abspile, aber du tȍȍrfsch es vorane eläige cho lose.

F. Tank der vilmaal, da chumi gëërn.

Die unregelmässigen Verben

Eine Reihe von Verben weist so grosse Abweichungen vom normalen Flexionsschema auf, dass man sie als unregelmässige Verben besonders behandeln muss. Fünf davon sind in Lektion 2 schon dargestellt worden. Die folgenden Tabellen enthalten alle übrigen. Um den praktischen Wert der Tabellen zum Nachschlagen zu erhöhen, sind die erste Person des Subjunktivs und des Konditionals darin auch aufgeführt, obschon diese Aussagearten erst später behandelt werden. Der Imperativ des Plurals ist nicht zitiert, da er immer gleich ist wie der Indikativ. Bei Sandhi – wenn das enklitische Personalpronomen dem Verb folgt – treten die gleichen Erscheinungen auf, die schon in Lektion 2 und 5 dargestellt wurden, so dass man die Formen wie **wämer, chani** usw. nicht mehr besonders aufzuführen braucht. Man kann die noch nicht behandelten 15 unregelmässigen Verben in zwei Gruppen einteilen:

I. Gruppe:

Die Verben dieser Gruppe sind im Infinitiv und Partizip gleich. Die dritte Person Singular hat keine Endung **-t**, sie ist genau gleich wie die erste Person. Der Konditional ist gebildet wie bei den Verben der ersten Konjugation. Über die Stellung des Partizips vor Infinitiv vergleiche Lektion 24.

	wollen	*sollen*	*müssen*
Infinitiv	**wele**	**söle**	**müese**
Partizip	**wele**	**söle**	**müese**
ich	**wott**	**söll**	**mues**
du	**wottsch**	**sölisch**	**muesch**

er	**wott**	**söll**	**mues**	
wir	**wänd**	**sölid**	**müend**	
Subjunktiv	**well**	**söll**	**mües**	
Konditional	**wett**	**sett**	**müest**	

	dürfen	*können*	*mögen*	*wissen*
Infinitiv	**tö̀örffe**	**chöne**	**möge**	**wüsse**
Partizip	**tö̀örffe**	**chöne**	**möge**	**gwüsst**
ich	**tö̀örff**	**cha**	**mag**	**wäiss**
du	**tö̀örfsch**	**chasch**	**magsch**	**wäisch**
er	**tö̀örff**	**cha**	**mag**	**wäiss**
wir	**tö̀örffed**	**chönd**	**möged**	**wüssed**
Subjunktiv	**tö̀örffi**	**chönn**	**mög**	**wüss**
Konditional	**tö̀örft**	**chönt**	**möcht**	**wüsst**

II. Gruppe

Die Verben dieser Gruppe haben ihre Stammsilbe mit der Endung zusammengezogen. Sie heissen deshalb kontrahiert.

	geben	*nehmen*	*sehen*	*geschehen*
Infinitiv	**gëë**	**nëë**	**gsee**	**gschee**
Partizip	**ggëë**	**gnoo, gnaa**	**gsee**	**gschee**
ich	**gibe**	**nime**	**gseene**	
du	**gisch**	**nimsch, ninsch**	**gseesch**	
er	**git**	**nimt, nint**	**gseet**	**gscheet**
wir	**gänd**	**nämed**	**gseend**	
Imperativ	**gib!**	**nimm!**	**lueg!**	
Subjunktiv	**gäb**	**näm**	**gsäch**	**gschäch**
Konditional	**gëëb**	**nëëm**	**gsëëch**	**gschëëch**

	lassen	*schlagen*	*kommen*	*ziehen*
Infinitiv	**laa**	**schlaa**	**choo**	**zie**
Partizip	**glaa**	**gschlage**	**choo**	**zoge**
ich	**laane**	**schlaane**	**chume**	**ziene**
du	**laasch**	**schlaasch**	**chunsch**	**ziesch**
er	**laat**	**schlaat**	**chunt**	**ziet**
wir	**lönd**	**schlönd**	**chömed**	**ziend**
Imperativ	**las!**	**schlag!**	**chumm!**	**zie!**
Subjunktiv	**lös**	**schlög**	**chömm**	**ziei**
Konditional	**liess**	**schlieg**	**chëëm, chiem**	**wǜür zie**

Die Form **gnaa** anstelle von **gnoo** ist altes Stadtzürcherisch. Neben den Formen des Verbs «sollen» mit Stammvokal **-ö-** kommen eben so häufig solche mit **-e-** vor: **sele, i sell, du selisch, mer seled** usw. **Sele** hat keinen Indikativ, an dessen Stelle wird **müese** verwendet. *Ich soll in die Stadt gehen*: **i mues i d stadt gaa.**

Neben dem Partizip **glaa** gibt es eine Form **la.** Sie wird gebraucht, wenn davon ein Infinitiv abhängt, zum Beispiel: er liess ihn kommen = **er hät en la choo;** ich liess es sein = **i ha s la sy.** Manchmal wird das la sogar verdoppelt: **i has la sy la.**

Man beachte, dass es keine den deutschen Partizipien entsprechenden Formen *gewollt*, *gesollt*, *gemusst*, *gedurft*, *gekonnt*, *gemocht*, *gekommen* und *geworden* gibt, statt dessen heisst es **i ha wele, sele, müese, töörffe, chöne, möge, i bi choo, i bi woorde.**

Besonderheiten der Bedeutung

Möge hat verschiedene Bedeutungen, einerseits ist es identisch mit dem deutschen *mögen:* **i mag di ganz guet** *ich hab dich ganz gern*, **i mag nüme** *ich mag nicht mehr*, davon in bereits übertragener Bedeutung **daas hät mi möge** *das verdross mich.* Die zweite Bedeutung ist *vermögen, imstande sein.* Wenn in diesen Fällen ein Infinitiv von **möge** abhängt, wird diesem ein **g-** vorgesetzt: **i mags gmache** *ich vermag es zu tun*, das heisst, *ich werde fertig damit*, **i ha möge gchoo** *ich bin noch rechtzeitig hingekommen*, **magsch es gässe?** *Kannst du es aufessen?* – Merke auch: **er hät en möge** *er hat ihn überwältigt.*

Gëë bedeutet ausser geben auch noch 1. *einen Beruf ergreifen*, 2. *eine versetzen*, 3. *geschehen*, *vorkommen:* 1. **was wottsch gëë?** *Was willst du werden?* **I wott en tokter gëë** *ich will Arzt werden.* 2. **Gib em äis!** *Hau ihm eine runter!* **Dëne häsch es ggëë** *diesen hast du ihr Teil gegeben.* 3. **Was hät s ggëë?** *Was ist geschehen?* **Wänn s es git, gseemer is moorn** *wenn es sich machen lässt*, *treffen wir uns morgen.* **I hoffe, s git nüüt** *ich hoffe*, *es passiert nichts.*

Laa bedeutet neben lassen auch noch *nachlassen*, *entzwei gehen:* **das brätt laat iez dänn** *das Brett wird bald zerbrechen*, **de strick hät glaa** *das Seil zerriss*, *überlassen:* **i lane der de reschte** *ich überlasse dir den Rest*, **das mues em laa** *das muss ich ihm zugestehen.*

Überchoo bedeutet *bekommen.* Es ist ein trennbares Kompositum. Man konstruiert also: **i chume hüt myn zapfe** *(Lohn)* **über, häsch du dyne scho überchoo?** «Bekommen» gibt es nicht, auch «kriegen» hat keine Entsprechung; **chriege** bedeutet *Krieg führen.*

WÖRTER

psuech 2	Besuch	**pfuus**	Elektrizität (burschikos)
jeger	Jäger		
hölechrach	Höllenkrach	**handelsschuel**	Handelsschule
grëët	Gerät	**chauffme**	Kaufmann
letschti	neulich	**gwunderig**	neugierig
hänke 1	aufhängen	**furtrüere**	fortwerfen
chlädere	klettern	**verschlaa**	verprügeln
öppedie	hin und wieder	**voorschlaa**	vorschlagen
tunke 1	dünken	**umeschlaa**	herumschlagen

rueig, rüebig	ruhig	**graate**	gelingen
verjage	zersprengen, zerspringen	**s zäni**	der Höhepunkt (burschikos)

ÜBUNG 16

Dafür musst du zu deinem Recht kommen. Darfst du auch an den Umzug [kommen]? Was ist geschehen? Ich weiss [es] nicht. Weiss es niemand von euch? Wir wissen alle nichts. Ich schlage vor, dass wir zum Zürichhorn gehen. Schlägst du etwas anderes vor? Schlagt ihr alle nichts anderes vor? Gut, so gehen wir! Lass doch deinen Hund zu Hause. Wenn wir ihn mitnehmen, lässt er uns nie in Ruhe. Man kommt zu keinem ruhigen Gespräch, immer muss man sich mit dem Hund herumschlagen. Ich ziehe es vor, mit dir allein zu gehen. Was willst du werden? Ich will Zirkusdirektor werden. Das lassen dich deine Eltern nie werden. Was wird dein Bruder? Er geht in die Handelsschule, er will Kaufmann werden. Das kannst du ja auch tun. Ich mag aber nicht. Du musst es dir noch einmal durch den Kopf gehen lassen. Man soll nicht nur an sich denken. Seht ihr, wie sie boxen? Schau, jetzt zieht der eine tüchtig los. Ich glaube, er überwältigt den andern, ja, jetzt schlägt er ihn zu Boden. Ich tue nicht gern zuschauen, wie sie einander verschlagen. Ich komme nicht mehr mit, wenn du hierher gehst. Komm du lieber einmal mit ins Theater. Ich komme gern, wenn sie etwas Rechtes geben. Also, ich nehme zwei Billette, sobald ich Gelegenheit habe (es sich gibt). Das Hemd ist schon ziemlich fadenscheinig; ich glaube, es reisst (!) bald. Dann nehme ich (halt) ein anderes, [du] kannst das sogleich fortwerfen.

D Tüüfelsbrugg

D Urner wëëred scho alewyl gëërn nach em Süden abe, wil s ghöört händ, das deet eso guete wy wachsi. Aber si händ nie chöne, wil s ekäi brugg ghaa hät über d Rüüss, bis dänn d Tüüfelsbrugg poue woorden isch. Das seyg aber esoo zueggange: D regierig seyg emaale sälber ggange go luege, wo me chönn e brugg boue, aber es seyg ene ummügli voorchoo. Drum heb doo äine vo de raatshëre gsäit, da seli de tüüfel e brugg boue. Chuum heb er s gsäit ghaa, sig de tüüfel vor em gstande und heb gsäit, ëër well ne die brugg boue, wänn s em der eerscht versprächid, wo über die brugg chömm. D raatshëre seyged uf dëë voorschlaag yggange und inert drey tage heb de tüüfel die brugg fix und fërtig gmacht. Und daa sig er gstande uf der andere syten und heb uf der eerscht gwaartet, wo übere chömm. Es hät aber käine wele zeerscht übere gaa. Do heyg äine vo de raatshëre gsäit, er heb dihäimen en bock, dëë welid s übere jage. Do sig er ggange, heb en gholt, und wo dë bock d hörner vom tüüfel uf der andere syte vom fluss gsee heb, seyg er i äim satz über d brugg ine ggumpet und de tüüfel heb en phackt. Wo de tüüfel gmërkt heb, das en di andere ineglläit hebid, seyg er fuchstüüfelswild woorden und seyg gäge Wassen abe gränt und heb deet en groosse stäi gholt. Mit dëm heb er syni brugg wider wele zämeschlaa. Won er mit

dëm stäi z Göschene gsy sig, heb er müesen uusruebe. Da seyg en alts fraueli choo und heb en gfròòget, worum er eso schnuufi und eb er echli uusruebi. Wëret dëm sich de tüüfel de schwäiss ab der stiirne gwüscht heb, sig si gschwind ggangen und heb e chlyses chrüüzli in stäi gchritzlet. Wo de tüüfel de stäi wider heb welen uuflupfe, heb er gmërkt, das öppis ggange seyg, heb de stäi umkeert, und won er das chrüüzli gsee heb, seyg er mit eme tuners fluech uufggumpet und zum land uus.

Der Subjunktiv

Der Subjunktiv oder Konjunktiv des Präsens ist im Schweizerdeutschen viel lebendiger als im Deutschen. Er hat auch eindeutigere, ausgeprägtere Formen. Sein Charakteristikum sind die Endung **-i,** die durch alle Personen geht und die Gleichheit von erster und dritter Person Singular. Die Konjugationen unterscheiden sich im Subjunktiv nicht:

1. Konjugation *(aufheben)*	2. Konjugation *(klettern)*	3. Konjugation *(fliegen)*	
i lupfi	**chräsmi**	**flüügi**	*ich fliege*
du lupfisch	**chräsmisch**	**flüügisch**	*du fliegst*
er lupfi	**chräsmi**	**flüügi**	*er fliege*
mer lupfid	**chräsmid**	**flüügid**	*wir fliegen*

Im Plural kommen auch die Endungen auf **-ed** im Subjunktiv vor, besonders in solchen Fällen, wo die Stammform des Verbs bereits den Subjunktiv genügend kennzeichnet, zum Beispiel: **si seyged, mer tüeged, mer gönged** (siehe unten).
Die starken Verben der Reihen IV und V, die im Präsens den Vokal wechseln **(i triffe; mer träffed)**, haben im Subjunktiv den Vokal des Plurals: **i hälffi, es gälti, du stälisch, er ässi, i läsi.** Entsprechend gilt der Vokal des Plurals bei **säge, trääge, legge: i sägi, du trägisch, er leggi.**

Die meisten unregelmässigen Verben haben im Subjunktiv eigene Stammformen, die man sich besonders merken muss. Die Endung **-i** in der ersten und dritten Person ist hier fakultativ, entsprechend der Austauschbarkeit von **-ed** und **-id** im Plural. Die Subjunktive der unregelmässigen Verben (Lektion 2 und 16) seien hier noch einmal aufgeführt:

er häig	*er habe*	**er sell**	*er solle*
er seyg	*er sei*	**er mües**	*er müsse*
er tüeg	*er tue*	**er tòòrffi**	*er dürfe*
er göng	*er gehe*	**er chönn**	*er könne*
er wëërdi	*er werde*	**er mög**	*er möge*
er well	*er wolle*	**er wüss**	*er wisse*

er gäb	*er gebe*	**er löss**	*er lasse*
er näm	*er nehme*	**er schlög**	*er schlage*
es gschäch	*es geschehe*	**er chömm**	*er komme*
er gsäch	*er sehe*	**er ziei**	*er ziehe*

Beim Konjunktiv von «*sein*» und «*haben*» bestehen zahlreiche Variationen, neben **häig** gibt es **heyg, heb,** neben **seyg** gibt es **sey** und **sig.** Dazu kommen noch die Varianten mit der Endung **-i: hebi, seygi, sigi** usw.

Die Verwendung des Subjunktivs

Die häufigste Verwendung findet der Subjunktiv in indirekter Rede, das heisst: in Nebensätzen, die von Verben des Sagens abhängig sind:

Er säit, er heb mi geschter nöd gsee.
Er mäint, er seyg eläigen uf der wält.
Er bhauptet, si sig geschter abgräist.
Es hät ghäisse, es gäb en akzioon für salaami.
I der aachlaag isch gstande, er seyg scho epaar maal wäge vercheersdelikte vorbestraaft, er heb emaal e stopstraass überfaare, das es tätscht heb, er heyg ineroorts d gschwindikäitsgränze überschritte und heb emaal mee weder äis promill ghaa.
Wie die Beispiele zeigen, lässt man die Konjunktion **das** gerne wegfallen. Man kann ebenso gut sagen **er mäint, das niemer gschyder sig weder ëër** wie **er mäint, niemer sig gschyder weder ëër.**

Von einem einzigen Verb des Sagens (siehe das letzte Beispiel) kann eine beliebig lange Reihe von Sätzen abhängen. Es kann sogar vorkommen, dass das Verb des Sagens fehlt und ganze Geschichten, von deren Authentizität man nicht ganz überzeugt ist, im Subjunktiv erzählt werden. Ein Beispiel hierfür ist das Lesestück dieser Lektion, die Geschichte von der Teufelsbrücke, die man von einem Verb wie «man erzählt sich, dass» abhängig denken muss. In dieser Verwendung ist der Subjunktiv ausserordentlich beliebt und lebendig.

Der Subjunktiv wird ferner gebraucht in indirekten Fragesätzen, in Finalsätzen, in Konzessivsätzen, das heisst grundsätzlich gleich wie in der schriftdeutschen literarischen Sprache:

Mer händ de tokter gfröòget, öb na hoffnig seyg.
Si sind fascht versprützt vor gwunder, was passiert seyg.
Er isch i d stadt gfaare zum sälber go luege, wo dëë wage stäcki.
Es isch em gält glych, wëër s heygi.
Er wott e nöii antäne boue, für das er s zwäit tüütsch program überchömm.
Si händ pättet, das ekäis unglück gschäch.

Im Hauptsatz kommt der Konjunktiv als Optativ gleich vor wie im Deutschen:

Chömm was well, i bi uf ales gfasst.
Gschäch nüüt böösers!

Die Wendungen sind formelhaft und nicht mehr produktiv. Es ist nicht möglich zu sagen «es läbi de könig», «me bringi Pamina». Man muss sie mit **söle** umschreiben.

WÖRTER

tüüfel	Teufel	**inelegge**	hineinlegen
brugg	Brücke	**bruuche**	brauchen
tuner	Donner	**phacke**	packen
en bale	Ballen	**imstand sy**	imstand sein
e bale	Spielball	**wytermache**	weitermachen
züüg	Zeug	**räne** 1	rennen
gält	Geld	**schnuufe** 2	atmen, schnaufen
wält	Welt		
chraftwëërch	Kraftwerk	**uusbüüte**	ausbeuten, ausnützen
mänge	mancher		
styff	steif	**verroschte** 2	verrosten
ruebe 2	ruhen	**lööse** 1	lösen
chritzle 2	kritzeln	**bätte** 2	beten

Zur Erinnerung: Man unterscheide zwischen betonten und unbetonten Personalpronomen: ihn = in + en; du = duu + du + t; uns = öis + is; ihnen = ine + ene. Repetiere Lektion 7.

ÜBUNG 17

Man sagt, der Teufel habe die erste Reussbrücke gebaut, die Urner seien nicht imstande gewesen, sie allein zu bauen. Der Teufel habe gesagt, er baue die Brücke, wenn er den ersten bekomme, der drüber gehe. Er hat gesagt, er dürfe nicht mitkommen, seine Mutter erlaube es ihm nicht, aber das nächste Mal laufe er davon, wenn es ihm wieder verboten werde. In seinem Vortrag sagte der Redner, man dürfe die Wasserkräfte der Schweiz nicht noch mehr ausbeuten, es gebe ja bald kein fliessendes Wässerlein mehr zu sehen, jetzt sei es an der Zeit, die Naturschönheiten zu erhalten, die Energieversorgung müsse darum auf Atomkraftwerke umstellen; es sei gut, dass man damit begonnen habe, und das einzig Richtige sei, dass man damit weitermache, die Wasserkraftwerke brauche man trotzdem weiter, denn die Wirtschaft habe Bedarf an Spitzenenergie, und diese könne man auch ins Ausland verkaufen.

Mer boued luftschlösser

W. Du, Häiri, was miechisch, wänn t en zwölfer hettisch im toto?

H. Los Walter, das chunt doch druf aa, wie höch d uuszalig wëër, aber wänn s gieng, wu̇u̇ri mer en farbfërnseeer chauffe. Di nȯȯchscht olimpiaade wetti dänn i farbe gsee. Und was miechsch duu, wänn t de haupttrëffer i der landeslottery überchiemsch?

W. I gieng tiräkt is swissëërbüro am hauptbaanhoof und lies mer e wälträis zämestele. Dänn gsëëchisch mi für es zytli nüme.

H. Und was tëët dyni frau derzue säge?

W. Die nëëmi doch mit. Für sy gëëbs nüüt schöners, als wänn si chönt uf räise gaa.

H. Mäinsch dänn, das gält langti?

W. Me sett s mäine, suscht hetti dänn scho na öppis uf der syte, aber es isch scho öppis a dëm, was du gfrȯȯget häsch, es wu̇u̇r nüüt schade, wänn s bi der landeslottery en nöie trëfferplaan mit hööchere gwünnsume tëëtid yfüere.

H. Me mërkt, das du fröid häsch am lötterle; miir gfallt s toto besser, da cha me doch na echli öppis kombiniere, und es hanget nöd alls nu vom zuefall aab. Iez stell der aber emaale vor, du miechisch e miliooneneerbschaft und müestisch mit dëm ganze huffe gält fërtig wëërde.

W. I glaub, das wëër käs probleem. I müest ja nöd ales für miich

eläige bruuche. Es git ja eso vil wooltëëtigi inschtituzioone, wo für iede zuestupf dankbaar sind. Es blybti ja dänn imer na gnueg voorig für miich für es hüüsli amene gäbigen oort, für en gröössere wage, für myni liebhabereye und soo.

H. **Aber stell der emaale voor, was t für en luxus chöntisch trybe.**

W. **Lieber nöd. Wettisch du vilicht vo auschteren und kaviar läbe? Da blybtisch nöd lang gsund deby. Was hettisch devoo, wänn t di wüürsch mit der « haute volée » a der Riviera umetrybe und müestisch dyni zyt vertöörle mit blabla, und am aabig wüsstisch nöd, für waas das t am morgen uufgschtande bisch.**

H. **So schlimm müesti s iez ä nöd grad usechoo, aber ich glauben au, mängem ryche wëërs wööler, er hett weniger. Mer wänd froo sy, das miir die soorge nöd händ, und die luftschlösser lömer lieber la sy.**

KONDITIONAL

Der Konditional oder Konjunktiv des Präteritums ist die Ausdrucksform des Irrealen. Zu seiner Bildung verfügt das Schweizerdeutsche über drei Möglichkeiten, entweder Bildung durch Ablaut oder durch die Endung **-ti** am Verb selbst oder aber Umschreibung mit einem Hilfsverb.

Bildung durch Ablaut:

i miech	*ich würde machen*
du miechsch	*du würdest machen*
er miech	*er würde machen*
mer miechid	*wir würden machen*

Bildung durch die Endung **-ti,** welche im Gegensatz zum Deutschen auch an ablautende Verben angeschlossen werden kann *(ich flöge* = **i flüügti).**

1. Konjugation	2. Konjugation	3. Konjugation
i mäinti	**i lismeti**	**i flüügti**
du mäintisch	**du lismetisch**	**du flüügtisch**
er mäinti	**er lismeti**	**er flüügti**
mer mäintid	**mer lismetid**	**mer flüügtid**

Für die Umschreibung dienen gleicherweise die Hilfsverben «würde» und «täte». Sie sind gleichwertig.

i wüür lache	**i tëët lache**
du wüürsch lache	**du tëëtsch lache**
er wüür lache	**er tëët lache**
mer wüürid lache	**mer tëëtid lache**

Im Plural kommt neben **-id** auch die Endung **-ed** vor. In der ersten

Person fällt **-i** vor dem Pronomen ab, aus **mäinti-i** ergibt sich **mäint-i.**

Formen mit Ablaut bei den Verben der 3. Konjugation waren auch im Schweizerdeutschen üblich, in unserem Sprachgebiet sind sie aber so weit geschwunden, dass man damit das Gedächtnis eines Lernenden nicht belasten darf. Zu beachten ist aber die Form **miech** für würde machen. Mit dem gleichen Ablaut kommen auch vor **chiem** für *käme* und **mieg** für *möchte.*

Die sonst nur für die schwachen Verben charakteristische Endung **-ti** ist bei den oft gebrauchten Verben der dritten Konjugation durchaus üblich. Beispiel: **i blybti** *ich bliebe*, **i schrybti** *ich schriebe*, **i büügti** *ich böge*, **i lachti** *ich würde lachen.*

Bei den unregelmässigen Verben haben sich die Ablautformen im Gebrauch erhalten, da es sich hier um häufig vorkommende Wörter handelt. Als ihr Charakteristikum ist ferner zu beachten, dass sie für gewöhnlich in der ersten und zweiten Person Singular kein **-i** annehmen; doch ist es nicht falsch, die Formen mit Endung zu verwenden **(i chönti, i hetti, i giengi).** Bei den sechs letzten Verben der folgenden Reihe tritt das **-t** der schwachen Verben wieder auf:

i hett	*ich hätte*	**es gschëëch**	*es geschähe*
i wëër	*ich wäre*	**i lies**	*ich liesse*
i tëët	*ich täte*	**i schlieg**	*ich schlüge*
i gieng	*ich ginge*	**i wett**	*ich wollte*
i chiem, chëëm	*ich käme*	**i sött (sett)**	*ich sollte*
i stiend	*ich stände*	**i müest**	*ich müsste*
i wüür (wùùr)	*ich würde*	**i töörfft**	*ich dürfte*
i gëëb	*ich gäbe*	**i chönt**	*ich könnte*
i nëëm	*ich nähme*	**i möcht**	*ich möchte*
i gsëëch	*ich sähe*	**i wüsst**	*ich wüsste*

Anmerkung: Die alte zürichdeutsche Form für «würde» lautet nicht **wüür**, sondern **wuurd**, doch wird in der heutigen Sprache der Region Zürich eindeutig die Form **wüür** bevorzugt.

Zur Verwendung des Konditionals

Im ganzen ist festzuhalten, dass ausser bei den soeben aufgeführten Verben die Umschreibung mit Hilfsverb **wüür** oder **tëët** gebräuchlicher ist als die unzusammengesetzten Formen. Dabei spielt es eine Rolle, ob ein Verb häufig oder selten ist, und ob die hilfsverblose Form eine schwerfällige Bildung ergäbe. Man wird nicht sagen beräiteti, badeti, sändeleti, chlädereti, predigeti, eläktrisierti. Es hängt auch viel vom Satzrhythmus ab, so kommt die einfache Form häufiger vor im Nebensatz, die umschriebene im Hauptsatz, zum Beispiel: **Wänn i s vermöcht, wüür i mer en nöie wage chauffe; i wüür au mitchoo, wänn de beebisitter eso lang blybti.**

Merke noch die Wendungen: **i hett gëërn es phäckli zigarette!** das ist die Formel, mit der der Käufer etwas zu erstehen wünscht. **I wett au mitchoo** = ich möchte gerne auch mitkommen. Die Form **i wott** ist unhöflich, weshalb man zum Konditional greift, wenn man einen Wunsch ausdrücken will.

Der Konditional dient dazu, auszudrücken, dass eine Handlung unwahrscheinlich oder unmöglich ist. So wird er gebraucht in irrealen Wunschsätzen: **I wett, i hett es hüüsli! I wett, i wëër bi diir! Wänn er doch nu au gly chëëm!** Am meisten wird er aber gebraucht in irrealen Bedingungssätzen. **Wä me miich frṑṑgti, wüssti scho, was i ne säiti. Ir hetted en schööne baart ygfange, wänn er ggange wëëred. Wänn das wöörtli «wänn» nöd wëër, dänn wëër myn vatter milionëër. Wänn s uf d gröössi aachiem, so wǜǜr e chue en haas erlauffe.**

Der Nebensatz kann fehlen, wie in: **i gëëb em äis, i gieng am liebschte häi, i wüsst nüüt schööners**; man kann diese Sätze als elliptisch bezeichnen, indem der bedingende Nebensatz nur gedacht, nicht ausgesprochen wird; in obigen Fällen etwa: **wänn i diich wëër, wänn i nu chönt, wänn iich gfrṑṑget wǜǜr.**

In einschränkenden Nebensätzen *(dass er nicht)* kann der Konditional auch vorkommen, zum Beispiel: **Es isch kän maa, er hett en wolfszaa, es isch kä frau, si hett en au. Es isch käis ämtli, es hett au es schlämpli.** *Es gibt kein Amt, das nicht etwas einbrächte.* **S isch käine so witzig, das er nöd mit alne viere chönt in dräck gheye. Es isch niemer i dëm doorff, wo nöd läse chönt.**

WÖRTER

prüeffig	Prüfung	**glangge**	herumhängen
blabla	leeres Gerede	**lötterle**	in der Lotterie spielen
scho'fföör	Chauffeur		
a'ssossiee	Teilhaber	**si uusspräche**	sich aussprechen
zi'gerette	Zigarette	**wiirtschafte**	wirtschaften
zi'gaare	Zigarre	**erlauffe**	durch Laufen einholen
zuestupf	Beitrag		
dräck	Schmutz	**höische**	fordern, verlangen
raar	rar, selten		
voorig	übrig	**si zfride gëë**	sich zufrieden geben
sälbständig	selbständig		
lange	ausreichen	**öppis haa gägen öpper**	einem etwas nachtragen
dryrede	dreinreden		
verplämperle	vertrödeln	**umesuscht**	nutzlos, umsonst
vertöörle	verdummen		

ÜBUNG 18

Wenn du mehr gearbeitet hättest, hätten wir jetzt ein eigenes Geschäft. – Ich hätte ja doch nicht genug Geld gehabt, und mit einem Teilhaber wollte ich nicht wirtschaften. – Ich habe dir ja schon lang gesagt, du solltest einmal meinen Bruder fragen, er möchte sich auch gern selbständig machen. – Mit einem Fremden wäre es mir noch gleich, aber einen Verwandten wollte ich schon gar nicht. Der würde mir zuviel dreinreden, und dann käme er immer zu dir, um zu (goge) klagen. – Wenn ich nur wüsste, was du gegen meine Verwandten hast. Du dürftest dich schon einmal mit meinem Bruder ein wenig aussprechen. Du könntest ja froh sein, wenn du so viel Erfahrung hättest in Geschäftssachen wie er. – Eben gerade in meinen Geschäftsangelegenheiten solltest du nicht immer etwas durchsetzen wollen (zwängle). Es wäre gescheiter, du gäbest dich einmal zufrieden mit dem, was du hast.

D fërieräis

Zwoo wuche, vor mer i d fërie gfaare sind, hät my frau aagfange phacke, aber e halbi stund vor de zùùg hett sölen abfaare, isch si imer nanig fërtig gsy. Ich han efäng d geduld verloore und ha gsäit, ich göng mit mym gephäck uf de baanhoof, die tröölerey sig mer efangs verläidet. Und ab bini. Uf em baanhoof häts mer doch aagfange ungmüetli wëërde, wil i edëëwääg abzäpft bin, und ich ha imer wider us em zùùg use glueget, eb si na niene z gsee seyg. Im letschten augeblick, de stazioonsvoorstand hät scho wele syni chelen uufhebe, chunt si na aazräne, in zùùg ine und ab isch er ggange. «Dys verdienscht isch es nööd, das i na ha möge gchoo», isch s eerscht gsy, wo si zue mer gsäit hät, wo si efëng ire schnuuf wider ghaa hät. «Wäisch», hani doo probiert yzlänke, «ich ha äifach nüme möge gwaarte, und zum dys liecht ggöferli trääge häsch mi ja nöd pruucht.» Uf daas abe hät si es zytli nüüt mee gsäit, und dänn hät si mi ganz umvermittlet gfrö̀ö̀get, öb mer ächt vil göngid go bade. «Wie chunsch iez uf daas?» sägi dänn, «ich ha der doch mängisch gnueg gsäit, wänn s wätter schöön seyg, göngid mer lieber go bade, weder go müesami bëërgtuure mache. Werum frö̀ö̀gsch äigetli grad iez?» «Vilicht hetti mys alt badchläid besser au na mitgnoo, wäisch zum wächsle, wänn s ander nass isch.» «Du machsch mi bimäid z lache, iez hani der doch epaar maal gsäit, du selisch es mitnëë, und iez laasch es doch dihäime.» «Es hät halt äifach käi platz mee ghaa

im ggöferli, und überhaupt bruuchsch ja wäge dëm nöd grad aafange flueche.» Ich ha dänn das theema abproche, wil i di andere räisende nöd na lenger ha wele z grinse mache, und au, wil i nöd ha möge d fërie mit chrach aafange. – Wo s dänn gäg de mittaag ggangen isch, säit d frau: «Chum cho ässen in spyswage!» «Ich ha gmäint, du hebisch öppis mitgnoo zum zmittaag?» «Ales hani dänn doch nöd möge gmache», git si ume, und so simer dänn halt go ässe. Zum gältuusgëë git s ja ekäi besseri glägehäit, weder wä me mit ere frau räist. Aber de zmittaag im spyswagen isch guet gsy, und ich glaube fascht, myni frau hät äxtraa vergässe, öppis zum ässe mitznëë. Suscht isch die räis dänn glatt verloffe, und wo mer efëng epaar taag i dëm idilische näscht gsy sind, händ sich d nërve vo myner frau aagfange berueige. Mer sind dänn vil goge schiffli faare, padet hämer fascht all taag, und i d bëërg simer au epaar maal go umechlädere. Wo mer wider händ müese häiräise, hät si fascht aagfange brüele, das mer wider i d stadt müesid go schaffe. Aber i ha si dänn trööschtet und gsäit, mer welid s nööchscht jaar wider i das nett oort go fërie mache.

Der Infinitiv

Der Gebrauch des Infinitivs weicht mit Ausnahme einiger in dieser Lektion näher zu besprechenden Punkte nicht vom Deutschen ab. Die Partikel **z** entspricht dem deutschen *zu* und wird in den gleichen Fällen verwendet.
Zum Beispiel: **du muesch mer hälffe; si gänd em z ässe; si händ fröid draa en uufzzie.** Die modalen Hilfsverben (erste Gruppe in Lektion 16) stehen im Gegensatz zum Deutschen nie nach dem Infinitiv: *er hat kommen wollen* = **er hät wele choo.** Näheres darüber in Lektion 24.

Nach **aafange** steht im Gegensatz zum Deutschen keine Partikel: *er fängt an zu arbeiten* = **er fangt aa schaffe.** Aus **aafange** hat sich ein eigentümliches Adverb herausgebildet: **efange, efang, efëng, efëngs** (Akzent auf dem ë). Es bedeutet so viel wie *einstweilen, nachgerade, endlich.* **Es wiirt mer efëng z tumm, uf di z waarte; i gaanen efang uf de baanhoof; im letschte momänt isch si efëngs choo,** das heisst: *Es wird mir nachgerade zu dumm, auf dich zu warten; ich gehe einstweilen auf den Bahnhof; im letzten Moment ist sie endlich gekommen.*

Die deutsche Wendung *er kommt geritten* wird schweizerdeutsch durch **choo** + **z** + Infinitiv übersetzt; also **er chunt z ryte; si chunt z räne; er isch aazschnuufe choo.**

Der substantivierte Infinitiv ist sehr gebräuchlich, eher mehr als im Deutschen, zum Beispiel: **Wänn s uf s lauffen aachoo wëër, hett**

er ali gschlage. S läse hät em scho imer fröid gmacht, aber im rächne isch er truurig schlächt. Ires singe hät alne gfale. Es isch zum verstrupfe.

Eine besondere Konstruktion hat der Infinitiv nach **gaa, choo.** Im Deutschen steht hier die Partikel *zu* oder der reine Infinitiv, im Schweizerdeutschen steht **go, goge, cho, choge** (verkürzte unselbständige Formen von **gaa** und **choo**).

Mer gönd go luege	*wir gehen schauen*
mer gönd go en psuech mache	*wir gehen einen Besuch machen*
mer chömed cho inspiziere	*wir kommen, um zu inspizieren*
mer chömed choge d kasse kontroliere	*wir kommen, um die Kasse zu kontrollieren*

In Verbindung mit meteorologischen Erscheinungen dient diese Konstruktion zum Ausdruck einer nahen Zukunft:

es chunt cho rägne	*es kommt zum Regnen*
es chunt cho schneye	*es wird bald schneien*

In diesem Zusammenhang sei eine Eigentümlichkeit im Gebrauch des Verbs **gaa** dargestellt: Wenn das Ziel des Gehens angegeben ist, kann

1. **gaa** ausfallen, wenn es von einem modalen Hilfsverb abhängt, das heisst nach **wele, sele, müese, tö̊örffe, chöne;**
2. **ggange** ausfallen im Perfekt, das heisst nach einer Form von **sy.**

Das Ziel des Gehens kann ausgedrückt werden durch ein Adverb oder ein Adverbiale des Ortes oder durch einen Infinitiv mit **goge.**

1. **er mues gaa**	aber	**er mues häi**
i tö̊örff gaa		**i tö̊örff i d stadt**
i sett gaa		**i sett goge luege**
2. **er isch ggange**	aber	**er isch häi**
du bisch ggange		**du bisch i d stadt**
mer sind ggange		**mer sind goge luege**

Si sind duraab, mer wänd uf der Üetli, i sett na uf d poscht, i tö̊örff nöd mit, si sind go sägle, du settisch go der mueter hälffe, mer sind go komissioone mache.

Um zu: Die Infinitivkonstruktionen, die man im Deutschen mit *um zu* einleitet, werden im Schweizerdeutschen durch **zum,** seltener durch **für zum** und **für z** eingeleitet; nach **gaa** und **choo** mit **go.**

Er isch z tumm zum s verraate.
Da häsch es pralinee zum schläcke.
I ha nöd der zyt zum das schrybe.

Daa sind chlöiberli zum maarggen ychlöibe.
Vom land chömed s i d stadt cho studiere.
Gang en schruubezier go hole zum di lugge schrüübli aazie.

Für «*jemand veranlassen etwas zu tun*» wird im Schweizerdeutschen **mache** mit Infinitiv (mit **z**) gebraucht.

du machsch mi z brüele	*du bringst mich zum Weinen*
mach si z gumpe!	*veranlasse sie zu springen!*

Nach **möge** in der Bedeutung von *vermögen* wird dem Infinitiv ein **g-** vorgesetzt (vgl. Seite 114). Wenn **möge** *mögen, gern tun* bedeutet, steht dieses **g-** nie.

i mag nöd glange	*ich kann es nicht erreichen*
si hät möge gchoo	*sie ist noch rechtzeitig gekommen*
magsch es nöd gässe?	*kannst du nicht alles essen?*
Dagegen: **magsch es nöd ässe?**	*willst du es nicht essen?*

Im Begriff sein, etwas zu tun: Diese Wendung wird mit **am** + Infinitiv ausgedrückt. *Ich war im Begriff abzureisen:* **i bin am abräise gsy.** Vergleiche englisch: *I am writing*, **i bin am schrybe.** Daneben wird **tue** in diesem Sinne verwendet (vgl. Seite 31).

Wörter

bire	Birne	**di ùsserschte**	die äussersten
cheerze	Kerze	**berueige**	beruhigen
chele	Kochlöffel, hier: Befehlsstab	**lampe** 2	schlaff hängen
		lange 2	reichen
expërtyse	Expertise	**yhole** 1	einholen
schylift	Skilift	**schnappe** 2	schnappen
sässelbaan	Sesselbahn	**bröötsche** 2	drauflos schwatzen
nërve	Nerven		
schnuuf	Atem	**schüttle**	schütteln
stange	Stange	**si äigne**	sich eignen
terëng	Gelände	**fördere**	fördern
Züribëërg	Zürichberg	**veraastalte**	veranstalten
chlöiberli	Klebfalz	**ylänke** 1	einlenken
maargge	Marke	**leene** 1	leihen
schruubezier	Schrauben-zieher	**näble**	nebeln
		schneye 1	schneien
schwyzer-wuche	Schweizer-woche	**schläcke** 1	lecken, naschen
tröölerey	Langweilerei	**sägle** 2	segeln
idilisch	idyllisch	**verstrupfe** 1	aus der Haut fahren
gschwind	schnell		
tifig	flink, behend	**zünde** 1	leuchten
abzäpfe 1	sich davon-machen	**umegëë**	herausgeben, antworten

stäcke 1	stecken (intr.)	**stecke** 1	stecken (trans.)
amänd	vielleicht	**duraab**	abwärts
äxtraa	absichtlich	**bis so guet**	bitte
bimäid	beim Eid!	**eender**	eher
edëëwääg	auf diese Weise		

ÜBUNG 19

Er ging schauen, wo der Wagen stecke. Komm helfen! Ich gehe auf den Zürichberg, um ein wenig frische Luft zu schnappen. Ich muss schnell auf die Post [gehen], um ein paar Briefmarken zu kaufen. Willst du auch [kommen], um Birnen zu schütteln? Wir erreichen (überchoo) die äussersten Zweige nicht, geh schnell eine Stange holen, dann erreichen wir sie besser [mögen wir besser langen]. Darf ich ein bisschen hinaus [veruse] zum Spielen? Ich gehe eine Kerze holen, um zu leuchten. Die Schweizerwoche wird veranstaltet, um die einheimischen Produkte zu fördern. Bitte leih mir deine Schreibmaschine. Für was? Um einen Brief zu schreiben. Da kannst du sie haben, mach aber flink. Das Warten hängt (lampe) mir schon lang zum Hals hinaus (use). Du bringst mich nachgerade beim Eid zum Lachen mit deinem Lamentieren. Sie hatten angefangen, einen Skilift zu bauen, als sie merkten, dass sich das Gelände nicht eigne. Sie sind dann (goge) Expertisen einholen [gegangen] über eine Sesselbahn. Glaubst du, es werde schneien? Nein, es sieht nicht so aus, ich glaube, es kommt eher zum Regnen, oder vielleicht wird es nur nebeln.

Züri und Wintertuur

Die zwoo stedt i der Oschtschwyz chömed scho sid alte zyte nöd am beschte mit enand uus, wil imer äini angscht ghaa hät, di ander chönt i der Äidgnosseschaft und i der wält s gröösser aasee überchoo. Am ërgschte isch es allwääg im letschte jaarhundert gsy, wo d Wintertuurer gröösseri und wichtigeri isebaanlinie händ wele boue weder d Zürcher; deby händ s dänn aber doch de chu̇ürzer zoge. Iez rucked di bäide stedt efëng imer nȯöcher zäme, sid mer i der chürzischte zyt, näm̥li i 21 minuute die 26 kilometer lang strecki cha faare. Drum ghäisst s öppedie – es sind natüürli mäischtens Zürcher, wo s säged –, Wintertuur sig ja numen en vooroort vo Züri, und d Wintertuurer hebid ja scho sid langer zyt gsäit, s schönscht a Wintertuur seyg de schnällzu̇ùg uf Züri. Wänn aber en Zürcher eso öppis zume Wintertuurer säit, wiirt dëë taub und säit, das syni stadt vil wichtiger und inträssanter seyg und das me si i der ganze wält au vil besser käni, als das Züri daa, wo zwaar imer gröösser und mächtiger, defüür aber au imer alltäglicher und gäischtlooser wëërdi. Natüürli heb Züri vil mee ywoner als Wintertuur und au en gröössere huuffe seeenswürdikäite und anderi psunderhäite. Syn grööschte voortäil, gänd s zue, seyg halt de see und das me vom see di wytischt uussicht heb bis in hinderschte winkel von Glaarnerbëërge. Wintertuur heb aber au ekäi wüeschteri

laag weder Züri, nu heb s halt nöd s gringscht wässerli und d Tööss und d Öilach ghöörid würkli zu döne flüsse, wo men am alerwenigschte käni. Defüür seyg aber z Wintertuur äini vo de berüemtischten und eltischte maschinefabrike vo der ganze wält, und zwäitens stönd Wintertuur im musikläbe am vorderschte platz; scho wäge döm redi me vil eender vo Wintertuur weder vo Züri. Und dänn chömed s amigs na mit em letschte trumpf, mit de kunschtsamlige vom Oskar Reinhart: der Stiftig und em Röömerholz – Die riwalitëët isch ja s natüürlichscht vo der wält, und s tuet döne stedte ganz guet, das si sich di gröösch müe müend gëë, das nöd di äint di ander übertrumpft. De schönscht und äifachscht wëëg für äine wo bäidi stedt wott gälte laa, isch es, wänn er mit em schnällschte zùùg wo s git, zwüschet bäide hii und hëër faart.

Die Steigerung der Adjektive

Die Adjektive werden gesteigert durch die Endung **-er** im Komparativ und **-scht** oder **-ischt** im Superlativ. Dazu kommt wenn möglich noch Umlaut, zum Beispiel: **hööch – hööcher – höóchscht; alt – elter – eltscht, eltischt**

Bemerkungen zum Komparativ

Die Komparativendung **-er** hat die gleiche Wirkung auf den Stamm wie die vokalischen Endungen (Vergleiche Lektion 8), nämlich:

1. Die Adjektive auf **-el** stossen das **-e-** vor Vokal aus, also **tunkel – tünkler**, dagegen **häiterer.** (Superlativ: **tünklischt, häiterischt.**)

2. **Chly** und **früe** schieben ein **-n-** ein, also **chliner, früener.** (Superlativ: **chlinscht, früescht.**) Bei **chliner** wird ausserdem der Vokal verkürzt.

3. Die Adjektive auf **-e** schieben ein **-n-** ein vor Vokal, also **ebner, tröchner.** So auch: **völlner,** das man sich von **vole** abgeleitet denken muss.

4. Die Adjektive auf **-li** schieben ein **-ch-** ein vor Vokal, also **früntlicher, fröölicher.**

Bemerkungen zum Superlativ

Hier beruht die Verteilung der Endungen **-scht** und **ischt** auf dem Stammausgang. Die Normalform ist **-scht: äifachscht, höóchscht, nöischt.** Dagegen wird **ischt** gebraucht: 1. nach Zischlaut **(s sch z)**, 2. nach **-t**, wenn dem **-t** ein Konsonant vorausgeht. Beispiele: 1. **böösischt, süessischt, schwërzischt, frischischt, chùùrzischt;** 2. **feschtischt, gschicktischt, schlächtischt, wüeschtischt, cheltischt, hërtischt.**
Ausnahmen zu dieser Regel: **gröóscht, bescht, letscht, praktischt.** Nach alleinstehendem **-t** und nach **-d** schwankt der Gebrauch: **spoö-**

tischt – spöötscht, lüütischt – lüütscht, wildischt – wildscht, gschwindischt – gschwindscht, blöödischt – blöödscht, gschydischt – gschydscht.

Zum Umlaut

a kann, wie in Lektion 4 schon dargestellt, verschieden umlauten

a : e kommt vor bei **alt – elter, glatt – gletter, chalt – chelter, lang – lenger.**

a : ë bei **schwarz – schwërzer, arg – ërger, starch – stërcher, aarm – ëërmer, schwach – schwëcher, schmaal – schmëëler.** Dies ist der Normaltypus. **-ë-** und **-e-** kommen vor bei **mager** und **graad: mëgerer – megerer** und **grëëder** und **greder.**

aa : ö bei **zaam – zöömer, spaat – spööter.**

Bei denjenigen Adjektiven, die im Deutschen Umlaut haben *(grösser*, *älter*, *jünger* usw.), erscheint er auch im Schweizerdeutschen. Dazu kommt aber noch eine grössere Zahl von Adjektiven, die im Schweizerdeutschen Umlaut haben, im Deutschen aber nicht. Es sind im wesentlichen folgende:

dunkel	**tunkel – tünkler**	*rauh*	**ruuch – rüücher**
faul	**fuul – füüler**	*rund*	**rund – ründer**
flach	**flach – flëcher**	*schlau*	**schlau – schlöier**
gerade	**graad – greder**	*sauber*	**suuber – süüberer**
gesund	**gsund – gsünder**	*toll*	**toll – töler**
laut	**luut – lüüter**	*trocken*	**troche – tröchner**
lustig	**luschtig – lüschtiger**	*wohl*	**wool – wööler**
mager	**mager – mëgerer**	*struppig*	**struub – strüüber**

Unregelmässige Steigerung

guet	**besser**	**bescht**	*gut*
vil	**mee**	**mäischt**	*viel*
–	**eender**	**am eendschte**	*eher*
–	**de vorder**	**vorderscht**	*der vorderste*
–	**hinder**	**hinderscht**	*hintere*
–	**ober**	**oberscht**	*obere*
–	**under**	**underscht**	*untere*
–	**iner**	**inerscht**	*innere*
–	**üsser**	**üsserscht**	*äussere*
–	**äner**	**änerscht**	*der weiter entfernte*
–	**mittler**	**mittlerscht**	*mittlere*

Die Vergleichspartikel

Nach einem Komparativ verwendet man, wo im Deutschen die Partikel *als* steht, **weder** oder **als.**

Ich bi gröösser weder duu.

Di zwäit uuffüerig isch besser gsy als di eerscht.

WÖRTER

isebaanwäse	Eisenbahnwesen	**stiftig**	Stiftung
		urchig	bodenständig
uusflùùg	Ausflug	**verloge**	verlogen
mäiechäfer	Maikäfer	**frööli**	fröhlich
Waliser	Walliser	**gschickt**	geschickt
Äidgnosseschaft	Eidgenossenschaft	**spaat**	spät
		lätz	verkehrt
(sprich **äigg**)		**taub**	zornig, böse
Zürisee	Zürichsee	**luut**	laut
Bodesee	Bodensee	**lyslig**	leise
Pfanestiil	Pfannenstiel	**rucke**	rücken
Gämfersee	Genfersee	**je... deschte**	je... desto

ÜBUNG 20

Die IC-Züge sind schneller und bequemer als die anderen Züge. Es ist (halt) das Neueste und Beste, was es heute im Eisenbahnwesen gibt. Sie sind deshalb auch am beliebtesten von allen Verkehrsmitteln. Da ist einer verlogener als der andere, aber der verlogenste ist doch der K. Es ging immer lauter und lustiger zu, bis es zu einem Krawall kam. Die Schlauesten hatten sich aber schon davon gemacht. Eine tollere Sache kann man sich nicht denken. Endlich waren wir so weit, dass unsere Kleider wieder etwas sauberer und trockener waren, da wurde es uns wieder wohler. Es wird immer später Morgen und früher Nacht, die Tage werden immer grauer und kälter, die Nächte immer länger und dunkler, bald ist der kürzeste Tag. Der, der sonst am geschicktesten ist, hat seine Sache diesmal am schlechtesten gemacht. Je freundlicher und fröhlicher einer aussieht (drylueget), desto lieber haben ihn die anderen Leute. Die Walliser sprechen am urchigsten. Der Uetliberg ist höher als der Pfannenstiel, aber niedriger als die Rigi. Der Bodensee ist grösser als der Vierwaldstättersee, aber kleiner als der Genfersee. Die «Helvetia» und die «Linth» sind die schönsten und grössten Ausflugsschiffe auf dem Zürichsee.

D Schwyz

D Schwyz hät en flècheninhalt vo äinevierzg tuusig zwäihundert achtenünzg kwadraatkilomeeter; iri landesgränze isch tuusig achthundert vieredachzg kilomeeter lang. Di schwyzerisch Äidgnosseschaft hät zwäiezwänzg kantöön; de grööscht devoo isch Graubünde mit sibe tuusig äihundert drizä kwadraatkilomeeter, de nòòchscht isch de kanton Bèèrn mit sächs tuusig achthundert dreyedachzg kwadraatkilomeeter. De kanton Züri chunt i der gröössenoornig eerscht a der sächste stell mit tuusig sibehundert nüünezwänzg kwadraatkilomeeter. De chlinscht kantoon isch Baselstadt mit bloos siebenedryssg kwadraatkilomeeter. Di hööchscht bevölkerigszahl hät de kanton Züri mit ere milioon hundertsibe tuusig sibehundert achtedachzg ywonere (nach der volchszelig vom nüünzäähundertsibezgi), hüt sind s guet hundert tuusig mee; dänn chunnt de kanton Bèèrn mit nüünhundert dreyedachzg tuusig zwäihundertsächsenünzg ywonere. Graubünde ghöört zu de chlynere kantööne, wä me uf d bevölkerigszaal lueget, es hät nämli nu äihundert zwäiesächzg tuusig sächsedachzg ywoner, Baselstadt hät degäge zwäihundert vieredryssg tuusig nüünhundert föifevierzg, und di chlinscht ywonerzaal hät Appezäll Inerrode mit nu drizä tuusig äihundert vierezwänzg.

Di ganz Schwyz hät im sibezgi sächs milioone zwäihundert nüünesächzg tuusig sibehundert dreiedachzg ywoner ghaa. Im achzä hundert füfzgi sind s echli weniger als zwoo milioone vier hundert tuusig gsy. – Epaar jaareszaale us der schwyzer gschicht: zwölf hundert äinenünzg gründig vo der Äidgnosseschaft. Di wichtigschte schlachten us de befreyigschriege sind Moorgaarte im drizä hundert füfzäni und Sämpach im drizä hundert sächsedachzgi gsy. D reformazioon hät füfzä hundert nüünzä z Züri aagfange. Füfzä hundert nüünezwänzg und äinedryssg i de Chapelerchriege und sächzä hundert sächsefüfzg und sibezä hundert zwölf i de Vilmërgerchriege isch um de glaube gstritte woorde. Im jaar sibezä hundert achtenüünzg isch di alt Äidgnosseschaft vom Napoleoon syne truppe über de huuffe gränt woorde, und achzä hundert drüü und füfzä isch si wider uufpoue woorde. Di gägewërtig form hät de Bund dur d verfassig vo achzä hundert achtevierzg überchoo, wo dänn im vieresibezgi revidiert woorden isch.

DIE ZAHLWÖRTER
Die Grundzahlen

äis	*1*	**drizä**	*13*	**dryssg**	*30*
zwäi	*2*	**vierzä**	*14*	**äinedryssg**	*31*
drüü	*3*	**füfzä**	*15*	**vierzg**	*40*
vier	*4*	**sächzä**	*16*	**füfzg**	*50*
föif	*5*	**sibezä**	*17*	**sächzg**	*60*
sächs	*6*	**achzä**	*18*	**sibezg**	*70*
sibe	*7*	**nüünzä**	*19*	**achzg**	*80*
acht	*8*	**zwänzg**	*20*	**nüünzg**	*90*
nüün	*9*	**äinezwänzg**	*21*	**hundert**	*100*
zää	*10*	**zwäiezwänzg**	*22*	**föifhundert**	*500*
elf	*11*	**dreyezwänzg**	*23*	**tuusig**	*1000*
zwölf	*12*	**vierezwänzg**	*24*	**milioon**	*1000000*

Zu beachten ist vor allem, dass das *und*, das im Deutschen Einer und Zehner verbindet, im Schweizerdeutschen ein blosses **-e-** ist: *fünf-und-fünfzig* = **föif-e-füfzg.** Falls aber nach den Hunderten ein *und* gebraucht wird, ist es vollklingend: *387* = entweder **dreyhundert-sibenedachzg** oder **dreyhundert-und-sibenedachzg.**

Das Zahlwort **sibe** schiebt vor diesem **-e-** ein Sandhi-n ein: **sibenezwänzg, sibenedryssg** usw. Von *81* bis *89* wird ein **-d-** vor dem **-achzg** eingeschoben, um den Zusammenstoss der Vokale zu vermeiden: **äin-e-d-achzg, zwäiedachzg, dreyedachzg, vieredachzg, föifedachzg, sächsedachzg, achtedachzg, nüünedachzg.** In der Reihenfolge der Einheiten ist kein Unterschied zwischen Deutsch und Schweizerdeutsch, zum Beispiel: *374897* = **dreyhundert vieresibezg tuusig achthundert sibenenüünzg.**

Die Deklination der Grundzahlen

Äis, zwäi, drüü werden noch dekliniert. Dabei sind zwischen substantivischem und adjektivischem Gebrauch kleine Unterschiede:

Äis:	substantivisch			adjektivisch		
Nominativ	**äine**	**äini**	**äis**	**äin maa**	**äi frau**	**äis chind**
Dativ	**äim**	**äinere**	**äim**	**äim maa**	**äiner frau**	**äim chind**

Vor **maal** sagt man nur **äi: äi maal** = *1* ×. Im Neutrum braucht man auch nur **äi,** wenn dem Substantiv noch ein Adjektiv vorangeht: **äi schööns chind** (vergleiche Lektion 8), ebenso **äihundert** = 100. –**Äine** (substantivisch) wird ausser als Zahlwort auch als unbestimmtes Pronomen verwendet (Lektion 13). – **Äin** (adjektivisch) wird nur gebraucht, wenn der Zahlbegriff betont ist **(äin maa isch choo, nöd zwee),** sonst steht ja der unbestimmte Artikel.

Zwäi, Drüü

M.	F.	N.	M.	F.	N.
zwee	**zwoo**	**zwäi**	**drey**	**drey**	**drüü**
zweene	**zwoone**	**zwäine**	**dreyne**	**dreyne**	**drüüne**

Der Dativ hat nur bei substantivischem Gebrauch eine eigene Form, adjektivisch ist er gleich wie der Grundfall: **i bi zweene begägnet,** aber: **i bi zwee chämifägere begägnet. I ha s dreyne gsäit,** aber: **i ha s drey verträtere gsäit.**

Die Unterscheidung von Maskulinum **zwee, drey,** Femininum **zwoo, drey** und Neutrum **zwäi, drüü** wird heute vernachlässigt: **zwäi** und **drüü** breiten sich über alle Geschlechter aus.

Eine Sonderform von ein hat sich nach dem bestimmten Artikel entwickelt, besonders in der Gegenüberstellung von der eine – der andere: nämlich **der äint;** es wird flektiert wie jedes schwache Adjektiv. Zum Beispiel: **Di äinte händ uf der Üetli wele, di andere wëëred lieber go schiffli faare. S äint isch e lugi und s ander isch au nöd waar.**

Die substantivische Form

Im substantivischen Gebrauch bekommen alle Grundzahlen von 4 an im Grundfall die Endung **-i,** und im Dativ **-e** oder **-ne,** also wie die stark flektierten Pronomina.
Föifi sind choo, vieri sind dihäime plibe.
Häsch es alne gsäit? Vierne hani gschribe, sächsne hani s uf em wääg gsäit, den andere hani telefoniert.
Z tuusige händ d mäiechäfer s laub abgfrässe, und tuusigi hät me gfangen und verbränt.

Diese substantivische Form wird gebraucht:

1. bei Ziffern:

es vieri	*eine Vier*
es föifezwänzgi	*die Ziffer 25*

2. bei Angaben des Alters:

Wie alt bisch? I bi zäni gsy	*Wie alt bist du? Ich bin 10 Jahre alt*
Myn brüeder isch zwölfi	*Mein Bruder ist 12 Jahre alt*
Myn vatter isch vierzgi, d mueter sibenedryssgi	*Mein Vater 40, Mutter 37*
Mys schwöschterli isch drüü oder vieri	*Mein Schwesterchen ist 3 oder 4*

3. bei Zeugnisnoten:

Was häsch für nooten i dym Zügnis?	*Was für Noten hast du?*
Im rächnen es sächsi	*Im Rechnen eine Sechs*
I der spraach es föifi	*In der Sprache 5*
I de reaalien es föif bis sächsi	*In der Naturkunde und ähnlichem 5 bis 6*
Im schrybe hani bloos es drüü bis vieri	*Im Schreiben habe ich nur 3 bis 4*

4. bei Hausnummern, wenn die Strasse nicht dabei steht:

Wo wonsch? A der Schüüchzer-straass nüünzg	*Scheuchzerstrasse 90*
Soo, du wonsch im nüünzgi	*So, im (Haus Nummer) 90*
Miir händ emaal im viere-nüünzgi gwont	*Wir wohnten einst im 94*

5. bei Nummern der Strassenbahnen und Autobusse:

Wie chumi is fërnseestudio?	*Mit welcher Linie fahre ich ins Fernsehstudio?*
Nimsch s sibni oder s vierzäni bis zum «Stëërnen» Örlike und stygsch um is äinedachzgi!	*Du nimmst die 7 oder die 14 bis zum «Sternen» Örlikon und steigst dann um in den 81er*

6. bei Jahreszahlen:

Im achzäni isch de gäneraal-sträik gsy	*1918 war der Generalstreik*
Im nüünzähundert und föife-dryssgi bini uf d wält choo	*1935 bin ich geboren*
Im zwäiefüfzgi bini uf Room gräist	*1952 reiste ich nach Rom*
aber: **i de sibezger und achzger jaare vom letschte jaarhundert**	*In den 70er und 80er Jahren des letzten Jahrhunderts*

7. bei Angaben der Zeit:

Was isch für zyt? Weli zyt isch?	*Wieviel Uhr ist es?*
es isch äis, zwäi, drüü	*es ist 1, 2, 3 Uhr*
es isch vieri, föifi usw.	*4, 5 Uhr*

es isch halbi zwäi, halbi drüü	*halb 2, halb 3*
es isch halbi vieri	*halb 4*
es isch viertel ab achti	*8.15*
es isch viertel nëëch nüüni	*8.45*
es isch viertel vor nüüni	*8.45*
es isch föif ab achti	*8.05*
es isch zää ab zwäi	*2.10*
es isch föif nëëch drüü, oder **föif vor drüü**	*2.55*
es isch zää nëëch föifi	*4.50*
am äis, am zwäi, am drüü	*um 1, 2, 3 Uhr*
am vieri, am föifi usw.	*um 4, 5 Uhr*
am halbi achti	*um halb 8*
am viertel ab föifi	*ein Viertel nach 5*
am viertel nëëch drüü,	*ein Viertel vor 3*
am viertel nëëch vieri	*ein Viertel vor 4*
am zää ab sächsi	*um 6.10*
am zää nëëch	*um zehn vor*
phunkt äis, phunkt zwölfi	*Punkt eins*
von achte bis zun zwölfe oder **bis am zwölfi**	*von 8 bis 12*
von zwäine bis zun sächse oder **bis am sächsi**	*von 2 bis 6*
nach de zäne	*nach 10 Uhr*
vor de föife, vor de drüüne	*vor 5 Uhr, von 3 Uhr*
von halbe sächsen aa	*von halb 6 an*

Ausser der sehr beliebten Bildung auf **-i** gibt es noch substantivierte Formen auf **-er: äiner, zwäier, dreyer, zäner, hunderter.** Man braucht sie gelegentlich für die Strassenbahnen: **muesch de zäner nëë und nöd der äiner!** und regelmässig für die Münzen: **en föifer (= en föifräpler)** *5 Rappen;* **en zäner, en zwänzger, en füfzger, en fränkler, en zwäifränkler, en föiflyber, e zäner-noote, e zwänzger-noote, e füfzger-noote, e hunderter-noote.**

Die Ordnungszahlen

der eerscht	*der 1.*	**sibet**	*7.*	**dryzäät**	*13.*
de zwäit	*2.*	**acht**	*8.*	**zwänzgischt**	*20.*
dritt	*3.*	**nüünt**	*9.*	**äinezwänzgischt**	*21.*
viert	*4.*	**zäät**	*10.*	**füfzgischt**	*50.*
föift	*5.*	**elft**	*11.*	**hundertscht**	*100.*
sächst	*6.*	**zwölft**	*12.*	**tuusigscht**	*1000.*

Sie werden von 2 bis 19 durch die Endung **-t** gebildet, bei 20, 30 bis 90 durch die Superlativendung **-ischt** und bei 100 und 1000 durch **-scht.** Beispiele: **der äinedryssgischt jäner, de Ludwig de sächzäät.**

Die Bruchzahlen Ihre Bildung ist gleich wie im Deutschen: **drittel, viertel, zäätel, zwänzgischtel, hundertschtel** = *Drittel, Viertel, Zehntel, Zwanzigstel, Hundertstel.*

Die Vervielfachungszahlen Ihre Bildung entspricht ebenfalls dem Deutschen: **äifach, zwäifach, drüüfach, vierfach, hundertfach – äi maal, zwäi maal, drüü maal** usw.

Idiomatische Ausdrücke **z föife hööch** *zu fünft* oder *fünf Mann stark,* **en zwäier** und **en dreyer wy** *zwei* und *drei Deziliter Wein,* **es dreyerli** *drei Deziliter Wein,* **z zwäite jasse** *zu zweien jassen,* **e zwäischlòòffigs bett** *ein Doppelbett.*

WÖRTER

suntig	Sonntag	**lugi** w., **luug** m.	Lüge
mëëndig	Montag	**zaltaag**	Lohn, Zahltag
zyschtig	Dienstag	**sumer**	Sommer
mittwuche	Mittwoch	**name**	Namen
dunschtig	Donnerstag	**gründig**	Gründung
frytig	Freitag	**verfassig**	Verfassung
samschtig	Samstag	**gäneraalsträik**	Generalstreik
jäner	Januar	**stammbaum**	Stammbaum
mëërz	März	**gänerazioon**	Generation
auguscht, augschte	August	**naawysbaar**	nachweisbar
		gwönli	gewöhnlich
novämber	November	**verbräne** 1	verbrennen
zmorge	Frühstück	**umstyge** 3	umsteigen
znüüni	Neunuhrimbiss	**zale** 1	bezahlen
zmittaag	Mittagessen	**uuszale**	ausbezahlen
zvieri	Vesperbrot	**reklamiere**	sich beschweren
zaabig	Abend-, Vesperbrot	**hinderlaa**	hinterlassen
		geboore	geboren
znacht	Nachtessen	**uf d wält choo**	geboren werden
zügnis	Zeugnis	**sogaar**	sogar
noote	Zensur	**föiflyber**	5-Frankenstück

> *Zur Erinnerung:* Beim Zusammenstoss der Präpositionen **a i bi vo zu** mit den Artikeln **emene, enere** und **em,** fällt das erste e- aus: **amene, imene; binere, vonere; zum, am** usw. Man halte sich genau an die in Lektion 10 gegebenen Regeln.

ÜBUNG 21

Um 7 [Uhr] stehe ich auf, um halb acht frühstücke ich, um halb neun muss ich im Geschäft sein und bleibe dort bis (zu den) 12. Um 10 machen wir eine kurze Znünipause. Um halb eins essen wir zu Mittag und um 2 muss ich wieder ins Geschäft [gehen]. Von 5 an habe ich frei, da nehme ich jeweils den Zvieri in der Stadt. Um halb acht essen wir Abendbrot. Wenn einer von uns ausgeht, essen wir etwas früher, weil Theater und Kino schon um viertel nach acht anfangen. Um 11 [Uhr] gehe ich zu Bett, aber oft wird es auch 5 oder 10 nach. Manchmal wird es sogar viertel vor 12 oder gar 5 vor 12, aber punkt 12 muss ich im Bett sein, sonst reklamieren die andern. Ich habe 3 Wochen Ferien im Sommer und 2 Wochen im Winter. Am 1. erhalte ich meinen Lohn ausbezahlt, aber am 20. habe ich gewöhnlich keinen Fünfer mehr. Ich bin (im) 1923 geboren, mein Bruder 1928. Unsere Familie hat einen Stammbaum bis ins 15. Jahrhundert. 1486 wurde der älteste nachweisbare Träger unseres Namens geboren. 1543 starb er und hinterliess fünf Kinder. Von ihm ab gerechnet gehöre ich zur 17. Generation.

E hetzjagt

En doorfbueb verzelt: Geschter hämer e böimigi hetzjagt ghaa in öisem doorff, und miir buebe händ au mitghulffe deby. I bi grad mit epaar kameraade vor em schuelhuus usse gstande, do chunt de landjeger mit na epaar mane dethëër z räne und frȍȍget is: «Händ iir en niene gsee?» Miir sind natüürli sofort druus choo, wëër er gmäint hät, nämli de brandstifter, wo i der letschte zyt i der ganze gäget umenand höistädel und sogaar emaal en puurehoof aazündt hät, s ganz doorf hät ja devoo gredt. «Mer hetted en fascht verwütscht», prichtet de landjeger, «deet hine bi s Ames hoof zue, aber dänn isch er is druus und da füre gränt.» «Dëë hagel müemer finde!» rüeffi und ziene mit myne fründe loos. I ha mer scho chöne tänke, won er öppe chön dure sy, miir buebe käned ja im ganze doorff ume iede winkel. Zeersch hagled mer es stuck d doorffstraass aab, und dänn hämer en rank gmacht und sind gäg de wald zue gränt. Über d brugg übere hät er nämli uf kän fall chöne sy, deet äne sind ales fälder und käs plätzli, wo si äine chönt verstecke drin. I ha grad hinder eme haag füre gäg de wald ufe gschëëchet, do ghööri de Chueri brüele: «Iez chäibet er über s Oberholzers matte!» Iich und di andere wien es bisiwätter dëm gschrey naa, aber won i ane chume, isch scho nüüt me z gsee gsy. De polizischt isch au wider

naae gsy, und so simer halt all zäme de hang duruuf gäg de wald zue zäpft. Ufs maal gseemer, wie dëë glünggi hinder ere bodewäle füre schüsst. In epaar sekunden isch er am waldrand obe, suuset zwüschet den eerschte böime dure und verschwindt im wald ine. Iez isch di richtig hatz eerscht loosggange. Miir zisched hinder em dry wie d wiseli und hased dur de wald, über stäi und baumstämm ine, dur bäch dure, halde duruuf und halde duraab, aliwyl fürsi. Wänn en äine gseet, rüeft er, wo mer dure müend. Uf äimaal bini ganz nëëch byn em zue. I han aber nöd chönen an en ane choo, ëër hät nämli en bängel ghaa und demit wie verruckt umegschlage, das i nöd ha chöne degägen uufchoo. I ha drum prüelet, was i ha möge, das di anderen ane chömid. Wo s dänn choo sind, hämer en ykräist und mit chneblen und stäine traktiert, bis dänn d mane und de landjeger naa choo sind und en händ chöne regelrächt gfange nëë.

ADVERBIEN DES ORTES

Den deutschen, von Präpositionen mit der Partikel *hin-* und *her-* abgeleiteten Adverbien *(hinab, herein)* entsprechen im Schweizerdeutschen Adverbien mit der Endung **-e** **(abe, ine)**:

ane	*heran*	**übere**	*hinüber*		
dure	*hindurch*	**undere**	*hinunter*		
ume	*herum*	**naa, naae**	*nach*	**zue**	*herzu*

Sechs häufige Richtungsadverbien erscheinen in zwei Gestalten, einer mit der Endung **-e**, und einer anderen mit vorgesetztem **dur-**:

ine, ie	*hinein*	**dury**	*nach innen, stadteinwärts*
use	*hinaus*	**duruus**	*nach aussen, stadtauswärts*
ufe, ue	*hinauf*	**duruuf**	*nach oben, bergwärts*
abe	*hinab*	**duraab**	*nach unten, talwärts*
füre	*hervor*	**durfüre**	*nach vorn*
hindere	*hinter*	**durhindere**	*nach hinten*

Die mit **dur-** zusammengesetzten Adverbien **(dury** usw.) bezeichnen im Gegensatz zu den einfachen Richtungsadverbien **(ine** usw.) nicht das Ziel der Bewegung, sondern den Weg. Beim Satz **ich gaane ine** denkt man an den Ort, den man zu erreichen wünscht, beim Satz **ich gaane dury** an den Weg, den man zurücklegt, um an diesen Ort zu kommen.

In Verbindung mit einem Substantiv können neben **dury, duruus, duruuf, duraab** noch Formen ohne **dur-** gebraucht werden: **y, uus, uuf, aab.**

Zum Beispiel: **er chunt zum gaartetöörli y**
er jagt s zum tämpel uus
er gaat d stägen uuf
er faart d Züribëërgstraass aab

Diese letzten vier Richtungsadverbien sind ausschliesslich in Verbindung mit einem Substantiv gebräuchlich. Andernfalls sind sie Teile einer Verbalzusammensetzung und haben eine andere Bedeutung, wie in Lektion 10 behandelt.

Eine Ortsveränderung kann im Schweizerdeutschen also meistens unter zwei Aspekten betrachtet werden, zum Beispiel:

Er faart ufe = *er fährt hinauf, um oben anzukommen.*
Er faart duruuf = *er fährt in der Richtung nach oben*, wobei es dem Sprecher gleichgültig ist, ob er oben anlangt.

Es versteht sich, dass es sich hier gelegentlich um sehr feine Nuancen handelt, die sich der Regelgebung entziehen.
Ausser diesen gibt es noch folgende Adverbien der Bewegung:

fürsi	*vorwärts*	**veruse**	*ins Freie*
hindersi	*rückwärts*	**verusse**	*im Freien*
obsi	*aufwärts*	**überufe**	*nach oben*
nidsi	*abwärts*	**überobe**	*oben* (nur im Hause)
absi	*abwärts*	**überabe**	*nach unten*
verby	*vorbei*	**überune**	*unten*
veruus	*voraus*		

Die Adverbien, die das Verweilen an einem Ort bezeichnen, endigen im Schweizerdeutschen ebenfalls auf **-e** und können noch ein vorgesetztes **d-** haben (vor Konsonant **di-**):

ine	**dine**	*innen, drinnen*
usse	**dusse**	*aussen, draussen*
obe	**dobe**	*oben, droben*
une	**dune**	*unten, drunten*
äne	**däne**	*drüben*
vorne	**divorne**	*vorn*
hine	**dihine**	*hinten*

Im Gegensatz zum Deutschen, wo keine syntaktische Regel vorschreibt, wann *innen* und wann *drinnen* usw. zu gebrauchen ist, gibt es im Schweizerdeutschen eine strenge Regelung:

Die **d**-losen Adverbien werden verwendet, wenn sie Ergänzung zu einer Präposition sind. Solche Verstärkungen einer Präposition durch ein Adverb sind sehr beliebt. Die mit **d-** anlautenden Adverbien werden dagegen verwendet, wenn das Adverb allein steht. Zum Beispiel:

Im huus ine	**Si sind dine**
Vor em schuelhuus usse	**Blyb dusse**
Uf em tach obe	**Er sünelet sich dobe**

Under de brugg une	**Si schaffed dune**
Z Chilchbëërg äne	**Er wont däne**
Bim faane vorne	**Er staat divorne**
Z Affoltere hine	**Si händ en hoof dihine**

Nur **vorne** und **hine** können auch selbständig vorkommen, zum Beispiel: **D musig chunt vorne, die andere lauffed hine.**

In Verbindung mit **daa** und **deet** *hier und dort* werden die **d**-losen Formen verwendet. Zum Beispiel: **daaine** *hierhinein, hierinnen,* **deetine** *dorthinein, dortinnen,* **daaane** *hierhin,* **deetane** *dorthin,* **daause, deetuse, daausse, deetusse, daaufe, deetufe, daaobe, deetobe, daadure, daaübere, daahindere, daaundere, daaune** usw. In unbetonter Stellung wird das **daa** und **deet** gekürzt: **daine, detine** usw.
Den deutschen, mit *da(r)* zusammengesetzten Adverbien entsprechen im Schweizerdeutschen solche, die mit **dr** beginnen, wenn die Präposition vokalisch anlautet und mit **de** oder **der,** wenn sie konsonantisch anlautet. Man beachte, dass der Vokal der Präposition, von der das Adverb abgeleitet wird, in vielen Fällen gedehnt erscheint.

dry	*darein*	**devoor**	*davor*
draa	*daran*	**defüür**	*dafür*
druus	*daraus*	**deby**	*dabei*
druff, druuf	*darauf*	**devoo**	*davon*
drüber	*darüber*	**denäbet**	*daneben*
drunder	*darunter*	**dezwüschet**	*dazwischen*
drum	*darum*	**degäge**	*dagegen*
dernaa	*darnach*	**demit**	*damit*
derzue	*dazu*	**dehinder**	*dahinter*

Besonderheiten der Bedeutung:

obsi, nidsi, absi braucht man mit Vorliebe auch in übertragener Bedeutung, nämlich geschäftlich oder gesundheitlich besser oder schlechter gehen: **es gaat absi mit em, aber mit syner konkuränz gaat s obsi. S gaat fürsi** *(wir haben Erfolg),* **hindersi sitze** *(beim Fahren rückwärts sitzen).* **De moond isch im obsigänt, im nidsigänt** *(der Mond nimmt zu, ab).*

Drum kann 1. rein lokal sein: **drum ume** *(darum herum),* 2. kausal: **drum isch es passiert** *(deshalb),* 3. modal: **ich ha s drum nöd gwüsst** *(ich habe es eben nicht gewusst).*

Druus kommt eigentlich nur vor in der Verbindung mit **lauffe: druus lauffe** *(davon laufen),* und mit **choo: druus choo** *(etwas verstehen).* **Naa** in Verbindung mit **sy** heisst soviel wie einholen:

er isch naa *(er hat aufgeholt).* Die Form **naae** ist gleichbedeutend und mindestens ebenso häufig. Merke: **drufabe** = *unmittelbar nachher.*

Merke **zue** im Sinne von *zu etwas hinkommen:* **Si händ mi nöd zue glaa** *(sie liessen mich nicht heran).*

Durenand: Wie im Deutschen können Präpositionen mit **enand** *(einander)* zu Adverbien zusammengesetzt werden: **vonenand, inenand, binenand, zunenand, nachenand** usw., mit den gleichen Bedeutungen. Beachte: **abenand** = *entzwei,* **umenand** = *umher,* **hinderenand** = *hintereinander;* aber: **si sind hinderenand choo** = *sie sind in Streit geraten.* **Grüezi mitenand** = *guten Tag allerseits.*

Adverbien mit **-hii** und **-hëër**

Mit **-hii** zusammengesetzt sind nur **wohii, daahii, deethii,** doch kann **-hii** in diesen Fällen durch **ane** ersetzt werden: **wooane, daaane, deetane.** In Verbalzusammensetzung: **hiigaa** und **anegaa.** Beachte: **dëë isch hii** = *der ist erledigt, der ist futsch.* Daneben kommt **hii** noch in den Zeitadverbien **letschthii** und **vorhii** vor, wo es jedoch immer zu **letschti** *neulich* und **vori** *soeben* abgekürzt ist.

Hëër kommt in der gleichen Verwendung vor wie deutsch her: **wohëër, deethëër, daahëër.** Doch löst man diese Verbindungen gern auf zu **vo woo, vo deet, vo daa.** Aus **hëër** ist nach dem Muster von **ane** ein **hëre** (kurz **ë**!) gebildet worden, das *herbei* bedeutet, zum Beispiel **chum hëre** = *komm her!* **daahëre** = *hierher!*
Für *seither* steht **sidhëër,** gewöhnlich verkürzt zu **sider.**

WÖRTER

bängel	Prügel, Stock	**gschuld, tschuld**	schuldig
wien es bisiwätter	wie ein Sturmwind	**stundelang**	stundenlang
chnebel	Knebel, Prügel	**böimig**	gewaltig, klotzig
haltstell	Haltestelle		
veranda	Veranda	**brüele**	laut rufen
glünggi	Lump	**chäibe**	schnell rennen
hagel	Donnerwetterskerl	**hase**	schnell rennen
		suuse	schnell rennen
höistadel	Heuschober	**hagle**	schnell rennen
randstäi	Randstein	**stüürchle**	stolpern
uussicht	Aussicht	**schëëche**	spähen
muur	Mauer	**glitzere**	blinken
landjeger	Landjäger, Polizist	**näime, nöime**	irgendwo
		niene	nirgends

ÜBUNG 22

Wo steckt er denn bloss? Ich habe ihn nirgends gesehen, aber er wird wohl irgendwo sein. Wir waren schon eine ganze Stunde droben; ich wollte hinunter [gehen], aber die anderen wollten bleiben, und ich kam nicht auf dagegen. Komm, wir gehen hinunter, da vorn zieht es. Geh mal vom Tisch hinunter! Es gehört sich nicht, auf dem Tisch oben zu sitzen. Die Station war jenseits des Flusses; als wir drüben ankamen, fuhr uns der Zug davon. Pass doch auf den Randstein auf, jetzt wärst du beinahe darüber gestolpert. Es geht abwärts mit ihm. Von heut an muss es aufwärts gehn! Auf dieser Seite der Strasse ist die Haltestelle für die Autobusse, die bergwärts fahren, und auf der anderen Seite für die, die talwärts fahren. Komm, wir gehen ins Freie; die anderen sind auch schon auf der Veranda draussen. Es ist eine schöne Luft draussen heute abend. Kommst du draus? Nein, ich steige noch nicht nach. Sie kommen einfach nicht aus miteinander, weiss Gott, was schuld daran ist. In Lausanne geht es immer aufwärts und abwärts und fast nirgends geradeaus. Er läuft stundenlang auf dem Zürichberg herum und denkt nach. Nimmt mich wunder, was dabei herauskommt. Ist der Sepp zu Hause? Ja, er ist drinnen, kommt nur herein! Komm hierher! Dorthin bringen mich keine zehn Pferde mehr. Von hier oben hat man eine schöne Aussicht. Dort drüben sieht man den Rotsee blinken, und da unten ist Küssnacht.

En psuech vom land

Geschter isch öisi tante uf psuech byn is gsy, wäisch di sääb, wo mer amigs zuen ere i d fërie sind. Si hät en huuffe gwüsst z verzele von irne verwandte, von äim, won em e chue umgstanden isch, und vomen andere, won em de hagel s ganz gmües verschlage hät. Dänn hät si vil gwüsst von äim, won em d bruut d verlobig uufkündt hät, grad en taag vor em hoochsig, wo s scho di ganz verwandtschaft uufpote ghaa händ dezue. Ich ha si dänn gfrö̀öget, werum das gschee seyg, aber das isch öppis gsy, wo si nöd hät wele devoo rede; es mues en affëëre sy, wo me nu devoo mungget. Si heb au en bekante ghaa i der naachberschaft, hät si wyter verzelt, wo d tochter von em am tifus gstoorbe seyg, und da hebed s ali fǜürchtig angscht ghaa, wil das doch esone aasteckedi chranket sig; das seyg überhaupt e familie, hät si gsäit, wo allpott öppis loos seyg. Das seyged lüüt, wo me nie chönn uf s zele, wä me s yladi, oder en handel well abschlüüsse mit ene. Es göng susch nöd eso guet uf em land, hät si wyter verzelt, wo me z wenig zalt überchöm für syni waar, und si käni epaar familie, won ene d söön furt siged i d stadt. In äiner familie, wo si käni, hebed s d söön duregsetzt bim alte, das s de hoof, wo das gschlächt doch scho mängs hundert jaar druff isch, verchauft händ, und dänn sind s uf Südamërika uusgwanderet; es heb deet e sidlig,

wo scho vil Schwyzer druff seyged und deet hebed s ane wele. Myni mueter hät si dänn gfrȍȍget, was au öisen unggle machi. Ja, dëë, wo früener eso gwëërchig gsy sig, heb au abggëë sid syner letschte chranket, won er fascht draa gstoorbe wëër, aber mit der hülff von chinde, wo iez au scho grooss sind und won er guet uuschöm mit ene, sid er ene mee freyi hand lös, göng s na oordeli guet. Im stall stönd s guet, aber d obschtböim, won i andere jaare d öpfel und bire nu eso abepräglet siged, träägid daas jaar nöd vil, und de gaarte, wo si amigs ganzi ladige gmües druus zoge heb, sig das jaar gaar nüüt gsy. Aber das chönn ja s nëëchscht jaar wider anderscht wëërde, me hangi halt gaar vom wätter aab bim puure.

RELATIV-KONSTRUKTIONEN

Das einzige Relativpronomen des Schweizerdeutschen ist **wo** (vor Vokal **won**), wie schon in Lektion 12 gelehrt wurde. Die Verwendung des Relativpronomens **wo** im Genitiv oder Dativ oder abhängig von einer Präposition ist aber etwas kompliziert:

im Dativ

In dieser Stellung muss hinter dem Relativpronomen der Dativ des Personalpronomens stehen, das zu der Person gehört, von der das Relativpronomen abhängt:

Dë bueb, won em de gmäindspresidänt e beloonig ggëë hät... *welchem*
Die tochter, won ere de götti e gueti stell verschafft hät... *welcher*
Die chind, won ene de pfaarer eso netti gschichtli verzelt... *welchen*

im Genitiv

Dabei werden prinzipiell die gleichen Genitivkonstruktionen angewandt, wie die in Lektion 11 dargestellten. Einen Satz: *Die Spielsachen des Jungen sind entzwei gegangen*, muss man auf schweizerdeutsch wiedergeben durch **Em bueb syni spilsache sind kabut ggange.** Nach der gleichen Regel muss man einen Satz: *Der Junge, dessen Spielsachen entzwei gegangen sind*, umstellen zu: *Der Junge, dem seine Spielsachen entzwei gegangen sind.* Dadurch ist der Satz also so umgewandelt, dass das Relativpronomen im Dativ steht und nach der Regel in Punkt 1 übersetzt werden kann:
Dë bueb, won em syni spilsache kabut ggange sind.
In dieser Konstruktion lässt man das Personalpronomen häufig aus:

Dë bueb, wo syni spilsache kabut ggange sind... *dessen*
Dë maa, wo syni frau verräist isch... *dessen*
Dë puur, wo sys huus abepränt isch... *dessen*
Die frau, won ire maa gstoorben isch... *deren*

Die zweite Möglichkeit, einen deutschen Genitiv wiederzugeben, nämlich mit **vo (s huus vo mym vatter)** wird bei den Relativkonstruktionen noch häufiger benützt als die soeben dargestellte. Die Konstruktion ist gleich wie bei den anderen Relativpronomen, die von Präpositionen abhängen, und wird deshalb mit ihnen zusammen unten behandelt.

Relativpronomen, die von Präpositionen abhängen

Hier ist zu unterscheiden, ob sich das Relativpronomen auf eine Person oder eine Sache bezieht:

Bei Personen:

Das Relativpronomen bleibt wie immer **wo**, die Präposition folgt erst später im Satz und hat hinter sich das Personalpronomen der Person, von der das **wo** abhängt (wie beim Dativ); dieses steht in dem Fall, den die Präposition verlangt.
Die lüüt, wo mer byn ene gwont händ...*bei denen*
De schofföör, won i gwönli faare mit em...*mit welchem*
Die frau, won er säit, er chön nüme läben ooni si...*ohne welche*
Die glöön, wo mer eso händ müese lache ab ene...*über welche*
Das chind, won i zuen em gsäit ha...*zu welchem*
Die frau, won i wäg ere z spaat choo bin...*wegen welcher*
Dë fründ, won i gmäint ha, ich chönn mi verlaa uf en...*auf welchen*
Die chind, won er zwoo stund a s ane gschwätzt hät...*an welche*
Das mäitli, wo t mer verzelt häsch von em...*von welchem*
Dë maa, wo d frau von em verräist isch...*deren*
Die frau, wo de maa von ere gstoorben isch...*deren*
Dë gascht, wo de huet von em deet hanget...*dessen*
Die lüüt, wo d mäntel von ene...*deren*

Bei Sachen:

Das Relativpronomen bleibt **wo**, die Präposition folgt erst später im Satz, verbindet sich aber mit **de(r)** zu einem Adverb, wie in der letzten Lektion dargestellt worden ist:
Dë bëërg, wo mer druff obe gsy sind...*auf dem*
Dë trybwage, wo me demit bis 150 km faare cha...*mit dem*
Dë digsionëër, won er druus gspickt hät...*aus welchem*
Dë nöi film, wo me so vil ghöört hät rede devoo...*wovon*
Das wäschmittel, wo s defüür sone reklaame gmacht händ... *wofür*
En luschtige zytvertryb, wo me na öppis leere cha deby...*bei dem*
Dë umwëëg, wo mer derwäge de zuug verpasst händ... *dessentwegen*
E vetterliwiirtschaft, wo me nöd degäge cha uufchoo...*gegen die*
Es wëërchzüüg, wo mer nöd chönted schaffen ooni...*ohne welches*

Anmerkung: die deutschen Ausdrücke: *wovon*, *wofür*, *wogegen*, *wobei*, *wodurch* sind als Fragewörter in **vo waas, für waas, gäge waas, bi waas, dur waas** aufzulösen und als Relativpartikeln nach der soeben demonstrierten Weise in **wo..devoo, wo...defüür, wo... degäge, wo...deby, wo...deduur** aufzuteilen.

WÖRTER

föiflyber	Fünffrankenstück	**uufbüüte** 3	aufbieten
		gfale 3	gefallen
fraag	Frage	**vetterliwiirtschaft**	Nepotismus
gschlächt	Geschlecht	**zytvertryb**	Zeitvertreib
gmües	Gemüse	**wëërchzüüg**	Werkzeug
leermäitli	Lehrmädchen	**wäschmittel**	Waschmittel
sidlig	Siedelung	**mungge**	tuscheln, undeutlich reden
schlyfschue	Schlittschuh	**abgëë**	schwächer werden
schnitt	Schnitt	**verdräcke**	verschmutzen
tüpe	Type	**es verloont si**	es lohnt sich
digsionëër	Dictionnaire	**letschti**	neulich, kürzlich
trybwage	Triebwagen		
schnyderi	Schneiderin		
gwëërchig	arbeitsfreudig		
spicke 1	unerlaubt abschreiben		

ÜBUNG 23

Das ist die gleiche Platte, die du uns vorhin schon vorgespielt hast. Das ist aber auch eine, die es sich immer wieder verlohnt, zu hören. Wenn du einen findest, der das glaubt, zahle ich dir einen Fünfliber. Die Schreibmaschine, mit welcher dieser Brief geschrieben wurde, hatte verschmutzte Typen. Die neue Gondelbahn, womit man in der kürzesten Zeit auf 2000 Meter hinauffahren kann, ist schnell beliebt geworden. Das ist das gleiche Hotel, in dem wir letztes Jahr wohnten. Einer, der so wenig von Musik versteht, sollte sich nicht als Kritiker aufspielen. Der, der gestern in die Zeitung geschrieben hat, ist auch so einer. Es ist eine ansteckende Krankheit, an der schon viele gestorben sind. Das ist die Schneiderin, bei der ich mein neues Kleid machen lasse. Die Frau, deren Tochter bei uns Lehrmädchen ist, hat kürzlich ihren Mann verloren. Das ist das Auto, an dem mir der Schnitt und die Farbe so gut gefielen. Das ist der Mann, dessen Auto mir so gut gefiel. Das ist die Frage, über die wir uns schon manchmal unterhalten haben; aber es ist nie etwas herausgekommen dabei. Der Knabe, dem die Schlittschuhe gehören, ist verschwunden. Das ist ein Missstand, womit man sich langsam abfindet, statt dass man etwas dagegen täte.

Us de chriegsjaare

E frau verzelt us irem läbe: I dëm jaar, wo de chrieg uusprochen isch, hett i grad sölen i d fröndi, aber da hani natüürli nöd chöne gaa und ha müese dihäime blybe bi der mueter. De bape und d brüedere händ müesen yrucke, und iich ha graad müese go verdiene. De loonuusglych hät ja nöd wyt glanget. Myr isch natüürli läid gsy, das i ha müese myni plään la fale, aber es isch ja doozmaal esoo vil abverheyt, wo me vorane nöd im traum draa tänkt hett, das es chönn vergraate. Myn vatter hät i de spȍȍtere chriegsjaare nümen eso vil müesen in dienscht, aber vo myne brüedere han i nöd vil gsee. Der elter isch instrukzioonsofizier woorde und hät vil z tue ghaa mit em ytrüle vo regruute. De jünger hät äinewääg au welen aschpiriere, er isch dänn vo syner äinhäit wäg grad i d UO choo, hät abverdienet, d spiraali gmacht, wider abverdienet und dänn na en huuffe aktivdienscht gmacht. Naa em chrieg isch er dänn na haupme woorde. D mame hät si schwëër gmäint mit em. Derwyle hämer s aber ä nöd liecht ghaa. Im büro en huuffen aarbet, wil allpott wider epaari im dienscht gsy sind, myni nȍȍchscht koleegin isch na im FHD gsy; und dihäime hämer gfroore, wil nöd rächt ghäizt gsy isch, und z ässe hät s au mängsmaal z wenig ggëë. My mueter hät äifach nöd chöne huushalte mit de määrggli, und wänn si amigs iri razionierigschaarte z früe uufpruucht hät, hät s nu na gmües und hërdöpfel ggëë, aber ämel hämer nie müesen am lëëre taape suuge. D verdunklig und der

eebig flüügeralarm händ äim efëng au uf d nërve ggëë, aber mer händ is amigs trööschtet mit em gedanke, das es d lüüt im ussland ja vil schlächter ghaa händ weder miir. I mag mi aber na guet as änd vom chrieg erinere und wie mir ali ghofft händ, iez chömm dänn ales vil besser. Es isch aber dänn alewyl na vil stryt und eländ uf der wält plibe. Im achtevierzgi hani dänn myn maa käne gleert. Er hät e stell ghaa in Ängland und isch amigs im winter i d fërie häichoo, wil er esonen fanaatische schyfaarer gsy isch. Uf eme sässellift hämer is zum eerschte maale gsee. Won er wider zrugg uf Ängland isch, hämer is scho fascht verlobt ghaa. Mer händ enand regelmëëssig gschribe und s jaar drüber hämer ghüüraatet. Iich bi dänn au mit em überen uf Ängland, und so bin i dänn doch na i d fröndi choo, aber zwäi jaar spö̊öter simer wider häi, wil myn maa hät müese s gschäft vo sym vatter übernëë. Ja, das isch iez scho mängs jaar hëër, so gschwind gaat d zyt ume.

Die Wortstellung

Die Wortstellung des Schweizerdeutschen ist im allgemeinen gleich wie im Deutschen. Natürlich heisst das nicht, dass man den komplizierten Bau einer deutschen Abhandlung ohne weiteres ins Schweizerdeutsche übertragen darf! Als typische Sprechsprache unterliegt das Schweizerdeutsche anderen Gesetzen als die deutsche Schriftsprache, doch ist der Unterschied in Wortfolge und Satzrhythmus gering zwischen der deutschen oder zum mindesten süddeutschen Umgangssprache und dem Schweizerdeutschen. Einige Besonderheiten der schweizerdeutschen Wortstellung seien in dieser Lektion noch behandelt.

Die Stellung des Artikels

Eine Eigentümlichkeit des Artikels ist, dass er bei gewissen modalen Adverbien zwischen das Adverb und das dadurch bestimmte Adjektiv tritt. Manchmal wird er auch wiederholt, siehe das zweite Beispiel:

Hau mer es stuck broot aab, aber rächt e ticks.
Lueged Si, da hämer e ganz e psunders fäins jäggli.
Es isch halt au gaar e tüürs; säb deet wëër grad e rächts.
Du bisch mer echli e frächs gööfli.
Miir händ vil en stërchere wage weder iir.
Sy hät vil di gröösser erfaarig weder iir all zäme.

Eine parallele Konstruktion kennt das Englische: *quite a serious case, rather an old thing.* Doch wird diese Konstruktion auf schweizerdeutsch nur in Fällen wie den obigen gebraucht, wo es sich um ein Adverb ohne ausgeprägte Bedeutung handelt.

Es sei hier noch einmal daran erinnert, dass Eigennamen immer mit dem Artikel verwendet werden: **De Hans, s Beetli, de hërr Hafner, d frau Tobler.**

Die Stellung der modalen Hilfsverben

Die modalen Hilfsverben **wele, sele, müese, chöne, möge, tȍȍrffe** stehen auch im Perfekt immer vor dem Infinitiv, der von ihnen abhängt; im Deutschen folgen sie:

ich habe kommen wollen : **ich ha wele choo**
ich habe arbeiten müssen : **ich ha müese schaffe**
ich habe reiten dürfen : **ich ha tȍȍrffe ryte**

Diese Regel gilt auch im Nebensatz:

Der Grund, warum ich mein Haus nicht verkaufen wollte :
De grund, werum i mys huus nöd ha wele verchauffe.

Ich bin stolz, dass ich über den See schwimmen konnte :
I bi stolz, das i ha chönen über de see schwüme.

Er nahm ein Taxi, weil er den Zug sonst nicht hätte erwischen können :
Er hät en taxi gnoo, wil er de zùùg suscht nüme hett möge verwütsche.

Ist es wahr, dass ich um neun Uhr schon hätte heimkommen sollen? :
Isch es waar, das i am nüüni scho hett söle häichoo?

Das Verb **laa** wird wie ein modales Hilfszeitwort behandelt, wenn davon ein Infinitiv abhängt, das heisst, es bekommt kein Augment und steht vor dem Infinitiv. Dabei wird es zu **la** verkürzt. In Zürich ist die Stellung nach dem Infinitiv jedoch auch möglich.

Wir haben den Klempner kommen lassen :
Mer händ de spängler la choo.

Du musst die Milch aufkochen lassen :
Du muesch d milch la ufechoo.

Er sagte, dass man den Arzt hätte kommen lassen sollen :
Er hät gsäit, das me de tokter hett sele la choo.

Aber doch auch: **i ha myni uur repariere laa.**

Es sei hier noch einmal daran erinnert, dass das Partizip der modalen Hilfsverben immer gleich ihrem Infinitiv ist, auch wenn kein weiteres Verb von ihnen abhängt. Sie bekommen also im Gegensatz zum Deutschen nie ein Perfektaugment:

ich habe gewollt : **i ha wele**
ich hätte gesollt : **i hett sele**
ich habe gekonnt : **i ha chöne**

Zur Erinnerung: Deutsch «um zu» lautet auf schweizerdeutsch **zum** und nach Verben der Bewegung **go** und **goge**. Vergleiche Lektion 19!

Schachtelsätze

Im Deutschen, zum mindesten im geschriebenen Deutsch, besteht die Tendenz, zwischen Hilfsverb und Partizip das Objekt und alle adverbiellen Bestimmungen einzuschachteln. Im Schweizerdeutschen soll normalerweise nur das Objekt und eine kurze adverbielle Bestimmung zwischen Hilfsverb und Partizip treten. Es lassen sich hier keine genauen Regeln geben, da man mit diesen Fragen bereits ins Gebiet der Stilistik gerät, aber einige Beispiele sollen zeigen, wie man kompliziertere Satzgebilde auf schweizerdeutsch bewältigen kann:

Der neue Kurzwellensender hat dank seiner grossen Antennenenergie, günstiger Wellenlänge und einer neuen, eigens gebauten Richtstrahlantenne in Australien und Neuseeland die besten Empfangserfolge zu verzeichnen gehabt = **De nöi chùùrzwälesänder hät de bescht empfang ghaa au z Austraalie und Nöiseeland wäg syner...**

Er hatte mit letzter Kraft die steilen Eiswände der Spalte hinaufzuklettern versucht = **Er hät mit syner letschte chraft versuecht ghaa, di gëëchen yswänd vo der spalten ufezchlädere.**

Die Hilfsmannschaft ist mit Windlichtern, Proviant, Verbandmaterial und Tragbahren auf die Suche gegangen = **D hilfsmanschaft isch uf d suechi** (Lektion 19) **mit windliechtere, proviant...**

Der Kurverein hatte sich schon immer für die Modernisierung des Strandbades und die Anlage eines Parkes eingesetzt = **De kuuveräin hät si scho imer ygsetzt ghaa, das me s strandbaad modërnisieri und en paark aaleggi.**

Die Konjunktionen

Das Schweizerdeutsche besitzt nur wenige unterordnende Konjunktionen, die alle in ihrer Funktion nicht sehr genau festgelegt sind.

das	*dass, so dass, damit*	**im fall (das)**	*im Falle*
		ooni (das)	*es sei denn, dass*
wo	*wo, als, nachdem*	**wänn**	*wenn*
		wänn ... scho	*obschon*
wil	*weil, da*	**bis (das)**	*bis*
vor, bevor	*bevor*	**ussert**	*es sei denn, dass*
öb, eb	*ob*	**das ... nöd**	*ohne dass*
wëretdëm (das)	*während*	**für das**	*damit*
sobald (das)	*sobald*	**statt das**	*statt dass*
solang (das)	*solange*		

Beispiele

D lüüt händ si füreglëënt, das s d büni besser gsächid... *damit*

Wo s gnachtet hät, simer dihäimen aachoo... *als*

Wo di anderen is bett ggange gsy sind, händ miir aagfange... *nachdem*

Wie chasch blos eso tumm dethëër rede, wo t s doch besser wäisch!... *obschon*

Wäisch na, wo s de Kùùrsaal abgrisse händ!...*wie* (zeitlich)

Wänn s scho nüüt verstönd, mäined s glych, si müesid deby sy... *obschon*

Wänn s scho gwitteret hät, isch der empfang na oordli guet gsy...*obschon*

I blybe lieber dihäime, ussert duu wotsch absoluut gaa... *es sei denn*

Es vergaat kän taag, das nöd en anders unglück i der zytig staat... *ohne dass*

Iedes huus mues en schutzruum haa, für das me si chönn rette... *damit*

Wëretdëm das duu uf der fuule huut lysch, hani scho en ganzen egge gschaffet...*während*

Schriftdeutsche Einflüsse

Auf dem Gebiet der Konjunktionen und Adverbien wirkt sich der Einfluss des Schriftdeutschen stark aus. Die folgenden Wörter sind ursprünglich dem Schweizerdeutschen fremd, sind aber gegenüber den ursprünglichen Wörtern, die daneben stehen, im Vordringen: sobald **bald**; bevor **vor**; trotzdem, obschon **wänn scho**; nun **iez**; plötzli **zmaal**; sofort **graad**; überall **zäntume**; oft **mängsmaal, vil**; immer **alewyl, äisig**; sehr **gar**; **waarschynli, welewääg** und andere. In diesem Zusammenhang seien auch **mängisch** und **nume** erwähnt, die aus dem Berndeutschen stammen, in der Ostschweiz aber schon so fest Fuss gefasst haben, dass sie hier neben **mängsmaal** und **nu** Hausrecht geniessen.

WÖRTER

d mame	Mama
de bape	Papa
aarbet	Arbeit
eländ	Elend
häifisch	Haifisch
wüeschti f	Wüste
chùùrzwälesänder	Kurzwellensender
ys	Eis
glasse	Gefrorenes, Glace
tüür	teuer
fuul	faul
eebig	ewig
abverheye 1	misslingen
vermöge	reich genug sein
ussland	Ausland
maargge, määrggli	Marke
loonuusglych	Lohnausgleich
regruut	Rekrut
haupme	Hauptmann
UO	Unteroffiziersschule
OS, spiraali	Offiziersschule
yrucke	einrücken
FHD	Frauenhilfsdienst
verlyde	ertragen
vertùùrschte	verdursten
widerspräche	widersprechen
ytrüle	drillen
si mäine mit	stolz sein auf etwas
vergraate 3	missraten
waarme 2	wärmer werden
nachte 2	Nacht werden
haue 3	hauen, schneiden
gwittere 2	gewittern
ume sy 1	1. vorbei sein, 2. vorhanden sein
doozmaal	damals
derwyle	unterdessen

Übung 24

(Der) Rudi wollte die Indianer suchen, da wäre er in der Wüste fast verdurstet. Er konnte den Weg nicht mehr finden. Er musste wieder zu seinem Onkel heim[fahren] und durfte lange Zeit nicht aus dem Haus [gehen]. Er hätte (halt) nicht einfach davonlaufen sollen. Ich wollte nach Genf fahren, aber mein Geschäftsfreund kam nach Zürich, so dass wir unsere Sitzung hier abhalten konnten. Erst (im) 1952 haben sie mich wieder heimkommen lassen. Der Haifisch schnappte nach ihm, wie wenn er ihn fressen wollte. Nachdem die Sonne untergegangen war, sah man die Hand nicht mehr vor den Augen. Obschon ich die Sitzung möglichst früh abbrechen wollte, damit ich den Zug noch erreichen könne, ist es Mitternacht geworden, und ich musste in der Stadt übernachten. Der Richter glaubte dem Angeklagten nicht; denn der hatte sich schon mehrmals widersprochen. Bevor die Sonne aufging, froren wir alle, aber auch nachdem sie aufgegangen war, dauerte (ging) es lange, bis es wärmer wurde. Als ich kürzlich über die Quaibrücke ging, schienen die Berge so nahe, dass man hätte meinen können, man könne sie mit den Händen greifen. Dieses Jahr ist alles teuer, weil wir einen so schlechten Sommer gehabt haben.

Im folgenden werden diejenigen Kennzeichen des Berndeutschen behandelt, die es vom Zürichdeutschen unterscheiden. Im Gegensatz zum Kanton Zürich, der schon vor Beginn der grossen Binnenwanderung ein relativ einheitliches Sprachgebiet war, weichen die verschiedenen Dialekte des Berndeutschen stärker voneinander ab. Unsere Angaben beziehen sich auf die Variante, die heute von der jüngeren Generation in der Agglomeration Bern gesprochen wird.

Lautlehre

Die langen Vokale werden generell etwas offener und kürzer ausgesprochen als im Zürichdeutschen. Das **a** ist weniger dumpf; **aa** lautet nie zu **òò** um, sondern zu **ää**: **sträässli, näät, häägge, gmeindräät.**

Bei den Diphthongen besteht ein sehr wesentlicher Unterschied, indem einem Zürichdeutschen **äi** und **ey** immer ein **ey** entspricht (geschrieben als **ei**), dem **au** und **ou** entspricht ein **ou**: **schleipfe, Heidi, gschrei, boum, louffe, Housi** (Hänschen), **gschroue.** Ausnahmen sind **grau, blau, gnau, schlau.**

Der Vokal **e/ë/ä** verhält sich im Berndeutschen ziemlich verschieden vom Zürichdeutschen, was sich aber nicht in Regeln fassen lässt. Der Extremfall ist das Wortpaar *hat/hätte*, das in Zürich **hät/hett** lautet und in Bern **hët/hätt.** Fast regelmässig steht aber für ein zürcherisches **ë** vor **r** ein **ä**: **Bäärn, bäärg, stäärn.** Dies gilt nicht bei den Komparativen **wërmer, schwërzer, ërger, brëëver, schwëcher.**

Bei den Konsonanten fehlt die typisch zürcherische Anlautfortisierung, daher **buur, dick, dünn, diräkter, bäärndütsch, dunkel, draat, gusine, garussell.** Es ist aber zu beachten, dass es sich nur um eine Nuance handelt, indem auch diese Lenes durchaus stimmlos ist. Auch das Berndeutsche unterscheidet **gaa** und **ggange.**

Die Liquiden und Nasale kommen zwischen Vokalen auch geminiert vor, also nicht nur **dumm, dünn, häll,** sondern auch **dummi, dünni, hälli, sunne, schwümme, brönne.**

Einen besonderen Charakter hat das bernische **l.** Es hat durchweg einen starken u-Klang und wird in grösseren Dialektgebieten bei Gemination, vor Konsonant und im Auslaut zu **u.** Beispiele: **viu, vogu, häuffe, wöue, giu, säute, säuber, erfüut, Ämmitau (äu = ä-u)** das heisst *viel, Vogel, helfen, wollen, Giel* (Bub), *selten, selber, erfüllt, Emmental.* Dieses **u** aus **l** gehört nicht zur eigentlichen Stadtberner Mundart, doch sprechen heute die jüngeren Leute in der Agglomeration Bern dieses **u** ziemlich durchgehend. Man nennt diese Aussprache «äuele»; Äuele oder Nichtäuele ist eine soziale und altersmässige Distinktion, die wir hier nur oberflächlich streifen können; wir berücksichtigen sie in den folgenden Beispielen nur in Paranthese. Eine andere dialektale Eigentümlichkeit, die ursprünglich in der Stadt Bern nicht galt, ist der Übergang von **nd** zu **ng: hund** zu **hung, anderi** zu **angeri, grind** zu **gring, binde** zu **binge.** Die Formen mit **ng** gelten aber als unfein.

Der Artikel

(vergleiche Lektionen 1 und 10)

Dem zürichdeutschen bestimmten Artikel **de** entspricht **dr,** dem **s** ein **ds: dr ätti, dr wald, dr landvogt, ds chind, ds Anni, ds huus.** Beim unbestimmten Artikel gibt es nur im Nominativ Maskulinum Singular einen Unterschied: **en** entspricht **e: e wald, e landvogt,** mit Sandhi-n: **en ätti.**

In den Verbindungen von Präposition mit Artikel kommen neben der auch schriftdeutschen Verschmelzung **zur** *zu der* noch **bir** *bei der* und **vor** *von der* vor.

In Verbindung mit Präpositionen gibt es einen bestimmten maskulinen Artikel im Akkusativ, der **e** lautet (entstanden aus «den»). Mit den Präpositionen **a** und **i** verschmilzt dieser Artikel spurlos. Daraus ergeben sich folgende Formen:

für e növö	*für den Neffen*
über e mönsch	*über den Menschen*
um e bäärg ume	*um den Berg herum*
under e brüggeboge	*unter den Brückenbogen*
dür e zuun	*durch den Zaun*
a fluss	*an den Fluss*
i gaarte	*in den Garten*

Der unbestimmte Artikel **e** wird mit Sandhi-n angehängt:

an e fluss	*an einen Fluss*
in e gaarte	*in einen Garten*

Dieses **n** wird nunmehr auch in den Fällen gebraucht, wo es phonetisch nicht berechtigt ist, weil kein Vokalzusammenstoss vorliegt, wohl aber die Verwechslungsmöglichkeit mit dem bestimmten Artikel. So sagt man:

für ne növö	*für einen Neffen*
über ne mönsch	*über einen Menschen*
um ne bäärg ume	*um einen Berg herum*
under ne brüggeboge	*unter einen Brückenbogen*
dür ne zuun	*durch einen Zaun*

Die Pluralbildung (Vergleiche Lektionen 3 und 4)

1. Deklination: Der Plural ist nur bei solchen Wörtern gleich wie der Singular, die auch im Deutschen unveränderlich sind: **d schryner, d leerer, d chätzer, d finger.** Ausnahmen bilden wie in Zürich die Verwandtschaftsnamen.

2. Deklination: der Plural wird wie in Zürich durch Umlaut gebildet: **wäge, schäft, chöschte, dökter, hünd.**

3. Deklination: gleich wie in Zürich. Hingegen bilden den Plural mit **-e** auch jene Substantiva, die in Zürich gleich sind wie im Singular, nämlich jene Maskulina, die keinen Umlaut bilden können, nebst einigen weiteren. Die Pluralbildung ist somit in diesen Fällen identisch mit der deutschen. Die Regel gilt aber nicht strikt, indem auch Plurale ohne **-e** vorkommen.

d steine	*die Steine*	**d chnächte**	*die Knechte*
d fische	*die Fische*	**d pryse**	*die Preise*
d tage	*die Tage*	**d wääge**	*die Wege*
d fründe	*die Freunde*	**d tische**	*die Tische*
d bäärge	*die Berge*	**d schelme**	*die Schelme*

Bei jenen Substantiven, die auf **-el** ausgehen, fällt das **-e-** aus: **d schlüssle, d güggle, d esle, d chüngle.**

4. Deklination gleich wie im Zürichdeutschen. Die weiblichen Wörter auf **-i** haben im Plural **ine**, die sächlichen bleiben wie in Zürich unverändert:

d müline	*die Mühlen*	**d meitschi**	*die Mädchen*
d dechine	*die Decken*	**d chirschi**	*die Kirschen*
d chuchine	*die Küchen*	**d wäschpi**	*die Wespen*
d meischterine	*die Meisterinnen*	**d beeri**	*die Beeren*

Der Dativ Plural (vergleiche Lektion 4) unterscheidet sich nicht vom Nominativ, also: **mit de hüener, mit de hünd, vo de meitschi, bi de schryner.**

Das Adjektiv (vergleiche Lektion 8)

Ein entscheidender Unterschied gegenüber dem Zürichdeutschen sind die Nominativformen des schwachen Adjektivs. Während diese in Zürich endungslos sind, unterscheidet das Berndeutsche:

dr grüen boum, di grüeni matte, ds grüene chleidli

Es gibt auch einen weiblichen Adjektivartikel **di,** während im Neutrum nicht unterschieden wird: **es chind, es chlys chind.** Wie dieses Beispiel zeigt, steht berndeutsch ein regelmässiges **chlys** neben der unregelmässigen Zürcher Form **chlyses.**

Das Pronomen (vergleiche Lektionen 7 und 10)

Um der Übersichtlichkeit willen geben wir die vollständigen Tabellen der betonten und unbetonten persönlichen Fürwörter, wobei wir die abweichenden Formen durch Grossbuchstaben kennzeichnen.

Betont:	**IIG**	**duu**	**ÄÄR**	**sii**	**ÄÄS**	**miir**	**DIIR**	**sii**
	miir	**diir**	**im**	**ire**	**im**	**ÜÜS**	**ÖICH**	**ine**
	MII	**DII**	**in**	**sii**	**ins**	**ÜÜS**	**ÖICH**	**sii**
Unbetont:	**i**	**du**	**er**	**si**	**es**	**mir, mer**	**DIR, DER**	**si**
	mer	**der**	**em**	**ere**	**em**	**is**	**NECH**	**NE**
	mi	**di**	**NE**	**SE**	**es**	**is**	**NECH**	**SE**

Neben der Form **ere** wird nach Präpositionen **re** gebraucht: bei ihr: **bi re** (Zürich: **byn ere**), ebenso **vo re, zue re.** Die übrigen Kombinationen von Präposition und Pronomen sind gleich wie in Zürich. Die Höflichkeitsform ist im Gegensatz zum Zürcher **Si** die zweite Person Plural. **Wie geits Nech, was machet Der, Daarff i Nech hälffe, Söll i mit Öich choo? Chömet guet hei!**

Da das **Dir** aus falscher Abtrennung von **machet-Ir** entstanden ist, schreibt man nach dem Verb oft **machet Ir** und nicht **machet Dir**. In der Aussprache kommt es aufs gleiche heraus.

Possessivpronomen Die Berner Formen entsprechen den älteren heute selten gebrauchten Zürcher Formen **my sy sy** statt **myne myni, dyni, syne syni:**

Singular	**my maa**	**my frou**	**mys chind**
Dativ	**mit mym maa**	**mit MYRE frou**	**mit mym chind**
Plural	**üse wald**	**üsi matte**	**üses heimet**
Dativ	**öje wald**	**öji matte**	**öjes chind**

Plural: Das Berndeutsche unterscheidet zwei Pluralformen des Possessivpronomens, eine absolute auf **-i** und eine Partitive auf **-er. Myni fründe** heisst *alle meine Freunde*, **myner fründe** dagegen *ein Teil meiner Freunde.* Der Unterschied wird aber nicht ausgeprägt empfunden. Reste dieser Formen kommen in erstarrten Wendungen auch im Osten noch vor: **myner läptig,** *zu meiner Lebenszeit (Lebenstage)*, **das sind myner lüüt.**

Das Verb (vergleiche Lektionen 2, 5, 6, 14, 16)

Das hervorstechende Merkmal des Berndeutschen und aller Mundarten, die westlich einer Linie, die von Laufenburg am Rhein östlich zur Aare, dann südlich durch den Kanton Aargau und durch den Westen des Kantons Luzern zum Brienzer Rothorn und dann zur Furka verläuft, gesprochen werden, ist die Pluralbildung beim Verb. Im Gegensatz zu den Landesteilen östlich dieser Linie werden die

Personen im Plural gleich wie im Schriftdeutschen unterschieden. Es heisst: **mir mache, dir machet, si mache.** Ein typisches Merkmal des Berndeutschen liegt darin, dass bei nachgestelltem Personalpronomen **-i,** das Endungs-**e** der ersten Person nicht abfällt, sondern durch Sandhi-**n** mit dem **i** verbunden wird: **jitz mache-n-i.** Die Normaltypen der Konjugation sehen folgendermassen aus:

	1. Konjugation	2. Konjugation	3. Konjugation
i	**rede**	**rächne**	**singe**
du	**redsch**	**rächnisch**	**singsch**
er	**redt**	**rächnet**	**singt**
mir	**rede**	**rächne**	**singe**
dir	**redet**	**rächnet**	**singet**
si	**rede**	**rächne**	**singe**

Im Subjunktiv: **i redi, du redisch, er redi, mir rede, dir redit, si rede.**

Bei den unregelmässigen Verben treten zahlreiche Verschiedenheiten gegenüber dem Zürichdeutschen auf, die wegen des häufigen Vorkommens dieser Wörter das Bernische besonders stark charakterisieren. Wir geben diese Wörter in der gleichen Reihenfolge, wie in Lektionen 2 und 16:

		haben	*sein*	*tun*	*gehen*	*stehen*	*werden*
Infinitiv		**haa**	**sy**	**tue**	**gaa**	**staa**	**wäärde**
Partizip		**ghaa**	**gsi**	**taa**	**ggange**	**gstande**	**woorde**
	i	**ha**	**bi**	**tue**	**gaa**	**staa**	**wiirde**
	du	**hësch**	**bisch**	**tuesch**	**geisch**	**steisch**	**wiirsch**
	er	**hët**	**isch**	**tuet**	**geit**	**steit**	**wiirt**
	mir	**hei**	**sy**	**tüe**	**gò̈ò̈**	**stò̈ò̈**	**wäärde**
	dir	**heit**	**syt**	**tüet**	**gò̈ò̈t**	**stò̈ò̈t**	**wäärdet**
	si	**hei**	**sy**	**tüe**	**gò̈ò̈**	**stò̈ò̈**	**wäärde**
Subjunktiv	**i**	**heig**	**syg**	**tüeg**	**göng**	**stönd**	**wäärd**
Konditional	**i**	**hätt**	**wäär**	**täät**	**gieng**	**ständi**	**wù̈ürd**

		wollen	*sollen*	*müssen*	*dürfen*	*können*	*mögen*
Infinitiv		**wölle**	**sölle**	**müesse**	**dò̈òrffe**	**chönne**	**möge**
Partizip		identisch mit dem Infinitiv					
	i	**wott**	**söll**	**mues**	**daarff**	**cha**	**ma**
	du	**wosch**	**sölsch**	**muesch**	**daarfsch**	**chasch**	**masch**
	er	**wott**	**söll**	**mues**	**daarff**	**cha**	**ma**
	mir	**wei**	**sölle**	**müesse**	**dò̈òrffe**	**chöi**	**möge**
	dir	**weit**	**söllit**	**müesst**	**dò̈òrffet**	**chöit**	**möget**
	si	**wei**	**sölle**	**müesse**	**dò̈òrffe**	**chöi**	**möge**
Subjunktiv	**i**	**wöll**	**söll**	**müess**	**dò̈òrff**	**chönn**	**mög**
Konditional	**i**	**wett**	**sött**	**müesst**	**dò̈òrfft**	**chönnt**	**möcht**

Wo **u** für **l** gesprochen wird, heisst es **wöue** und **söu, söusch, söue, söuit.**

	wissen	*geben*	*nehmen*	*sehen*	*lassen*	*schlagen*
Infinitiv	**wüsse**	**gää**	**nää**	**gsëë**	**laa**	**schlaa**
Partizip	**gwüsst**	**ggää**	**gnoo**	**gsëë**	**glaa**	**gschlage**
	i weis	**gibe**	**nime**	**gsëë**	**laa**	**schlaa**
	du weisch	**gisch**	**nimsch**	**gsëësch**	**laasch**	**schlaasch**
	er weis	**git**	**nimt**	**gsëët**	**laat**	**schlaat**
	mir wüsse	**gää**	**nää**	**gsëë**	**lö̀ö̀**	**schlö̀ö̀**
	dir wüsst	**gäät**	**näät**	**gsëët**	**lö̀ö̀t**	**schlö̀ö̀t**
	si wüsse	**gää**	**nää**	**gsëë**	**lö̀ö̀**	**schlö̀ö̀**
Subjunktiv	**i wüss**	**gäb**	**näm**	**gsëëji**	**lööji**	**schlööji**
Konditional	**i wüsst**	**gääb**	**nääm**	**gsääch**	**liess**	**schlögti**

	kommen	*ziehen*	*fangen*
Infinitiv	**choo**	**zie**	**faa**
Partizip	**choo**	**zoge**	**gfange**
	i chume	**zie**	**faa**
	du chunsch	**ziesch**	**faasch**
	er chunt	**ziet**	**faat**
	mir chöme	**zie**	**fö̀ö̀**
	dir chömet	**ziet**	**fö̀ö̀t**
	si chöme	**zie**	**fö̀ö̀**
Subjunktiv	**i chömm**	**zieji**	**fangi**
Konditional	**i chääm**	**zögti**	**fieng**

Die Konditionalformen sind ziemlich unstabil, neben den oben angeführten Formen kommen noch vor: **i gängti, gäbti, nämti, gsächti, chämti.** Flektiert wird:

i chääm	**chäämti**	**mir chääme**	**chäämte**
du chäämisch	**chäämtisch**	**dir chäämit**	**chämtit**
er chääm	**chäämti**	**si chääme**	**chäämte**

Textprobe

Der folgende Text ist dem Roman «Der Houpme Lombach» von Rudolf von Tavel entnommen. Es handelt sich um eine Schallplattenaufnahme des Phonogrammarchivs der Universität Zürich, deren Transskription in dem Buch «Soo reded s dihäi» enthalten ist. Der Titel des Auszuges heisst «Dem her Brambäärger sy züglete». (Zur Erklärung einiger Wörter: **züglete** *Umzug*, **legi** *eine Schicht*, *Lage*, **gflotsch** *halbgeschmolzener Schnee*, **schaft** *Kasten*, **byschte** *keuchen*, **bäärze** *stöhnen*, **boorze** *mühsam bewegen*.)

Der winter isch läng woorde, und no änds meerz hets e tolli legi schnee ggää und druf abe gar es schützlechs gflotsch. Und iez hätten äbe ds her Brambäärgers i d Schoshalde sölle zǜgle. Wo dem filosoof sy stube draa choo isch, isch er win es sturms huen im huus umegfaare und het gmeint, vor allem andere mües me luege, das syni büecher a ds ort chöme. Me het kei schaft und kei schublade sölle lääre, sonderen alles zǜgle, grad wi s daa gstanden isch. Dem Ludi Bickart het er eso öppis win en eid

abgnoo, das er derfür well soorge, das keis buech vo sym plätzli wäg chömi. – Als zügler het me vatter und sun Gnägi vom Chilchhöfli aagstelt gha. Won im der Ludi seit, me mües de der büecherschaft grad win er syg, zügle, seit der vatter Gnägi: «Das cha me niid.» Aber der Ludi het nid abggää und s bim alte düregsetzt, das er der schaft hübscheli legi und de uf nere leitere zum fänschter use abelaai. Di leitere isch aagstellt woorde, und der Ludi het unde dranne passet, wäred di manne dobe mit byschten und bäärze dä schaft uf d fänschtersimse poorzet hei. – «Das geit nid däwääg», seit der alt Gnägi, «är isch z breete.» «He, woou», seit der Hans, «mer wei ne uf di schmali syte steuue.» So hei si ne du e zytlang aagluegt, und won er nid vo sälber wyters welle het, hei si ne du uufgstelt. Er isch scho halb zum fänschter use gsii und het no nid gwüsst, öb er sech uf e rügge oder uf e buuch lege wott, aber plampet het er ämel efange und i sym innere isch es läbig worde. «Halt, halt!» schreit der Ludi, «nid esoo! Es chönt de fääle!» «He?» «Nid däwääg, leget ne!» «Wou, wou, es geit schoo», meint der vatter Gnägi, aber der Hans seit: «Nei, mer wei ne uf e rügge lege», und chnoorzet dranne. «Halt, das chunt nid guet», proteschtiert d vatter, «er chönt si de uberelege», und stosst uf di anderi syte, so das sech di ganzi klassizität gääge di vorderi syten i bewegung gsetzt het. – Däm wüsseschaftlechen aaprall isch ds glaas i der tüüre trotz allem gschrei vom Ludi nid gwachse gsi: der Homeer het undereinisch gmeint, er erwachi zur würklechkeit, er syg im trojaanische ross, und es syg höchschti zyt für use, und platsch! ligt er z Bärn, bis über d oore im fürchterlechschte gflotsch, platsch! isch der Xenofon näb em Homeer gläge, pralatsch! der Demoschtenes inere tooga vo rootem saffiaan mit guldprässung, patsch! der Arischtoteles und platsch! der Tuküdides; dä hets bis a d chilchen übere gschprützt. Druuf het sech Room i bewegung gsetzt, und zwaar in korpore. – Aber der vatter Gnägi het trööschtet: «s macht nüüd, s macht nüüd, es sy nume d büecher.»

WEITERE GRAMMATISCHE ÜBUNGEN

Übungen zu Lektion 1

Worauf es ankommt: Mit einem Vokal beginnende Wörter haben einen Einfluss auf den vorangehenden Artikel. Alle mit **-e** endenden Formen erhalten noch ein Binde-**n,** also **e frau,** aber **en alti frau.** Der Artikel **de** (Maskulinum Grundfall und Femininum Dativ) erhält dagegen ein **-r,** also **de maa,** aber **der alt maa,** und **i ha s de frau gsäit, i ha s der alte frau gsäit.** Man beachte auch, dass dem deutschen «ein» entweder ein **en** (Maskulinum) oder ein **es** (Neutrum) entspricht.
Bei den Ausspracheübungen beachte man die Verschmelzung des Artikels **d** mit dem anlautenden Konsonanten. **d brugg** wird zu **prugg** usw. In der folgenden Übung ersetze man den schriftdeutschen Artikel durch den schweizerdeutschen.

eine **brugg**
ein **ross** (Pferd)
die **waret** (Wahrheit)
ein **fädeli**
der **muni** (Stier)
der **wiirt**
ein **pfnüsel** (Schnupfen)
der **aarm**
der **hueschte** (Husten)
eine **spuele** (Spule)
das **chriesi** (Kirsche)
der **öpfel** (Apfel)
ein **chugi** (Kugelschreiber)
der **chugi**
eine **aanig** (Ahnung)
ein **näscht**
eine **chugle**
ein **schlüssel**
der **sträich**
eine **gable**
eine **schuufle**
die **schüssle**
der **fade**
die **poscht**
der **staubsuuger**
die **eer** (Ehre)
eine **eer**
ein **chabis** (Kohl)
der **esel**
eine **sou** (Schwein)
die **sou**

das **ööl**
eine **öölchante** (-kanne)
eine **oornig** (Ordnung)
ein **weggli** (Brötchen)
ein **püürli** (dunkleres Brötchen)
der **huuffe** (Haufen)
ein **sprutz** (Spritzer)
das **huus** (Haus)
ein **huus**
die **üüle** (Eule)
der **öiel** (Eule)
eine **üüle**
ein **öiel**
ein **müesli** (Brei)
ein **müüsli** (Mäuschen)
der **mocke** (Brocken)
ein **mocke**
ein **möckli**
ein **uufsteler** (Aufmunterer)
der **uufsteler**
das **säili** (Seil)
ein **säili**
ein **underbruch** (Unterbrechung)
die **amelette** (Pfannkuchen)
eine **amelette**
der **zaa** (Zahn)
eine **schwöschter**
ein **schwöschterli**
ein **brüederli**

der **schwaager**
die **schwöögeri**
ein **jass** (Kartenspiel)
der **uuswys** (Ausweis)
eine **zäine** (Korb)
die **wösch** (Wäsche)
das **chini** (Kinn)
die **üebig** (Übung)
eine **üebig**
eine **gufe** (Nadel)
der **tüüfel** (Teufel)
eine **ebni** (Ebene)
eine **wuche** (Woche)
der **ascht**
eine **uusstüür** (Aussteuer)
die **uusstüür**
ein **esel**
ein **eseli**
mit einer **fründin** (Freundin)
mit der **fründin**
von der **üüle**
die **amsle** (Amsel)
mit einer **amsle**
auf der **syte**
in der **Schwyz**
von einem **maa**
bei einem **fäscht**
zu einer **wëëe** (Fruchtkuchen)
von einer **amsle**
bei einer **fründin**
zu einem **fründ**

Ausspracheübung

d chuchi (Küche)
d frau
d poscht
d muus
d kanone
d bruut (Braut)
d bruet (Brut)
d gescht (Gäste)
d gäiss (Ziege)
d chue (Kuh)

d kantöön (Kantone)
d boone (Bohnen)
d tünkli
d muur (Mauer)
d turnhale
d pantofle
d chole (Kohlen)
d müetere
d vättere
d chile (Kirche)

d gable
d fädere (Federn)
d bire (Birnen)
d chriesi
d vögel
d mäischteri (Meisterin)
d truube (Trauben)
d täsche (Tasche)
d zange (Zange)
d schuel (Schule)

Übungen zu Lektion 2

Worauf es ankommt: Es gibt kein Imperfekt, ich war heisst also **ich bi gsy,** ebenso ich hatte **ich ha ghaa, ich ha taa, ich bi ggange, ich bi gstande, ich bi woorde.** – Folgt das Personalpronomen dem Verb, wird es verkürzt: **ich** wird **i,** also: **bin i, tuen i, du** fällt ganz weg, **er** und **si** bleiben unverändert, **si** in der Mehrzahl wird **s (sind s** = sind sie), **mer** verschmilzt mit **-nd** zu **m: gömer** = gehen wir, ebenso **simer, hämer, stömer, tüemer.** – Wenn bei **gaa** das Ziel der Bewegung angegeben ist, fällt es als Partizip oder nach einem Hilfsverb aus. **Er isch an see, er wott an see** (respektive gehen). Wenn auf **gaa** ein Infinitiv folgt, wird es als **go** wiederholt: **er gaat go fische,** und nach Hilfsverb fällt der Infinitiv **gaa** dann weg, ebenso das Partizip, also **er wott go fische** (er will fischen gehen) und **er isch go fische** (er ging zum Fischen). – Das Verb **staa** bedeutet auch «sich hinstellen». – **Tue** kann zur Bildung eines Fragesatzes, zur Verstärkung einer Aussage **tuesch fische? ja, ich tuene fische** dienen. Zu beachten ist, dass es viele mit **tue** zusammengesetzte Verben gibt, wie **ytue, abtue, oobtue** usw. – Das Partizip «geworden» hat nie ein g am Anfang: **woorde.**

haben

Ich habe Hunger
ich habe einen Freund
Morgen habe ich frei
Fehlt dir etwas? **(öppis)**
Er hat eine Zeitung **(zytig)**
Hat es Schnee?
Zu Hause haben wir warm **(dihäime)**
Sie haben Kummer **(chumer)**
Haben sie Freude? **(fröid)**
Gib Achtung **(soorg)**
Hat es Schnee gehabt?
Hast du Kummer gehabt?
Ich habe Hunger gehabt.

sein

Sie ist zufrieden
Wenn ich zu Hause bin
Wo bist du am liebsten?
Zu Hause sind wir gern
Ist es dunkel?
Wir sind im Urlaub **(färie)**
Ihr seid gesund
Sind sie am Zürichhorn?
Sei zufrieden!
Seid **(sind)** zufrieden!
Sind wir schon da?

gehen

Wohin geht ihr?
Heute gehe ich in die Stadt
Wie geht es?
Es geht gut
Morgen gehen wir ins Theater
Geh ins Freie **(veruse)**
Wann gehst du?
Ich gehe jetzt
Gehst du zu Fuss?
Sie gehen miteinander (kann bedeuten: sie sind ein Liebespaar)

Mit Ausfall von **gaa** *oder* **ggange**

Sie will in den Urlaub gehen
Wir sind nach **(uf)** Paris gegangen
Er muss zum Rektor gehen
Ist er fort **(furt)** gegangen?
Wollen wir ans Zürichhorn gehen? **(wämer)**
Ich will heimgehen **(häi)**
Sind sie heimgegangen?
Sie ist in den Ausverkauf gegangen **(uusverchauff)**
Willst du in den Zirkus gehen?

Mit **go**

Er geht spazieren
Geh den Doktor holen!
Ich bin schwimmen gegangen
Wollen wir baden gehen?
Ich muss gehen, um Marken zu holen **(maargge)**
Sie ist den Läden nachgegangen **(lädele)**
Sie will den Läden nachgehen
Ich gehe schauen **(luege)**
Geh schauen!
Ich bin schauen gegangen

stehen

Es steht in der Zeitung **(zytig)**
Es stand in der Zeitung
Steh auf!
Stell dich in die Türe!
Stell dich vorne hin!
Verstehst du mich? **(mi)**
Versteht ihr mich?
Ich habe dich verstanden **(di)**
Sie stehen früh auf
Morgen stehen wir früh auf

tun

Tust du etwas?
Ich tue nichts
Öffne den Brief
Er benimmt sich dumm
Es genügt
Schliesse die Augen
Stell die Kartoffeln auf den Herd **(hërdöpfel)**
Knöpfe den Mantel zu
Er hat sein ganzes Geld verschleudert
Man muss die Kuh töten
Das kann man nicht durchstreichen
Wir wollen einen Hund anschaffen
Spielst du im Sand?
Spiel doch im Sand!
Hilf mir!
Hilfst du mir?
Ich arbeite **(schaffe),** ich faulenze nicht
Kratze nicht! **(chräble)**

werden

Es wird nicht so sein
Es wird dunkel
Es ist dunkel geworden
Er ist vermutlich zu Hause
Du bist wohl nicht so dumm
Das Kind wird getauft
Das Wetter wird besser
Sie sind geschlagen worden
Es ist hell geworden
Bist du krank geworden?

Übungen zu Lektion 3

Worauf es ankommt: Es gibt vier Möglichkeiten, den Plural zu bilden: 1. die Mehrzahl ist gleich wie die Einzahl, 2. die Mehrzahl wird durch Umlaut gebildet, 3. die Endung **-e,** 4. die Endung **-er.** Besonders zu beachten ist die zweite Deklination, da der Umlaut hier viel häufiger ist als im Deutschen. Eine Besonderheit ist die Endung **-ene,** die in jüngster Zeit nicht nur für die Feminina auf **-i** verwendet wird, sondern auch für andere Wörter, die auf Vokal ausgehen, wie **theema, firma, wuche.** Man vergesse auch nicht, dass Verwandtschaftsnamen die Endung **-e** annehmen. Man setze die folgenden Wörter in die Mehrzahl:

Schule	Kerl	Nuss	Tiefe
Feld	Monat	Türke	Tante
Haus	Woche	Kurs	Fotograf
Knollen	Tag	Knochen	Fotografin
Zunge	Meister	Besuch	Ei
Kreuz	Höhe	Dach	Wespe
Mutter	Gefahr	Bräutigam	Vetter
Mütterchen	Halm	Radio	Beruf
Kanton	Schwein	Pfarrer	Kirche
Gewohnheit	Heft	Pfosten	Schwester
Name	Firma	Vater	Kasten
Wagen	Tropfen	Stoff	Tropfen
Waage	Patin	Kragen	Bruder
Koch	Freund	Hund	Haufen
Esel	Freundin	Stiefel	Kosten
Amsel	Salon	Balkon	Arm
Doktor	Schüssel	Velo	Löwe
Maul	Hemd	Leidenschaft	Fuss
Mäulchen	Mann	Kuchen	Küche
Mühle	See	Roman	Clown
Brunnen	Junge	Tiger	
Thema	Mädel	Punkt	

Übungen zu Lektion 4

Worauf es ankommt: Hier handelt es sich um eine Reihe von Pluralformen, die vom in Lektion 3 gelernten Schema etwas abweichen. Ferner geht es um den Dativ Plural, der auf **-e,** in Wörtern, die auf **-i** ausgehen, auf **-ene** endet. Man achte darauf, dass bei Wörtern, die auf Vokal ausgehen, ein **-n-** eingeschoben wird **(flüe: flüene)** und bei solchen auf **-el** das **e** ausgestossen wird **(esel: esle).** Man setze folgende Wörter in die Mehrzahl:

Stadt	Riese	Ast	Rad	Nagel	Abend
Glas	Blatt	Tatzen	Apparat	Draht	Grab
Hobelspan	Braten	Jude	Hase	Gras	Grat
Rat	Kraft	Naht	Haken	Gast	Bundesrat

Man übersetze (Beispiele von Dativformen):

Auf den Bäumen	Wegen der Rehe	Mit den Eseln	In den Schuhen
Wegen der Hunde	Auf den Balkonen	In den Kirchen	Bei den Kühen
Von den Pfarrern	In den Schüsseln	In den Häusern	Auf den Flühen
Auf den Beinen	Wegen der Nägel	Mit den Mädchen	Mit den Kindern

Übungen zu Lektion 5

Worauf es ankommt: In dieser Lektion wird die zweite Konjugation behandelt. Sie unterscheidet sich durch die Endungen **-isch** und **-et** in der zweiten und dritten Person Gegenwart und durch die Endung **-et** im Perfektpartizip von der ersten Konjugation. Diese hat die entsprechenden Endungen **-sch, -t, -t.** Man beachte auch, dass die Vorsilbe **ge-** des Deutschen im Schweizerdeutschen nur **g-** lautet und mit dem anlautenden Konsonanten des Verbs verschmilzt: **g+b=p, g+d=t, g+g=gg.** In **p, t, k, z** wird es ganz aufgesogen. Man übersetze die folgenden Verben und konjugiere sie nach diesem Beispiel:

du chräsmisch kriechen
er chräsmet
ich bi gchräsmet

dienen	schlaff hängen	berichten	hinauszögern
folgen	laut weinen	als Wirt arbeiten	kauern
bügeln	kreischen	necken	Tisch decken
umziehen	dauern	hüten	Gras mähen
alt werden	hübscher werden	neigen	keuchen
mauern	etwas anstellen	stricken	bessern
murren	dahinsiechen	sägen	
hässlich werden	spielend trödeln	kämmen	

und noch einige weitere Verben dieser Klasse:

weysse	laut aufschreien	**nüele**	wühlen
wëërwäise	mutmassen	**wäle**	Wellen schlagen
woole	aufatmen **(es woolet mer)**	**rible**	kräftig reiben
vogte	bevormunden	**yfere**	eifern
kapitle	abkanzeln	**ellbögle**	sich mit den Ellbogen Platz machen
oorfyge	ohrfeigen		

Frage- und Antwortspiel

Wëër isch de Salomon Landolt gsy?
Wänn hät er gläbt?
Wie isch er i sym amt gsy?
Werum hät mer en gëërn ghaa?
Wie hät er d lüüt, wo verchlagt woorde sind, probiert z bessere?

Wëër isch emaale zuen em choo?
Werum hät de puur gjaameret?
Waas hät de Landolt tänkt?
Waas hät er zum puur gsäit?
Waas wott er mit im synere frau mache?
Waas isch e trüli gsy?

Wie isch es de ströölinge i de trüli ggange?
Wëër hät deby zueglueget?
Wie hät de puur uf dëë voorschlag reagiert?
Waas hät er em Landolt gsäit?
Werum hät er d frau nöd wele i d trüli speere?
Waas säit dänn de Landolt zum puur?

Waas säit er zur frau, wo si choo isch?
Waas hät dänn die frau umeggëë?
Waas hät dänn de Landolt gwüsst?
Waas hät er mit dëre frau gmacht?
Waas hät er ghofft?

Übungen zu Lektion 6

Worauf es ankommt: In der ersten Konjugation werden die Endungen der zweiten und dritten Person Einzahl Gegenwart direkt an den Stamm angeschlossen, ebenso im Partizip Perfekt: **du redsch, er redt, er hät gredt**. Eine Ausnahme gibt es aber, wenn das Verb auf Zischlaut endet, in der zweiten Person, dann wird ein **-i-** eingeschoben, wie dies in der zweiten Konjugation die Regel ist: **du büetzisch**. Man übersetze:
In der hier folgenden Aufgabe sind Verben der ersten und zweiten Konjugation gemischt.

du hörst	du lüpfst	gefreut	gerufen
er hört	gehofft	gedreht	gefällt
gehört	geändert	gepfändet	gefehlt
du spritzest	gepasst	gebügelt	gedacht
er spritzt	pressiert	gelüstet	verpulvert
du löschst	getrocknet	gelehrt*)	kaputt gegangen
er löscht	erkältet	geleert*)	gemäht
du setzest	geblinzelt	gedünkt**)	gekocht
er setzt	geredet	getunkt**)	zusammengerafft
es schadet	gelacht	gespielt	getroffen
es kostet	geschadet	geblüht	geredet
du tötest	genäht	geschmeckt***)	genützt
er tötet	getäuscht	gerochen***)	getötet

*) **leere** bedeutet sowohl «lehren» wie «lernen».
lëëre (=leeren) unterscheidet sich von
leere (=lehren+lernen) durch das offene **ë**
) **tunke bedeutet sowohl «dünken» wie «tunken»
***) **schmöcke** bedeutet sowohl «schmecken» wie «riechen»

Frage- und Antwortspiel

Werum isch dëë maa mit der frau go usswërts ässe?
Werum händ s säb nöi restorant uusgläse?
Waas hät die frau zeerscht gmacht?
Waas hät si pschtelt?
Werum isst ëër käi fläisch?
Wie isch es gloffen i dëm lokaal?
Waas hät die frau gmacht vor em ässe?

Waas hät si us em hüüsli praacht?
Waas hät er dänn zuen ere gsäit?
Werum isch es na lüüter woorde i säbem lokaal?
Waas hät en gfuxt?
Werum händ s prässiert mit em ässe?
Werum hät d serwiertochter si gërgeret?
Waas händ s nach em ässe gmacht?
Waas händ s verpasst?

Übungen zu Lektion 7

Worauf es ankommt: Die Unterscheidung von betonten und unbetonten Personalpronomen hängt davon ab, ob der Sprechende das Pronomen oder einen anderen Satzteil hervorheben will. Im Gegensatz zum Französischen können im Schweizerdeutschen die unbetonten Formen auch nach Präpositionen und Konjunktionen stehen. Etwas verwirrlich ist die Verwendung von **s** und **sie**. Das Pronomen **es** kann vor und nach dem Verb als **s** auftreten. Das Pronomen **si** kann nur in der dritten Person Plural *nach* dem Verb zu **s** reduziert werden: **sind-s** = sind sie. Vor dem Verb muss es immer **si** heissen. Die dritte Person Einzahl **si** (= die Frau) kann nie verkürzt werden **(si hät + hät si)**, ebenso kann die Höflichkeitsform **Si** nie verkürzt werden **(Si sind + sind Si)**. Man übersetze:

Mit betontem Pronomen

Du warst es
Ich mache nicht mehr mit
Was *du* nicht sagst!
Von *ihm* habe ich das nicht erwartet
Von *uns* bekommst du nichts **(überchoo)**
Bei *euch* gibt es nichts zu lachen
Er ist immer guter Laune
Ihnen kann ich es sagen
Auf *mich* kann man sich verlassen **(verlaa)**
Wenn *du* mitkommst, ...
Ihr kannst du vertrauen
Von *mir* kann sie alles haben
Er verrät nichts **(verraatet)**
Dich frage ich nie mehr
Er denkt immer nur an *sich*
Wenn *du* gehst, gehe *ich* auch
Wenn *wir* und *ihr* zusammenarbeiten ... **(zämeschaffe)**
Sie glaubt nur *ihm*
Dir helfe ich gern **(hilfe)**
Ich sage nicht wie
Wenn er *dich* ärgern kann, so tut er es
Ihm darfst du es nicht sagen **(töörffsch)**
Er gibt ihnen keine Chance
Wir gehen zuerst
Mir glaubt das keiner
Sie kommen nie
Wenn *sie* kommen, so ...

Mit unbetontem Pronomen

Warst du es?
Heute mache ich *mit*
Was du *gesagt* hast, bringt uns *nichts*
Ich will *nichts* mehr von ihm
Wann *schreibst* du uns wieder?
Ich habe *schon lange* nichts mehr von euch gehört
Er ist *immer* guter Laune
Ich *sage* es Ihnen nicht
Ich habe mich auf dich *verlassen*
Wenn du *mitkommst* ...
Glaube ihr *nichts!*
Willst du etwas von mir?
Er *verrät* dich schon nicht
Ich frage dich *nichts mehr*
Er gibt sich *Mühe* **(müe)**
Wenn *du* gehst, gehe ich *auch*
Kommst du *mit* uns?
Sie glaubt ihm alles
Wenn du *willst*, so *helfe* ich dir
Wie ich *schon* gesagt habe
Gell, das *ärgert* dich **(gäll)**
Sage es ihm
Er gibt Ihnen *keine Chance*
Wollen wir *gehen*?
Glaubst du es mir (Reihenfolge: mir es)
Ich hoffe, sie kommen *bald* **(gly)**
Kommen sie bald?

Weibliche Neutra

betont
Gertrud ist eine *liebe* (s Trudi)
Sie muss man einfach gern haben
Ihr glaube ich alles

Mit *ihr* gehe ich gern spazieren	Man *muss* sie gern haben
Auf *sie* habe ich lange gewartet	Ich *glaube* ihr alles
Sie sah ich gestern	Ich gehe gerne mit ihr *spazieren*
unbetont	Ich *warte* auf sie
Sie *ist* eine liebe	Ich sah sie *gestern*

Bemerkung: Bei weiblichen Vornamen, die keine sächliche Form haben, wie z. B. **d Yvonne,** verwendet man nicht **ëës, im, ins,** sondern **si, ire, si.** Der Gebrauch von **ëës** ist schwankend, man hört oft – besonders wenn von erwachsenen Personen die Rede ist – **S Trudi isch e liebi, ich ha si gëërn.** Besonders unregelmässig ist der Sprachgebrauch nach **fröilein**, das natürlich grammatisch ein Neutrum ist, trotzdem ist das Bezugswort oft ein **si.**
Übungen über die Verbindung von Personalpronomen mit Präpositionen folgen in der zehnten Lektion.

Übungen zu Lektion 8

Worauf es ankommt: Hier geht es um die Unterscheidung zwischen starker und schwacher Adjektivflexion. Diese bereitet den Ausländern auch beim Erlernen der deutschen Sprache erhebliche Schwierigkeiten, und doch fallen die Fehler stark ins Ohr. Fehler wie «ein kleine Mann» oder «die kleine Männer» wirken sehr störend. Auch im Schweizerdeutschen lohnt es sich, auf die entsprechenden Regeln beim Lernen grosse Aufmerksamkeit zu verwenden. Man übersetze:

der blaue Mantel	ein helles Kleid	eine geschiedene Frau
die rote Robe	neue Kleider	ein geschiedenes Paar
das grüne Kleid	mit einem schönen Hut	mit einem geschiedenen Mann
grüne Kleider	mit einer blauen Tasche	mit einer geschiedenen Frau
die grünen Kleider	mit einem hellen Kleid	mit einem geschiedenen Paar
mit einem braunen Hut	mit neuen Kleidern	mit geschiedenen Leuten
mit einer roten Mütze	der kleine Knabe	der frühe Winter
mit einem grünen Kleid	die kleine Maus	frühe Äpfel
mit schönen Kleidern	das kleine Mädchen	ein früher Winter
der geschiedene Mann	ein kleiner Knabe	eine frühe Kartoffel
(gschide)	eine kleine Maus	ein frühes Vögelchen
die geschiedene Frau	ein kleines Mädchen	die frühen Äpfel
das geschiedene Paar	die kleinen Kinder	ein zufriedener Mann
geschiedene Leute	kleine Kinder	eine zufriedene Frau
die geschiedenen Leute	mit kleinen Kindern	ein zufriedenes Kind
mit dem geschiedenen Mann	mit den kleinen Kindern	zufriedene Leute
mit der geschiedenen Frau	mein neuer Hut	der zufriedene Mann
mit dem geschiedenen Paar	meine neue Tasche	die zufriedenen Leute
mit den geschiedenen Leuten	mein neues Kleid	bei zufriedenen Leuten
ein schöner Hut	meine neuen Kleider	kein alter Hut
eine blaue Tasche	ein geschiedener Mann	kein liebes Kind

Wo hät das gsprööch stattgfunde?
Waas hät d frau Büeler welen aaluege?
Für was für e farb hät si e voorliebi?
Zu was für eme huet wott si das chläid trääge?
Werum hät si hämige ghaa, e settigs chläid z chauffe?
Waas mues me imer risggiere?
Waas hät das gschäft suscht na für sache?
Mit waas wëër die chöifferi am beschte bedient?
Waas für sache hät s na under dëne modäll?
Waas gaat si go probiere?
Nach waas frööget si na?
Wie staat s iez mit em laager?
Waas git s nöis i dëm winter?
Was für e farb empfilt d verchöifferi?
Werum?
Was für en abwächslig empfilt si na?
Werum chaufft si ekäis aabigchläid?
Was für es chläid tüend s schicke?

Übungen zu Lektion 9

Worauf es ankommt: Man lasse sich nicht verleiten, in Analogie zum Deutschen «mynem» zu sagen anstelle von **mym** (ebenso **dym** und **sym**). Dies wird als sehr falsch empfunden. Im übrigen ist zu beachten, dass die deutschen Formen auf *-ig* (der meinige usw.) keine Entsprechung haben. An ihrer Stelle verwendet man andere Konstruktionen, die auf Seite 74 erklärt sind. Man übersetze und erweitere seinen Wortschatz:

mein Bruder **(brüeder)**
meine Mütze **(chappe)**
mein Fernseher **(fërnseer)**
unser Direktor **(tiräkter)**
eure Schokolade **(schoggi)**
ihr Hahn **(güggel)**
ihre Hübschheit **(hübschi)**
ihre Puppen **(bääbi** n.)
unsere Kirschen **(chriesi)**
meine Bratkartoffeln **(rööschti)**
sein Lohn **(loo)**
dein Taschentuch **(naastuech)**
seine Filzpantoffeln **(finke)**
seine Fahrkarte **(bileet** n.)
unsere Brötchen **(weggli)**
unser Kätzchen **(büsi)**
mit ihrem Kreisel **(suri)**
auf meinem Fahrrad **(velo)**
mit unserem Dackel **(taggel)**
bei eurem Nachbarn **(naachber)**
an seinem Schnurrbart **(schnauz)**
mit deinem Kohl **(chabis)**
in seinem Rückentragkorb **(chrëëze)**
in ihrem Waschkorb **(wöschzäine** f.)
bei unserer Hauswirtin **(huusmäischteri)**
auf eurer Eisbahn **(schlyffi)**
in ihrem Apfelkuchen **(öpfelwëëe)**
auf meinem Pferd **(ross)**
in seinem Kahn **(wäidlig)**
mein neuer Wagen
deine schwarze Mütze
sein braunes Pferd
ihr grünes Kleid
unser neuer Direktor
euer gestohlenes Fahrrad
unsere gute Schokolade
meine kleinen Kinder
bei meinen alten Tanten
mit meinen kleinen Kindern
unsere scharfe Sense **(sägisse)**
ihr böser Dackel
unsere frischen Brötchen
seine ungültige Fahrkarte
auf ihrem braunen Pferd
bei unseren lieben Freunden
in unseren warmen Pantoffeln
mit ihrem süssen Gugelhopf **(gugelupf)**

der meinige
das ihrige
die unsrige
der eurige
das seinige
die deinige
das meinige
die seinige
der ihrige
das unsrige
die eurige
Das Pferd gehört mir
Der Dackel gehört dir
Die Schokolade gehört ihm
Das Kätzchen gehört ihr
Die Brötchen gehören uns
Der Gugelhopf gehört euch
Die Kleider gehören ihnen

Übungen zu Lektion 10

Worauf es ankommt: Gleich wie das Deutsche und das Lateinische unterscheidet das Schweizerdeutsche bei den Präpositionen des Ortes das Verweilen und die Richtung. Auf die Präpositionen des Verweilens folgt der Dativ, auf jene der Richtung der Grundfall, z. B. **ich bin im huus**; **ich gaanen i s huus**. Sehr zu beachten ist die Verschmelzung von Präpositionen mit dem Dativ des unbestimmten männlichen Artikels. Hier tauschen das Binde-**n** und das **m** des Artikels den Platz, also **amene**, **imene**, **bimene**, **zumene** und nicht «aneme»! Man übersetze:

Der Löwe lag im Käfig
In der Tiefe war es dunkel
Der Hund rannte in den Hof
Sie wollte den Mann in die Trülli sperren
Die Maus schlüpfte ins Loch
Am 1. Mai gibt es einen Umzug
An der Weinbergstrasse hat es ein paar Hotels
Ich schrieb einen Brief an den Präsidenten
Ich schrieb einen Brief an die Bundesrätin
Ich schrieb einen Brief an das Amt für Gewässerschutz
Wir waren auf dem Bachtel
Wir waren auf der Forch
Wir fuhren auf den Üetlibẹrg
Wir stiegen auf die Lägern
Wir wanderten auf das Albishorn
Unter dem Apfelbaum lag Fallobst
Unter der Tanne liegen Nadeln
Ich legte die Geschenke unter den Christbaum
Sie stellten eine Leiter unter die Linde
Die Katze kroch unter das Fass
Über dem Flugplatz lag Nebel
Über die Brücke donnerte ein Zug
Er machte Rapport über den Dienstweg
Neben dem Bahnhof ist das Museum
Das Wasser fliesst unter der Brücke
Sie schwamm bis unter die Brücke
Vor dem ersten Schnee machten sie den Schneepflug bereit **(schnüüze paraad)**
Vor der Weihnacht gab es viel zu tun **(wienecht)**
Er stand vor dem Orchester
Er stellte sich vor das Orchester
Sie wurden vor den Rektor zitiert
Sie hatten Angst vor dem Rektor
Stell dich nicht vor die Aussicht
In einem Lagerhaus stand das gestohlene Fahrrad
Sie ging in einen Laden
Sie ging in ein Geschäft
Sie ging in eine Molkerei **(molki)**
An einem schönen Tag geschah es
An einer Kirchweih ist es lustig **(chilbi)**
Ich schrieb an einen hohen Beamten
Ich schrieb an eine Behörde
Ich schrieb an ein städtisches Amt
Es hatte Salat auf einem Beet
Auf einer Tafel stand ein Verbot
Sie stiegen auf einen Berg
Sie kletterten auf eine Fluh
Sie blickten auf ein Seelein **(luege)**

Wenn zwei unter einem Dach leben müssen
Unter einer Decke stecken **(tecki)**
Es versteckte die Puppe unter einem breiten Kissen **(pfulme** m.)
Sie legte das Bild unter eine Glasplatte
Das Kind kam unter ein Auto
Er sass über einem Haufen Dokumente **(-ä-)**
Der Ballon blieb über einer Stadt stehen
Ich bin über eine Schwelle gestolpert **(stùürchle)**
Wir sprachen über ein Buch **(rede)**
Vor einem Rotlicht anhalten
Vor einer Schranke gab es einen Stau **(bariëère)**
Sie wurden vor eine Schlichtungsstelle aufgeboten
Sie kamen vor ein Gericht
Der Schein klebte hinter einem Bild
Die Souffleuse stand hinter einer Kulisse
Der Maikäfer flog hinter einen Vorhang
Die Seife **(söipfe)** fiel hinter einen Zuber **(gelte)** oder einen Waschkessel **(wöschhafe)**
Neben einem Salär bekam er noch Trinkgeld
Neben einer Autobahn ist viel Lärm **(-ëë-)**
Neben eine Autobahn darf man keine Häuser bauen
Vom ersten Januar an
Ich bin binnen einer Woche fertig
Sie lachten über **(ab)** ihn

Jenseits des Zürichbergs
Mitten in der Stadt
Wir gingen der Limmat entlang
Oberhalb der Seilbahn beginnt der Wald
Unterhalb der Universität liegt die Stadt
Innerhalb des Zeltes darf man nicht rauchen
Ausserhalb des Museums ist ein Park
Hinten an der Fahrkarte hat es Reklamen
Vorne am Auto sind die Scheinwerfer
Wir gehen nach China
In Peking gibt es viele Fahrräder
In Japan produzieren sie elektronische Geräte
In Wollishofen steht die rote Fabrik
In Stettbach kommen Tram und S-Bahn zusammen
Durch den Gotthard kommt man in das Tessin
Zwischen der ETH **(poli)** und der Universität **(uni)** geht eine Strasse durch
Zwischen der Limmat und der Sihl liegt der Bahnhof
Zwischen den Stäben schaute der Löwe hinaus
Während der Woche gehe ich nie aus
Er steht neben dem Hauptmann **(haupme)**
Er stellte sich neben den Hauptmann
Wegen der Lawinengefahr war die Piste gesperrt
Er steckte den Stecken zwischen die Stäbe

Man übersetze die folgenden Beispiele je zweimal, zuerst mit betontem, dann mit unbetontem Personalpronomen:

von mir
von dir
von ihm
von ihr
von uns
von euch
von ihnen
bei mir
bei dir
bei ihm
bei ihr
bei uns
bei euch
bei ihnen
neben ihm
neben ihr
neben ihnen
zu mir
zu dir
zu ihm
zu ihr
zu uns
zu euch
zu ihnen
mit mir
mit dir
mit ihm
mit ihr
mit uns
mit euch
mit ihnen
über ihn
über sie (Einzahl)
über sie (Mehrzahl)

Übungen zu Lektion 11

Worauf es ankommt: Die Deklination im Schweizerdeutschen kennt keinen Wesfall, man muss also einen Genitiv entweder wie im Französischen mit einer Präposition übersetzen (meistens **vo**) und bei Personen mit einer Dativkonstruktion nach dem Muster «dem Vater sein Hut» für «der Hut des Vaters». Da diese Wendungen sehr häufig vorkommen, muss man sich mit ihnen gut vertraut machen. Die erste Serie von Beispielen ist mit Präposition zu übersetzen, die zweite mit dem possessiven Dativ; der sächsische Genitiv kommt in den Übungen nicht vor:

Die Gründung der Eidgenossenschaft
Die Verteidigung der Schweiz
Die Verhandlungen des Parlaments
Der Flugplan der Swissair
Die Geschwindigkeit des TGV
Die Belastung des Schwerverkehrs
Die Einführung der Vignette
Der Ausbau des Strassennetzes
Die Reparatur der Brücken der Nationalstrassen
Die Verlängerung der Tagesschau
Der Empfang des Satellitenfernsehens
Die Grammatik des Schweizerdeutschen
Die Neuauflage des zürichdeutschen Wörterbuchs
Die Geschichte der Wohnungssuche
Der Nährwert einer Tasse Schokolade
Die Geheimnisse der Küchenfee
Die Lebensdauer einer Batterie

Die Vorlagen der Justizdirektorin
In den Vorlagen der Justizdirektorin
Der Stabschef des Stadtpräsidenten
Beim Stabschef des Stadtpräsidenten
Die Schüler der Lehrerin
Mit den Schülern der Lehrerin
Die Kleider der Frau Bühler
An den Kleidern der Frau Bühler
Die Soldaten des Hauptmanns
Mit den Soldaten des Hauptmanns
Elsas Mann
Vom Manne Elsas
Heinrichs Freundin
Mit der Freundin Heinrichs
Fredys Frau
Bei Fredys Frau
Heidis Kätzchen
Wegen Heidis Kätzchen

Übungen zu Lektion 12

Worauf es ankommt: Als Allerweltsdemonstrativpronomen dient **dëë**, **die**, **daas**. Die Unterscheidung von «dieser» und «jener» wird mit Hilfe der Ortsadverbien **da** und **deet** bewerkstelligt. **Dëë daa** = dieser, **dëë deet** = jener. Man halte gut die drei Wörter **d**, **di** und **die** auseinander. **d** ist der weibliche Artikel, **di** der gleiche Artikel vor Eigenschaftswort, **die** das Demonstrativpronomen: **d frau** = die Frau, **di schön frau** = die schöne Frau, **die frau** = diese Frau. Es gibt auch ein Wort **dise**, es bedeutet aber nicht «dieser», sondern im Gegenteil «der andere», sein Gebrauch geht aber zurück; man merke sich aber **disewääg**, was «auf andere Art» bedeutet. Sehr gebräuchlich ist **de säb** im Sinne von «jener» und das Neutrum **säb**, was «jenes» oder «das» bedeuten kann. Da es keinen Genitivkasus gibt, gilt auch hier der possessive Dativ, das ergibt **dëm syn huet**, **dëren iri chläider**, **dënen iri soorge** = dessen Hut, deren Kleider, deren (Mehrzahl) Sorgen. – Als Relativpronomen dient einzig und allein **wo**.

Diese Brücke
diese Besucher
dieser Kirchturm
das glaube ich schon
dieses gefällt mir, jenes nicht
jenes Haus
jene Freunde
jener Wegweiser
das passt mir nicht
in diesem Land
mit jenen Freunden
von dieser Frau
der kann mir gestohlen werden
diese kenne ich, jene nicht
in jener Stadt
aus jenem Haus
diesen Leuten

Frage- und Antwortspiel

Wëm zäiget en zürcher syni stadt?
Sind di verwandte früener ä scho z Züri gsy?
Waas erchlëërt er uf em baanhoofplatz?
Wie ghäisst de hauptfluss z Züri?
Waas verzelt me vom Niderdoorff?
Waas isch de Lindehoof?
Waas säit öise zürcher zum Grossmünschter?
Waas hät er vom Zwingli verzelt?
Waas isch s Choorhërestift?
Waas isch tüpisch am Pheeter?
Waas gseet men au na vo der Raathuusbrugg uus?
Waas staat vor em stadthuus?
Wëër isch de Waldme gsy?
Was für hüüser faled äim der Limet naae uuf?
Was isch s Buuschänzli für es inseli?
Werum ghäisst s Limetuufer unen a de Ggëëbrugg Schiffländi?
Waas bedüütet de see für Züri?
Waas gseet me vo de Ggëëbrugg uus bi schönem wätter?
Waas cha me vom Bellwü säge?
Wie laufft de vercheer am Bellwü?

Übungen zu Lektion 13

Hier geht es um eine Reihe von häufig gebrauchten kleinen Wörtern, deren Gebrauch man im einzelnen lernen muss. Eine Falle steckt im Wort **öppis**. Es darf nicht gebraucht werden, wenn das deutsche «etwa» die Bedeutung von «ein wenig» hat. Dann heisst es auf schweizerdeutsch **echli**.

Eines muss ich dir sagen
Das ist eine, die ich nicht mag
Einer allein (Binde-**n** nicht vergessen)
Ich sprach erst mit einem
Einer ist dagegen
Mit so einer kann man nicht auskommen
Nimm eines oder keines
Keiner stimmte dagegen
So etwas zieht **(läit)** keine an
Keine Verkäuferin war da
Ich habe keine gesehen
Ich sprach mit keiner
Ich kenne keine
Ich kenne einige
Kein Stück ist am Lager
Mancher meint, er wisse es besser **(wüssi)**
Jemand klopft ans Fenster
Ich höre nichts
Aus nichts wird nichts
Niemand ist draussen
Ich erwarte niemanden
Wir sprachen von nichts
Mit etwas muss man rechnen
Jede Behauptung ist falsch
Von jedem etwas
Alle lachten laut
Vieles lief schief
Mit vielem war er nicht zufrieden
Mit allem war er einverstanden
Von allen hörte man nur Gutes
Erzähle mir etwas
Gib mir etwas Brot

Etwas Ärger muss man in Kauf nehmen
Mit welchen Leuten verkehrst du?
Von solchen will ich nichts wissen
Was für ein Mensch ist er?
Was für einer ist er?
Was für eine Übung machst du?
Hier sind einige Birnen
Welche willst du?
Die Birne, welche ich will, muss reif sein
Es waren etwa hundert
Es ist etwa null Grad
Es wurde etwas wärmer
Wir haben noch etwas Öl

Der Monteur hatte etwas auszusetzen
Es dauerte etwas lange
So etwas gibt es nur einmal
Er streitet mit jedem
Mit jemandem hatte er Streit
Einen solchen Stoff finden Sie nirgends **(niene)**
Es gab eine solche Aufregung, dass niemand etwas verstand
Mit was für einem Mann sprachst du?
Von so einer darfst du nichts annehmen
Warte ein wenig!
Das Kleid ist etwas zu lang
Schenk mir etwas

Übungen zu Lektion 14

Worauf es ankommt: Hier geht es um die sogenannten starken Verben; das sind solche, welche die Vergangenheit durch eine Änderung des Stammvokals anzeigen. Besonders zu beachten ist bei den Verben der Reihe IVa, dass der Vokal, den die entsprechenden deutschen Verben in der zweiten und dritten Person Singular aufweisen, im Schweizerdeutschen auch in der ersten Person auftritt, also **ich isse**, **ich hilffe**, **ich stile** usw. Umgekehrt hat das Schweizerdeutsche keinen Umlaut in der zweiten und dritten Person Singular der VI. Reihe, also **du haltisch**, **er ladt**, **es blaast** = du hältst, er lädt, es bläst. In der folgenden Übung sind viele Fallen eingebaut, man überlege sich in jedem Fall, ob das deutsche Verb eine parallele Entsprechung hat oder ganz anders übersetzt werden muss.

Die Oper begann früh
Er hält sein Wort nicht
Du rätst schlecht
Sie bäckt das Brot selbst
Sie bindet die Bohnen auf
Das Kind genas
Ich befehle es dir
Sie schichteten das Holz auf
Es tönte laut
Ich lese viel
Sie flicht Stroh **(strau)**
Ich half ihm einmal
Ich helfe ihm nicht mehr **(nüm)**
Hast du geniest?
Hast du schon gegessen?
Ich vergesse die neuen Wörter immer wieder
Sie findet es sicher heraus **(use)**
Ich empfehle es gern
Wieviel verlangst du?

Du läufst zuviel herum **(ume)**
Er sagt: es gilt, und es galt
Das Kind fährt mit dem Roller **(trottinet)**
Gesottenes und Gebratenes
Ich esse gerne gut
Wir speisten im Hotel
Geschmolzenes Blei
Er hatte eine Blase **(blaatere)** und hinkte
Es reute mich
Ich sprach mit ihr
Die Sonne schien
Ich messe die Temperatur
Das Kind scheut das kalte Wasser
Er hat mich gekniffen
Du musst dich festhalten **(hebe)**
Die Tür ist geschlossen
Die Kücken **(bibeli)** schlüpften aus
Hast du die Kirschen gepflückt?
Ich breche ein Stück ab

Ich bin erschrocken
Er brach das Experiment ab und zerstörte den Apparat
Sie haben zu hoch gebaut
Wann beginnst du zu arbeiten («zu» ist wegzulassen)
Er scheute die Arbeit
Bist du gegangen (!) oder gefahren?
Der Jasser sagte: geschoben

Frage- und Antwortspiel

Werum hät öise fründ das unglück nöd gsee?
Werum isch de zäner i de stadt staa plibe?
Was händ s im depo Tüüffebrune gmacht?
Waas isch derwyle im depo Irchel passiert?
Waas hät dëë, won im Irchel dienscht gha hät, gmacht?
Werum isch er eso gschnäll gfaare?
Was hät das tämpo für folge ghaa?
Werum sind d aawoner verschrocke ?
Werum hät s de wage zun schinen uus gjättet?
Wie isch d wäiche a de Tanestraass gstande?
Wo hät s de wagen anegspickt?
Waas hät s am Poli vertätscht?
Wie hät das trottoar uusgsee?
Was wëër fascht mit em Poli passiert?
Wie isch es em wagefüerer ggange?

Übungen zu Lektion 15

Worauf es ankommt: Hier geht es gewissermassen um ein Aufräumen von Verbalformen, die in früheren Lektionen nur gestreift wurden. Man beachte, dass das Verb **wëërde** nicht für die Zukunft gebraucht werden sollte, dass Präsenspartizipien im Schweizerdeutschen ein Fremdkörper sind, dass **trääge**, **säge**, **legge** unregelmässig konjugiert werden und dass «rennen, brennen, kennen, denken, nennen» im Perfektpartizip den Stammvokal unverändert lassen.

Wann wirst du abreisen?
Was trägst du da?
Sie stand am Fenster
Was du nicht sagst?
Was sagst du?
Glühende Kohlen
Ich werde nichts verraten
Ein wütender Hund
Ein lebender Fisch
Was ziehst **(aalegge)** du heute an?
Sie ist immer schön angezogen
Stell dich gerade hin **(ane)**
Ich habe 20 **(zwänzg)** Kilo getragen
Trag es fort!
Sie trägt schwer an ihrem Schicksal
Wir werden morgen kommen
Lege dich hin **(aab)**
Lachend anwortete sie ihm
Wie nennen sie ihn?
Schlürfe nicht!
Das Haus ist niedergebrannt **(abe-)**
Wer wird so etwas glauben? (Vermutung)
Es wird wohl nicht wahr sein (Vermutung)
Wir werden auch dabei sein
Sie wendeten den Wagen an einem Wendeplatz
Ich lag noch im Bett
Schaut her **(daa-ane)**
Glänzende Schuhe
Pfeifend verliess er das Zimmer
Wir haben stundenlang gesessen
Sie winkten immer noch, als der Zug schon lange verschwunden war
Sie legten das Fleisch ins brodelnde Wasser
Siedend heisser Kaffee
Als ich mich angezogen hatte, läutete es

Nachdem er gegangen war, atmeten **(schnuufe)** alle auf
Nachdem der Plan publiziert worden war, kam nicht eine einzige Einsprache
Klopfe ans Fenster!
Ich rannte wie verrückt **(-u-)**
Ich dachte nicht daran
Kommt schauen!
Ich werde dir den Brief morgen senden

Frage- und Antwortspiel

Waas händ die schüeler poosget?
Werum hät si de räkter la choo?
Wëër hät die blööd idee ghaa?
Wëër wiirt gstraaft?
Waas hät de Meier gsäit?
Waas hät de räkter scho vorane ghöört ghaa?
Waas mäint de räkter, das «im läben usse» passieri?
Waas leered s nach de schuel?
Waas händ d lüüt i dëm oort gsäit?
Was git er de schüelere für e straaff?
Waas hofft de räkter vo synere läkzioon?
Waas seled s im aräscht mache?
Waas säged Sii zu dëre gschicht?

Übungen zu Lektion 16

Worauf es ankommt: Es gibt eine Reihe von unregelmässigen Verben, die den Charakter des Schweizerdeutschen sehr wesentlich prägen. Hier darf man keine Fehler machen. Einige unterscheiden sich auch in der Bedeutung von den deutschen Entsprechungen, so **laa**, **möge**, **gëë**. «bekommen» gibt es nicht, und bei den sogenannten Hilfsverben «wollen, sollen, können, müssen, dürfen, kommen, mögen, werden» gibt es keine Perfektpartizipien mit **g**-Vorschlag.

Ihr könnt es mitnehmen
Ich muss Einkäufe machen
Komm schnell!
Ich habe es schon gewusst
Ich konnte einfach nicht
Du darfst auch mitkommen
Warum durftest du nicht mitkommen?
Wir müssen aufpassen
Wollen wir gehen?
Die Bäume schlagen aus
Er hat es gewollt
Müssen wir ihn mitnehmen?
Gebt Ruhe!
Das verdriesst mich
Es wurde krank
Es ist ihm etwas passiert (!)
Sie mochte nicht
Da kannst du lachen
Er soll Schreiner werden
Der Ast brach ab
Ich ziehe morgen aus
Was willst du einmal werden?
Kommt ihr auch?
Du musst sie machen lassen
Lass das sein!
Ich nehme ein Glas Wein
Ich gebe nichts darauf
Seht ihr es?
Ich sehe nichts
Wir wissen es
Er bezwang ihn
Wir müssen helfen
Sie ziehen kräftig **(fescht)**
Sie wollte nichts gesehen haben
Das Kind durfte nicht mitkommen
Wenn es sich machen lässt
Ich überlasse dir den Rest
Ihr bekommt eine Strafe
Es bekam einen Apfel
Ich liess diese Sache auf sich beruhen
Die Uhr schlägt 12 **(zwölfi)**

Übungen zu Lektion 17

Worauf es ankommt: Im Gegensatz zum heutigen Deutschen ist der Konjunktiv im Schweizerdeutschen keine notleidende Verbalform; ganz im Gegenteil. Eine Schwierigkeit beim Übersetzen ergibt sich daraus, dass der Konjunktiv Präsens im Deutschen mit wenigen Ausnahmen nur in der dritten Person Einzahl erkennbar ist, Beispiel Indikativ «er singt», Konjunktiv «er singe». Um den Konjunktiv dennoch auszudrücken, greift man im Deutschen auf den Konjunktiv der Vergangenheit. Man sagt dann zwar «dass er komme», aber «dass wir kämen». Der Konjunktiv der Vergangenheit dient aber im Schweizerdeutschen ausschliesslich zum Ausdruck des Konditionals. Dieser wird in Lektion 18 behandelt. Etwa die Hälfte der folgenden Übungssätze sind im Deutschen solche «falschen» Konjunktive. Man lasse sich nicht in die Falle locken:

Er wollte schauen, was los sei
Er wollte wissen, ob du kämst
Sie fragte, ob sie den Patienten besuchen dürfe
Sei es, wie es wolle, es ist mir gleich
Es wunderte ihn, wer vor der Tür stehe

Die folgenden Sätze sind durchgehend abhängig von einem «er sagte»

, der Föhn daure nicht mehr lange
, der Regen komme bald
, das Gesetz werde geändert
, die Zeit laufe ihm davon
, ich könne ihm gestohlen werden
, wir kämen auch noch dran
, wir hätten zuviel Öl gebraucht
, die Uhren liefen zu schnell
, die Uhren gingen vor
, wir gäben zuviel aus
, die Bäume liessen sich nicht heilen
, du wollest verzichten
, die Kirchenglocken schlügen zu laut
, er lasse sich das nicht gefallen
, sie liessen die Hunde auf sie los
, ihr machtet nicht mehr mit
, er müsse darauf zurückkommen
, sie müssten darauf zurückkommen
, sie koche gern
, wir vergässen zu schnell
, du dürfest nicht mitmachen
, wir könnten die Aktien kaufen
, es gebe Schnee
, sie möchten nicht mehr
, er wisse nichts davon
, dass wir uns geschlagen gäben
, sie salze die Speisen zu sehr **(z fescht)**
, sie sehe immer schlechter aus
, sie sähen immer schlechter aus
, es geschehen täglich Wunder
, das schlage dem Fass den Boden aus
, sie schlügen ihn zum Kassier vor
, es komme nicht darauf an
, es kämen noch mehr Zuschauer
, er ziehe einen ruhigeren Ort vor
, sie zögen Ostschweizer Weine vor
, der Hund beisse sofort
, die Kinder scheuten das Wasser
, der Tee tue ihm gut
, die Tabletten täten ihm gut
, die Preise schlügen auf
, diese Leute wohnten sehr schön
, er habe zuwenig Kleingeld **(münz)**
, wir hätten ihn angelogen
, wir müssten es zugeben
, das Eis schmelze bald
, wir grüben zu tief

Übungen zu Lektion 18

Worauf es ankommt: Die häufigen unregelmässigen Verben haben ausgeprägte Formen für den Konditional, in deutschen Grammatiken auch Konjunktiv II genannt. Die sogenannten stark flektierten Konditionale wie ich «flöge, sänge, schliefe, böte, schlüge» haben im Schweizerdeutschen keine Entsprechung. Ein besonderer Fall ist **miech** für «ich würde machen». In den folgenden Beispielen versuche man jedesmal ohne Rückgriff auf **wüür** zu übersetzen.

Es käme aufs Wetter an
Wenn ich es nur könnte
Ich wäre auch mit weniger zufrieden
Ich sollte die Steuern noch bezahlen
Sie dürfte sich mehr Mühe geben
Ich liesse so etwas nie zu
Ich hätte das schon lange aufgegeben
Die Karosserie dürften sie einmal flicken
Im Hotel schliefe ich besser als im Zelt
Es würde mich freuen
Man sollte es meinen
Ich würde meinen (hier: **mäinti**), man sollte das Traktandum verschieben
Ich wüsste einen besseren Rat
Ich nähme mir ein Beispiel an ihm
Ich würde es anders machen
Ich würde gern wieder einmal ins Wallis reisen
Das täte mir wohl
Ich hätte gern eine Schale Gold
Würden Sie mir noch einen Zucker bringen
Ich gäbe tausend (**tuusig**) Franken dafür
Du würdest dich wundern, wenn du ihn sähest
Ich müsste ja lachen, wenn das passierte
Es würde nichts machen, wenn der Frühling früher käme
Wenn das Thema am Fernsehen käme, würde ich auch schauen
Wenn es am Fernsehen gekommen wäre, hätte ich geschaut
Wenn du wolltest, könntest du
Wenn es ginge, käme ich auch und machte mit
Es würde mich reuen, wenn ich es verlöre

Frage- und Antwortspiel

Wie cha me gschwind zu vil gält choo?
Werum macht der äint lieber im sporttoto mit und werum tuet der ander lieber lötterle?
Was miechsch, wänn t gschwind zu vil gält chiemsch?
Uf waas mues me i somene fall uufpasse?
Vo waas tröimed di maischte lüüt?
Waas cha me suscht na mit em gält aastele?
Was macht me, wä me nöd nu a siich sälber tänkt?
Bringt gält glück?

Übungen zu Lektion 19

Worauf es ankommt: Der Gebrauch des Infinitivs weicht in einigen Fällen vom Deutschen ab. So steht nach «anfangen» und auch nach «aufhören» kein **z** (= zu). Nach den Verben der Fortbewegung tritt, wie schon Lektion 2 vorläufig behandelt, ein **go** oder **cho** vor den Infinitiv. Dem deutschen «um zu» entspricht ein **zum**. Jemanden veranlassen, etwas zu tun, wird mit **mache z** übersetzt. Im Begriff sein, etwas zu tun, wird mit **am** + Infinitiv übersetzt; eine Besonderheit ist schliesslich der **g**-Vorschlag beim Infinitiv nach **möge** im Sinn von vermögen.

Geh nachschauen!
Du bringst mich zum Lachen
Ich will auf die Forch gehen
Du musst noch Einkäufe machen gehen

Sie ist nach Spanien gereist
Er hat sich verkrümelt (**ab uf d böim**)
Wir sind schlitteln gegangen
Ich vermochte nicht mehr hinzukommen
Ich will ein Buch vom Gestell herunterholen (**abelange**)
Kannst du es erreichen? (**lange**)
Du musst früher zu arbeiten beginnen
Sie geht mir nachgerade auf die Nerven
Kommst du endlich?
Ich gehe einstweilen das Auto holen
Beim Fussballspielen (**tschuute**) ist er Meister
Er kam herbei gerannt
Es wird bald schneien
Wir sind auf den Üetliberg gegangen
Es ist Zeit, nachzuschauen
Ich sollte nach Hause gehen
Das Leben ist zu kurz, um offenen Wein zu trinken
Du solltest in den Garten gehen, um zu jäten
Wohin sind sie gegangen?
Er brachte sie zum Weinen
Ich war im Begriff wegzugehen
Das Rechnen fällt uns schwer
Heute darfst du in den Zoo gehen
Sie war schon im Begriff zu gehen
Es kommt ein Gewitter (**gwittere.** Verb!)
Veranlasse ihn zu springen!
Es hört auf zu regnen
Kommst du auch schlitteln?
Sie kommen, um Öl nachzufüllen
Sie begannen nachzufüllen

Frage- und Antwortspiel

Was hät die frau gmacht, zwoo wuche vor s abgräist sind?
Werum isch si nöd fërtig woorde?
Was hät de maa dänn gmacht?
Waas hät er uf de baanhoof mitgnoo?
Werum hät er us em zuug useglueget?
Wie isch si uf de baanhoof choo?
Was hät si plötzli gfrȍȍget?
Werum hät si das gfrȍȍget?
Was macht si am liebschte i de fërie?
Werum isch das eepaar eso strytsüchtig gsy?
Werum händ s dänn uufghört chifle?
Wie händ s es mit em zmittaag ghaa?
Wie hät si de fërienoort tunkt?
Werum isch dänn doch de fride uusproche?
Waas händ s gmacht i de fërie?
Werum hät die frau fascht nüme häiwele?
Waas hät er ere versproche?

Übungen zu Lektion 20

Worauf es ankommt: Bei der Steigerung ist zu beachten, dass der Superlativ sowohl auf **-scht** wie auf **-ischt** enden kann. Letztere Endung tritt nach Zischlaut (**s, sch, z**) und nach -**t**, wenn dies mit einem anderen Konsonanten verbunden ist (**hübschischt, lätzischt, füechtischt**). Adjektive auf **-e** schieben gleich wie bei der Deklination ein **-n-** ein (**zfride: zfridner**). Besonders zu merken sind **früener, glyner, chliner** (mit kurzem **i**!) **eender** (= eher). Gleich wie bei der Pluralbildung in der zweiten Deklination tritt Umlaut viel häufiger ein als im Deutschen: **fiiüler, schlöier, lüschtiger, trüüriger.** Besonders muss man sich merken: **gröönscht, letscht**.

Ein Boxer sagte einmal immer wieder (**allpot**): ich bin der grösste
Die wohlhabenden Leute (**die meebessere**) sind die verwöhntesten
Dieser Taglöhner war einer der übelsten (**wüescht**) Kerle
Sie wurde immer bleicher, magerer und schwächer
Nach dem Bade wurde mir wieder wohler und ich fühlte mich gesunder
Jeder Waschmittelfabrikant behauptet, sein Waschpulver wasche noch sauberer

Es stimmt nicht, dass die dümmsten Bauern die grössten Kartoffeln haben (Subj.)
Alle glaubten, sie seien schlauer als er, aber er war der pfiffigste (**gfitzt**)
Manche sagen, früher sei alles besser gewesen
Einer hat immer mehr geboten
Auf dem Lande ist es mir wohler als in der Stadt
Das glaube ich eher
Diese Linie ist gerader und jener Kreis ist runder
Wer hat die frischeste Ware?
Die Kleineren müssen sich zu hinterst hinstellen (**anestaa**)
Meine Eltern sind älter als die deinigen
Im Januar ist es am kältesten
Im Dezember ist es am dunkelsten
Der Juni ist trockner als der April
Die Musik wurde immer lauter
Auch die geschicktesten können Pech haben
Es war der lustigste Abend von allen
Am wildesten (**struub**) wurde es gegen Mitternacht
Ein Sprudel (**blööterliwasser**) will spritziger (**-ü-**) sein als der andere
Das ist das hinterste und letzte
Nachher kamen zahmere Tiere
Das Wetter war letzte Woche noch rauher (**ruuch**)
Der Nordwind (**byse** f.) ist am rauhesten
In der Sauna ist es mir am wohlsten
Der dümmste ist manchmal auch der faulste

Frage- und Antwortspiel

Werum sind Züri und Wintertuur yfersüchtig uf enand?
Weli isch di gröösser stadt?
Weli hät i de wält usse s gröösser renommee?
Waas händ d Wintertuurer im letschte jaarhundert undernoo?
Wie isch dëë isebaanchrieg uusggange?
Weli stadt isch nööcher bim flughafe Chloote?
Waas, säged d Zürcher, seig s schönscht a Wintertuur?
Waas wirft de Wintertuurer de Zürchere voor?
Uf waas sind d Wintertuurer am mäischte stolz?
Vo waas hät Züri mee?
Waas fëëlt de Wintertuureren am mäischte?
Waas isch der underschiid zwüschet de Limet und der Öilach?
Was für fabrike hät Wintertuur?
Für waas isch Wintertuur berüemt?
Wäge waas isch Züri am bekantischte?
Was macht äine, wo beed stedt gëërn hät?
Git s no mee stedt, wo mit Züri rivalisiered?

Übungen zu Lektion 21

Worauf es ankommt: Bei den Zahlwörtern muss man sich besonders mit den substantivierten Formen vertraut machen, die im Grundfall auf **i** und im Dativ auf **-e** oder **-ne** enden. Man braucht sie bei nackten Ziffern (**es föifi** = eine Fünf), bei Altersangaben (**er isch sächzgi** = er ist 60 Jahre alt), bei Noten (**ich han im franz es vieri** = im Französisch eine Vier). Bei Hausnummern (**ich wone im dreyedachzgi** = Im Haus Nummer 83), bei Tramlinien (**nimm s föifi** = Linie 5, die einzelnen Tramwagen bezeichnet man aber ebenso oft mit der Endung **-er** (**de Föifer isch uf de Bellwü-Brugg stäcke plibe**), bei Jahreszahlen (**im vieredachzgi hät me nu na vom waldstëërbe gredt**), für die Uhrzeit mache man sich mit den Beispielen auf Seite 141 vertraut. Man hüte sich vor der Endung -ig, es heisst **zwänzg, dryssg, vierzg** usw. und nie «dryssig»!

Einmal ist mehr als keinmal
Ich kaufte einen *Hamster* und eine weisse *Maus*
Ich kaufte *einen* Hamster und *eine* weisse Maus
Ich kaufe ein *Kätzchen*, willst du auch eines? Nein, ich will keines
Sie hat 3 Kinder

Mit 3 hat sie Mühe
Die eine spinnt Seide, die andere zerschneidet (**schnätzle**) Kreide
Ich habe es von 2 Zeugen gehört
Ich aber von 3
Mit 4 Zeugen habe ich gesprochen
Mit 4 habe ich gesprochen
In der Mathematik (**mati**) habe ich eine 6
Ich bin 23 Jahre alt
Wir wohnen im Haus Nr. 10
1978 wurde der Kanton Jura gegründet
1985 gab es beinahe eine Seegfrörni
8.10, 9.10, 9.15, 9.45, 10.00, 01.00
In einem Schaltjahr gibt es einen 29. Februar
Der Berchtoldstag (**bèèrchtelistaag**) ist der 2. Januar
Ich sage es zum 3. und letzten Mal
Ein *Zweier* und ein *Römer* sind gleich viel
Sie kamen zu zehnt
Ein Tag ist ein 365tel eines Jahres
Hast du mir ein 50-Rappen-Stück?
Nein, ich habe nur ein 5-Franken-Stück
Im Slang sagt man für 1000 Franken **e tone, es kilo** oder **en riis**
Im Slang sagt man für 500 Franken **en rote** oder **e halbi tone**
Etwas burschikos ist **en hunderterlappe** für 100 Franken

Übungen zu Lektion 22

Worauf zu achten ist: Das Schweizerdeutsche hat eine reiche Palette von Ortsadverbien, die auch sehr häufig verwendet werden. Insbesondere dienen sie regelmässig zur Verstärkung von Präpositionen, z. B. **is huus ine, zur tüür uus, uf s tach ue, vom tach abe, em stedtli zue.** Es ist auch nützlich, sich zu vergegenwärtigen, welche deutschen Adverbien keine buchstäbliche Entsprechung haben. So fehlen insbesondere die Verbindungen mit wo-, dar-, -hin, -her: worauf, wofür, wovon, hinaus, hindurch, hinweg, hervor, heraus, darauf, darin. Einzig vertreten sind **wohii, dahii, dethëër,** wofür man aber auch **woane, daaane, vo deet** sagen kann.

Wohnst du im Tal unten?
Steig von der Leiter herunter
Nach Bern hinauf, nach Basel hinunter
Jenseits des Rheins liegt der «grosse Kanton»
Was kommt von drüben rein?
Von draussen bläst kalte Luft herein
Im Autobus drinnen ist es warm
Draussen warten noch mehr Leute
Auf der Strasse draussen
Komm heraus, bleib nicht drinnen
Vom Dach aus hat man eine gute Sicht
Droben war ein Gedränge (**es truck**)
Lasst uns ins Freie gehen
Im Freien ist es heute schön
Oben im Haus solltest du keine Kassette laufen lassen
Stell sie ab und komm herunter
Mit seinem Geschäft geht es einmal aufwärts und einmal abwärts
Ein Hebel ist für «vorwärts» und einer für «rückwärts»
Alle drückten nach vorn, aber die meisten blieben hinten
Vorne gab es nichts zu sehen
Trepp auf, Trepp ab (**stägeli**)
Wenn du (stadt)einwärts fährst, musst du auf die Abzweigung achten
(Stadt)auswärts hast du keine Probleme
Daneben steht ein Messautomat (**bläächpolizischt**)
Die Universität Irchel liegt oberhalb der Winterthurerstrasse und unterhalb der Frohburgstrasse
Neulich gingen wir dorthin
Zwischendrin gab es viele Pausen
Wohin fährst du? Zum See hinunter
Der Unterrock schaut heraus (**kommt hervor**)

Er sass hinter dem Ofen und kam dann nach vorn **(hinefüre)**
Das Lineal ist entzwei
Sie gerieten in Streit
Ich will dich nicht hindern **(davor sein)**
Danach sagte der Wolf zum Rotkäppchen
Der verlorene Handschuh kam zum Vorschein **(füre)**
Das Geheimnis kam ans Licht **(uus)**

Beim Aufwärtsfahren brauchst du einen andern Gang
Beim Abwärtsfahren bremsest du mit dem Motor
Immer schön den Wänden lang
Soeben sah ich sie noch vorne, inzwischen muss sie nach hinten gegangen sein
Auf der anderen Seite **(=jenseitig)** steht eine grosse Linde

Übungen zu Lektion 23

Worauf es ankommt: Das Relativpronomen lautet, wie schon in Lektion 12 erklärt, unter allen Umständen **wo.** Was aber, wenn es im Dativ steht oder von einer Präposition abhängt? Dann wird bei Personen das entsprechende Personalpronomen im Dativ nachgestellt und bei Sachen statt dessen das der Präposition entsprechende Adverb: **Die frau, won ere die gschicht verzelt ha** (welcher), **Dëë bueb, won em de vatter gstoorben isch** (dessen), **Die uuffüerig, wo mer drüber prichtet händ** (über welche).

Das Fräulein, dessen Adresse wir verloren haben, ist weggezogen
Die jungen Leute, deren Urlaub verregnet worden ist, wollen nicht mehr kampieren **(zälte)** gehen
Ich spreche von jenen Bauern, denen zuwenig bezahlt wird
Die Autoren, deren Bücher prämiert worden sind, werden häufiger gelesen
Der Mieter, mit dem man am meisten Ärger hatte, ist umgezogen

Die Besucherinnen, deren Mäntel verwechselt worden sind, reklamieren bei der Garderobenfrau
Dies ist der Bauer, dessen Hof versteigert worden ist
Der Mann, dem alles misslang **(abverheye)**, hat aufgegeben
Dies ist der Gemüsegarten **(pflanzblätz)**,
auf dem so viel Unkraut wächst
Wir studieren den Wald, in welchem so viele Bäume krank sind

Frage- und Antwortspiel

Was für e tante isch uf psuech choo?
Vo wëm hät si vil verzelt?
Was isch dëne Verwandte passiert?
Was hät s für e sänsazioon ggëë grad vor em hoochsig?
Werum hät e bruut d verlobig uufgchündt?
Werum hät si nüüt gnauers wele verzele?
Was isch bi de bekante i de naachberschaft passiert?
Werum händ ali angscht ghaa?
Werum, seit si, göng s nöd eso guet uf em land?

Was händ s mit em hoof gmacht, wo s sid jaarhunderte druff gsy sind?
Woane sind d söön vo dëre familie?
Wie gaat s em unggle?
Wie gaat s uf sym hoof?
Was hät si vo den obschtböime z prichte ghaa?
Und wie isch es hüür mit em gmüesgaarte ggange?
Vo waas hanget me bi de puurerei halt aab?
Waas hät die familie, wo i de stadt wont, dezue gsäit?

Übungen zu Lektion 24

Worauf es ankommt: Es geht hier um einige syntaktische Merkmale des Schweizerdeutschen, so die Stellung des Artikels, die Form und Stellung der modalen Hilfsverben, die Besonderheiten bei **la** und die Konjunktionen:

Wir müssen den Monteur kommen lassen
Du würdest das besser sein lassen
Lass mich endlich gehen!
Er hätte den Fuss vom Gas nehmen sollen
Sie durfte zuschauen
Ich wollte schon immer den Beruf wechseln
Da habe ich Ihnen ein besonders schönes Modell
Es ist auch ein gar Liebes
Herr Kläui und Frau Frehner gehen jassen
Fritz ruft Hans, aber Hans hört nichts
Trudi und Elsi sind dicke Freundinnen
Frau Scherrer geht auf die Bank, um Geld zu wechseln
Ich kam noch einmal zurück, um dir adieu zu sagen
Es liess die Hälfte liegen, da es nicht mehr essen mochte
Ich habe dir schon einmal gesagt, dass ich es so und nicht anders machen wollte
Aus diesen Plänen ist nichts geworden
Nimm das mit, damit du eine Notportion hast
Kauf eine Schaufel, damit wir den Schnee räumen können
Als die Vorstellung fertig war, wollten sie den Autor sehen
Nachdem das Thermometer unter Null gesunken war, gab es Glatteis
Ich bleibe dabei, obschon du das Gegenteil behauptest
Den Lehrling **(stift)** sollte man gehen lassen

Frage- und Antwortspiel

Wie isch es de Schwyz im chrieg ggange?
Woane hett die frau, wo verzelt, im nüünedryssgi sele gaa?
Was händ de bape und d brüedere müese go mache?
Werum hät sii müese go verdiene?
Wie isch es em vatter i de spöötere chriegsjaare ggange?
Was isch us de brüedere woorde?
Was mues en instrukzioonsoffizier mache?
Was hät der ander brüeder für e ggariëëre gmacht?
Wie isch es dëre frau im büro ggange?
Werum hät si en bsunders groosse huuffen aarbet ghaa?
Was hät d mueter dihäime für schwirikäite ghaa?
Was händ s ggässe, wänn s d mëërggli z früe uufprucht händ?
Wie händ sich d lüüt mit de verdunklig und em flüügeralarm abgfunde?
Was händ s ghofft, wo de chrieg fërtig gsy isch?
Wänn hät si ire maa käne gleert?
Woo hät si en zum eerschte mal gsee?
Wo sind s dänn ane, wo s ghüüraatet händ?
Werum sind s wider häichoo?
Wie gaat s ene hüt?

SCHLÜSSEL ZU DEN ÜBERSETZUNGSÜBUNGEN

Lektion 1 *(zu Seite 28)*

Me gspüürt d wëërmi vo de sune. D tier verwached. Ob em graat isch e wulche. D vögel schlaaffed na, aber gly fanged s aa si rode. D tautröpfe fërbet si root. Es huus spieglet si im wasser. Hinderem bëërg isch d sune; iez chunt si füre. Ales wiirt warm und hell. En näbelschleyer verhült de bëërggraat. De see isch blau. D sune spieglet si uf em wasser. Me gseet na en stëërn. I de nacht schlaaffed d mäntsche und d tier, aber d chraft vo de sune weckt ali uuf. Am morge mached si d mäntsche paraad zum tagwëërch. E bluem wott si uuftue, aber si verschrickt ab de chelti. S liecht weckt d vögel. Am aabig schlaaffed d tier y; s wiirt tunkel und chüel. D nacht wiirt mäischter über de taag. D stëërn fanged aa glänze und de mond chunt füre.

(zu Seite 170)

e brugg
es ross
d waret
es fädeli
de muni
de wiirt
en pfnüsel
der aarm
de hueschte
e spuele
s chriesi
der öpfel
en chugi
de chugi
en aanig
es näscht
e chugle
en schlüssel
de sträich
e gable
e schuufle
d schüssle
de fade
d poscht
de staubsuuger
d eer
en eer
en chabis
der esel
e sou
d sou
s ööl
en öölchante

en oornig
es weggli
es püürli
en huuffe
en sprutz
s huus
es huus
d üüle
der öiel
en üüle
en öiel
es müesli
es müüsli
de mocke
en mocke
es möckli
en uufsteler
der uufsteler
s säili
es säili
en underbruch
d amelette
en amelette
de zaa
e schwöschter
es schwöschterli
es brüederli
de schwaager
d schwöögeri
en jass
der uuswys
e zäine
d wösch

s chini
d üebig
en üebig
e gufe
de tüüfel
en ebni
e wuche
der ascht
en uusstüür
d uusstüür
en esel
es eseli
mit ere fründin
mit de fründin
vo der üüle
d amsle
mit eren amsle
uf de syte
i de Schwyz
vomene maa
bimene fäscht
zunere wëëe
voneren amsle
binere fründin
zumene fründ

Man spricht: **kuchi**
(k = kch)
pfrau
poscht
pmuus
kanone
pruut
pruet
ggescht
ggäiss
kue
kantöön
poone
tünkli
pmuur
turnhale
pantofle
kole
pmüetere
pfättere
kile
ggable
pfädere
pire
kriesi
pfögel
pmäischteri
truube
täsche
zange
tschuel

Lektion 2 *(zu Seite 33)*

I gaane häi. Woane gaasch? Mer gönd mitenand an see. Wänn i dihäime bi, tueni am liebschte nüüt. Gang furt! Chunt er ächt au? Mer verstönd nöd, werum ir öii zyt esoo vertüend. Deby händ er doch vil z tue! Wänn gömer go fische? Häsch der zyt? I ha kä zyt. Gang du eläi, iich gaanen i d stadt go komissioone mache. Wänn gaasch furt? Moorn am morge. I gaane nöimenane, won i epaar kameraade triffe. Du chasch au mitchoo. Isch es wyt? Echli wyter weder s Zürihorn. Wänn simer deet? Mit em tram gaat s öppen acht minuute. Me chan aber ä lauffe. Tuesch fische oder tuesch nu derglyche? Mer tüend sicher nöd nu derglyche, daas verstaasch doch. Mer händ s tram gnaa, aber mer händ glych vil zyt verloore. Werum häsch mi nöd verstande? Du wiirsch tänk nöd so tumm sy, wie t tuesch. Mer sind uf d straass ggange. D wëërmi vo de sune hät d bluemen uuftaa. Er isch ganz tüüffsinig woorde; vilicht hät er vil chumer ghaa. S wiirt scho soo sy. Tue mi nöd chräble! Stand i d tüür! Bis doch zfride!

(zu Seite 171)

Ich ha hunger
Ich han en fründ
Moorn hani frey
Fëëlt der öppis?
Er hät e zytig
Hät s schnee?
Dihäime hämer waarm
Si händ chumer
Händ s fröid?
Heb soorg!
Hät s schnee ghaa?
Häsch chumer ghaa?
Ich ha hunger ghaa

Si isch zfride
Wänn i dihäime bi
Wo bisch am liebschte?
Dihäime simer gëërn
Isch es tunkel?
Mer sind i de fërie
Ir sind gsund
Sind s am Zürihorn?
Bis zfride!
Sind zfride!
Simer scho daa?

Woane gönd er?
Hüt gaani i d stadt
Wie gaat s?
S gaat guet
Moorn gömer i s theater

Gang veruse!
Wänn gaasch?
Ich gaane iez
Lauffsch?
Si gönd mit enand
Si wott i d fërie
Mer sind uf Paris
Er mues zum räkter
Isch er furt?
Wämer a s Zürihorn?
Ich wott häi
Sind s häi?
Si isch in uusverchauff
Wottsch in zirkus?

Er gaat go spaziere
Gang de tokter go hole!
Ich bi go schwüme
Wämer go bade?
Ich mues go maargge hole
Si isch go lädele
Si wott go lädele
Ich gaane go luege
Gang go luege!
Ich bi go luege

Es staat i de zytig
Es isch i de zytig gstande
Stand uuf!
Stand i d türe!
Stand füre!

Verstaasch mi?
Verstönd er mi?
Ich ha di verstande
Si stönd früe uuf
Moorn stömer früe uuf

Tuesch öppis?
Ich tuene nüüt
Tue de brief uuf!
Er tuet tumm
Es tuet s
Tue d auge zue
Tue d hërdöpfel oob!
Tue de mantel y!
Er hät sys ganz gält vertaa
Me mues d chue abtue
Daas cha me nöd dùùrtue
Mer wänd en hund zuetue
Tuesch sändele?
Tue doch sändele!
Tue mer hälffe! (oder: hilff mer!)
Tuesch mer hälffe?
Iich tuene schaffe
Iich fuulänze nöd
Tue nöd chräble!

Es wiirt nöd so sy
Es wiirt tunkel
Es isch tunkel woorde
Er wiirt dihäime sy

Du wiirsch nöd eso tumm sy	Si sind gschlage (prüglet) woorde	Bisch chrank woorde?
S chind wiirt taufft	Es isch hell woorde	
S wätter wiirt besser		

Lektion 3 *(zu Seite 40)*

Im zirkus hät s vili tier: löie, tiger, elefante, zebra, giraffe, seehünd. Im program stönd ali numere. D ryter und d ross händ amigs en groosse byfall. De gloon hät ali öpfel ewäg gnaa. Under em tach vom zirkus turned d trapeezkünschtler. D akrobaate stönd uf epaar läitere und gigampfed demit. D fischer wänd fisch fange. D blueme sind schöön. D soldaate müend d gränze hüete. Bimene hoochsig wänd ali verwandte deby sy: D vättere, d müetere, d schwöschtere, d brüedere, d tantene, d ünggle, d vettere und d bäsene. Me müend öi na d schlüssel für s fëriehüüsli gëë. D huustier gönd uf d wäid: D chüe, d gäisse, d böck, d söi, d gäns. Er müend d auge und d oore uuftue, wänn er im zirkus sind. D mäitli händ wyssi zää. Imene huus sind vili mööbel: tisch, stüel, bänk, teppich, chäschte, footööi, büechergstell, bilder, tischli, plaschtigge, lampe, klavier, gramoföön, radio, better, teckene, chüssi, voorhäng. I de chuchi hät s gschiir, fläsche, töpf, schüssle, läbesmittel.

(zu Seite 173)

schuele	kärli	nusse	tüüffene
fälder	mönet	türgge	tantene
hüüser	wuche	kürs	fotograafe
chnöle	tääg	chnöche	fotograafine
zunge	mäischter	psüech	äier
chrüüz	hööchene	tächer	wäschpi
müetere	gfaare	brüütigäm	vettere
müeterli	hälm	radio	prüeff
kantön	söi	pfäärer	chile (chilene)
gwonete	hefter	pföschte	schwöschtere
näme	firmene	vättere	chäschte
wäge	tröpfe	stöff	tröpfe
waage	gottene	chräge	brüedere
chöch	fründ	hünd	hüüffe
esel	fründine	stifel	chöschte
amsle	salöön	balkööṇ	ärm
tökter	schlüssel	velo	löie
müüler	hämper	lydeschafte	füess
müüli	mane	chüeche	chuchene
mülene	seee	romään	glöön
brüne	buebe	tiger	
themene	mäitli	phünkt	

Lektion 4 *(zu Seite 46)*

D vögel händ näschter uf de böime. D aperȍȍt sind bim stùùrz läider kabut ggange; trȍȍt, hȍȍgge und spȍȍ sind i äim chrüsimüsi gsy. I de secke sind negel. S buech bestaat us loose plettere. I de glesere hät s moscht. Häsch epaar gufe? Zwoo nȍȍt sind uufggange. I säbem baad sind gescht us alne ländere. Vor jaare händ s na kä pnöö a de redere ghaa. I de stedte sind d hüüser gröösser als uf em land. Wänn e frau rëëss isch und böös redt, säit me, si heyg haar uf de zääne. Er müend mit de bäine chreftig trampe.

(zu Seite 173)

stedt	jude	ȍȍbig	I de schüssle
gleser	nȍȍt	greber	Wäg de negle
hobelspȍȍ	reder	grȍȍt	Mit den esle
rȍȍt	aperȍȍt	bundesrȍȍt	I de chilene
rise	hase	Uf de böime	I de hüüsere
pletter	hȍȍgge	Wäg de hünde	Mit de mäitlene
brȍȍte	negel	Vo de pfäärere	I de schuene
chreft	trȍȍt	Uf de bäine	Bi de chüene
escht	greser	Wäg de reene	Uf de flüene
tȍȍpe	gescht	Uf de balkööne	Mit de chinde

Lektion 5 *(zu Seite 52)*

De puur rächnet demit, das de landvogt d frau tüeg bessere. Hät de landvogt d frau pesseret? Wie lang sünelisch all taag im strandbaad? Er stygt iede suntig i de bëërgen umenand. I ha s flugzüüg so lang wie mügli beobachtet. Mer händ de ganz namittaag uf s defilee gwaartet. Was luegisch a dëre felswand ue? I rächnen uus, wie lang s tuuret, wänn i da ue chlädere. Wie gaat s Ene? Ja, s hät eender pööset, i mues na aliwyl toktere. Häsch d foti scho gwässeret? Ja, si hanget deet und trochnet. Werum brieggisch? I bin umtroolet. Du brieggisch ja wäg iedem bitzeli. De ganz taag süüfzget und grochset er; er tuuret mi. Öise voorraat langet nüme lang, du luegisch für broot und chëës. S zimer isch täferet und mit alne bequëëmlichkäiten uusgstattet. Mer sind froo, das mer züglet sind. S obscht bräglet nu so vo de böimen abe, d puure chönd daas jaar (hüür) gueti gschäft mache.

(zu Seite 174)

du dienisch	du altisch	du plampisch	du hübschisch
er dienet	er altet	er plampet	er hübschet
tienet	galtet	plampet	ghübschet
do folgisch	du muurisch	du brüelisch	du boosgisch
er folget	er muuret	er brüelet	er boosget
gfolget	gmuuret	prüelet	poosget
du glettisch	du murisch	du göissisch	du sëërblisch
er glettet	er muret	er göisset	er sëërblet
gglettet	gmuret	ggöisset	gsëërblet
du züglisch	du wüeschtisch	du tuurisch	du blȍȍterlisch
er züglet	er wüeschtet	er tuuret	er blȍȍterlet
züglet	gwüeschtet	tuuret	plȍȍterlet

du prichtisch
er prichtet
prichtet
du wiirtisch
er wiirtet
gwiirtet
du zöiklisch
er zöiklet
zöiklet oder
du trätzlisch
er trätzlet
trätzlet

du hüetisch
er hüetet
ghüetet
du heldisch
er heldet
gheldet
du lismisch
er lismet
glismet
du saagisch
er saaget
gsaaget

du streëlisch
er streëlet
gstreëlet
du tröölisch
er tröölet
tröölet
du huurisch
er huuret
ghuuret
du tischisch
er tischet
tischet

du graasisch
er graaset
ggraaset
du chychisch
er chychet
gchychet
du besserisch
er besseret
pesseret

Lektion 6 *(zu Seite 57)*

D reed hät zündt. Er hät d eermel umeglitzt. Das schadt nüüt. Waas choscht s? Si händ en pfändt. D böim blüed im früelig. D chole glüed im ofe. I ha di zwäi ändi zäme gchlöibt, iez hebed s wider. Der äint chaufft ali briefmaargge und chlöibt s in es album, der ander samlet bilder und hänkt s a d wänd. Häsch s chläid gflickt? Ja, i mues nu na es bitzeli büeze, dänn isch es fërtig. S rägnet ja wie verruckt, i glaub, s hört nöd so schnäll. Wänn verzelsch öis wider emaal e gschicht? Werum häizisch so fescht, de hals vertrochnet äim ja ganz. Mer leered iez schwyzertüütsch. S tunkt mi nöd emaal so schwëër. I han em der öpfel zuegrüert, er hät en aber nöd vertwütscht, und der öpfel isch a d muur tätscht und versprützt. I ha mi verschwätzt, und iez lached mi ali uus. Wänn t s wägeli überaal umeschläiksch, so gaat s kabut. Werum netzisch di nöd aa, vor t is wasser gumpisch? I ha s nöd nöötig, i bi treniert. S hät mer tröimt, mer heyged d wonig uusgruumt; deby han i mi überlupft, s hät mer wee taa, i ha mi amene tischegge ghebet und grüefft, aber niemer hät mi ghöört. I ha mi nöd chöne rode. I wäiss nöd, was dänn na passiert isch, i bi nämli grad doo gweckt woorde.

(zu Seite 175)

du ghöörsch
er ghöört
ghöört
du sprützisch
er sprützt
du löschisch
er löscht
du setzisch
er setzt
es schadt
es choscht
du töödsch
er töödt

du lupfsch
er lupft
glupft
ghofft
gänderet
prässiert
tröchnet
vercheltet
plinzlet
gredt
glacht
gschadt
gnëët

trumpiert
gfröit
trëët
pfändt
gglettet
gluschtet
gleert
glëërt
tunkt
tunkt
gspilt
plüet
gschmöckt

grüefft
gfelt
gfëëlt
tänkt
verchlöpft
verheyt
gmëët
gchochet
zämeramisiert
tüpft
gredt
gnützt
töödt

Lektion 7 *(zu Seite 64)*

I bi mit em go spaziere. Mit im gaasch go spaziere, aber um miich chümerisch di nöd. Er müend äntli emaal oornig mache, bi öis isch imer oornig, aber bin öi gseets truurig dry. Waas wänd Si vo mer? Ich wott nüüt von Ine, aber chan i mit de hërre vo de tiräkzioon rede? Wänn s daa sind, chönd Si mit ene rede. Glaubed Si, das s furt sind? Me wäiss nie rächt, wo s sind. Mäischtes sind s i de fabrik äne. Händ s dänn vil z tue? Ja, si schaffed i äim furt. Vo diir han i netti gschichte ghöört; wänn t di nöd besserisch, wäiss i nöd, was t äigetli tänksch. Isch si scho daa gsy? Näi, aber ëër isch scho bin is gsy. Hät er i kän pricht ggëë? Näi, von im erwaarted mer so öppis ä gaar nööd. S Anni leert iez autofaare. De vatter hät s em äntli erlaubt. Bruucht s ächt lang, bis s es gleert hät? Ich glaube, für ins isch es liecht, ëës hät energii. Ëër gieng für sy durs s füür, aber öb sy s au für in tëët, isch zwyfelhaft.

(zu Seite 176)

Duu bisch es gsy
Iich mache nüme mit
Was duu nöd säisch
Von im hani das nöd erwaartet
Von öis chunsch nüüt über
Bin öi git s nüüt z lache
Ëër isch allewil gueter luune
Ine chani s säge
Uf miich cha me si verlaa
Wänn duu mitchunsch, ...
Ire chasch vertroue
Vo miir cha si ales haa
Ëër verraatet nüüt
Diich fragi nüme
Ëër tänkt imer nu a siich
Wänn duu gaasch, gaan iich au
Wänn miir und iir zämeschaffed ...
Si glaubt nu im
Diir hilffi gëërn
Iich säge nöd wie
Wänn er diich ërgere cha, so tuet er s
Im töörffsch es nöd säge
Ëër git ene käi chance
Miir glaubt das käine
Sy chunt nie
Wänn sy chunt, so ...
Bisch es gsy?
Hüt machi mit
Was t gsäit häsch, bringt is nüüt
Ich wott nüüt mee von em
Wänn schrybsch is wider?
Ich ha scho lang nüüt mee von i ghöört
Er isch allewil gueter luune

Ich säg s Ene nööd
Ich ha mi uf di verlaa
Wänn t mitchunsch, ...
Glaub ere nüüt!
Wottsch öppis vo mer?
Er verraatet di scho nöd
Ich frööge di nüüt mee
Er git si(ch) müe
Wänn duu gaasch, gani au
Chunsch mit is?
Sy glaubt em ales
Wänn t wottsch, so hilffi der
Wien i scho gsäit ha
Gäll, das ërgeret di
Säg em s
Er git Ene käi chance
Wämer gaa?
Glaubsch mer s?
Ich hoffe, si chömed gly
Chunt si gly?

S Trudi isch e liebs
Ins mues men äifach gëërn haa
Im glaubi ales
Mit im gani gëërn go spaziere
Uf ins hani lang gwaartet
Ins hani geschter gsee

Es isch e liebs
Me mues es äifach gëërn haa
Ich glaub em ales
Ich gaane gëërn mit em go spaziere
Ich waarten uf s
Ich ha s geschter gsee

Lektion 8 *(zu Seite 70)*

Di grüene und roote chläider. Schwarzi mäntel. Groosse Gott. Mit föif güebte bëërgstygere. De nöi stadtraat. En früene gascht. Di alte lüüt. Vo den alten esle. En nöie tisch. E frisches hämp. Imene tunkle zimer. E tunkels loch. S goldig horn. S wulig chläid. Di silberige löffel. Hölzigi ghüüs. En früntliche hërr. E früntlis chind. Di alt daame isch früntli. Uf eren ebne flëchi. E blöödi stell. D tüür isch offe. Di offe tüür. En offni tüür. Di alten und di junge. Di beamte. Di aagstelte. Mit groossem vergnüege. Bi helem liecht. Wäge schlächten erfaarige. I schwëërer noot. Vor luuter uufregig. S huus isch chly. E chlyses huus. En chlyne hund. E chlyni schrybmaschine. Mit eme chlyne hund. Uf de chlyne schrybmaschine. Chlyni lüüt. Gstoles guet. S graas isch gmëët. De vertraag isch underschribe. Di gstole brieftäsche. S gmëët graas. Der underschribe vertraag. Vil lëëri woort. Zwänzg blaui tramwäge. E paar gëëchi häng. Im groosse ganze. Vil groosses. Öppis nöis. Kän äinzigs ledischiff. Kän äinzige wage. Uf käm äinzige boot. Iich tumen esel. Miir armem tropf. Duu liebs schätzli. Miir ygschribne parteymitglider. Iir unsolidaarischen ussesyter.

(zu Seite 177)

de blau mantel	e hells chläid	en gschidne maa
di root roobe	nöii chläider	e gschidni frau
s grüen chläid	mit eme schööne huet	e gschides paar
grüeni chläider	mit ere blaue täsche	mit eme gschidne maa
di grüene chläider	mit eme hele chläid	mit ere gschidne frau
mit eme bruune huet	mit nöie chläidere	mit eme gschidne paar
mit ere roote chappe	de chly bueb	mit gschidne lüüte
mit eme grüene chläid	di chly muus	de früe winter
mit schööne chläidere	s chly mäitli	früeni öpfel
de gschide maa	en chlyne bueb	en früene winter
di gschide frau	e chlyni muus	en früene hërdöpfel
s gschide paar	e chlyses mäitli	e frües vögeli
gschidni lüüt	di chlyne chind	di früenen öpfel
di gschidne lüüt	chlyni chind	en zfridne maa
mit em gschidne maa	mit chlyne chinde	e zfridni frau
mit de gschidne frau	mit de chlyne chinde	e zfrides chind
mit em gschidne paar	myn nöie huet	zfridni lüüt
mit de gschidne lüüte	myni nöi täsche	bi zfridne lüüte
en schööne huet	mys nöi chläid	kän alte huet
e blaui täsche	myni nöie chläider	kä liebs chind

Lektion 9 *(zu Seite 74)*

Myni uur gaat voor; was häsch für zyt uf dynere? Myni spint au echli; öise radio isch i de reparatuur, drum chan i si nöd nach em zytsignaal ystele. Wëm sys bleystift isch daas? Myne isch es nöd. Isch es nöd dyne? Ich glaube, es isch syne oder ire. Öie hund hetzt aliwyl öisi chatz. D redakzioon hät es zirkulaar an iri mitarbäiter gschickt. D frau Brändli poschtet für iri familie. De vatter gaat mit sym soon und syner tochter go spaziere. I öisere familie git s bald es hoochsig. Myn nöie füli isch scho kabut, häsch du mee glück mit dym? Dys chly hündli isch hüt fascht under es auto choo. Öises hiesig obscht isch konkurränzfëëig. Öii modërn stägehuusbelüüchtig git e schööns liecht. Si bezauberet ali wält mit

irem früntliche wäse. Lueged si öisi schaufäischter aa! Öisi nöie modäll sind geschter aachoo. Lönd Si Iri soorge dihäim und chömed Si zumene luschtigen aabig in öises gabaret!

(zu Seite 178)

myn brüeder
myni chappe
myn fërnseeer
öise tiräkter
öii schoggi
ire güggel
iri hübschi
ires bääbi
öisi chriesi
myni rööschti
syn loo
dys naastuech
syni finke
mys bileet
öisi weggli
öises büsi
mit irem suri
uf mym velo
mit öisem taggel
bin öisem naachber
a sym schnauz
mit dym chabis

i syner chrëëtze
in irer wöschzäine
bin öisere huusmäischteri
uf öiere schlyffi
in irer öpfelwëëe
uf mym ross
i sym wäidlig
myn nöie wage
dyni schwaarz chappe
sys bruun ross
ires grüen chläid
öise nöi tiräkter
öies gstole velo
öisi guet schoggi
myni chlyne chind
bi myner alte tante
mit myne chlyne chinde
öisi schaarff sägisse
ire böös taggel
öisi frische weggli
sys ungültig bileet
uf irem bruune ross

bi öisne liebe fründe
in öisne waarme pantoffle
mit irem süesse gugelupf
myne
ires
öisi
öie
sys
dyni
mys
syni
ire
öises
öies
S ross isch mir (oder **myne** oder **mys**)
De taggel isch dir (usw.)
D schoggi isch im
S büsi isch ire
D weggli sind öis
De gugelupf isch öi
D chläider sind ine

Lektion 10 *(zu Seite 79)*

Mërksch nöd, wie s ab der lached? Änet em Ry staat es hüüsli. Mer sind em fluss naa ggange, bis mer zumene seeli choo sind. Sid epaar jaare gaat d zaal von abonänte zrugg. Oben a der uniwërsiteet stönd d turnhale. Zwüschet de chile und em schuelhuus staat en schööne brune. I has vomene yhäimische z wüssen überchoo. Amene fyrtig sind ali gschäfter zue. Von fachlüüte isch de voorschlaag abglëënt woorde. Binere chilbi sind d chind zvorderscht. Wo mer i d stadt choo sind, isch scho ales voll lüüt gstande und mer händ vom umzùùg nüüt gsee. Do simer in es restorant. I bi di lescht wuche is wältschland gräist. Zeerscht bin i uf Losan, und dänn bin i epaar taag z Gämf plibe. Z Züri gits alpot öppis nöis. D ross sind as wasser gstürmt und mit de füess is wasser gstande.

(zu Seite 179)

De löi isch im chefi gläge
I de tüüffi isch es tunkel gsy
De hund isch in hoof gränt
Si hät de maa wele i d trüli speere
D muus isch is loch gschloffe

Am eerschte mäi git s en umzùùg
A de Wybëërgstraass hät s epaar hotel
Ich han en brief an presidänt gschribe
Ich han en brief a d bundesrὸὸtin gschribe

Ich han en brief as amt für gwässerschutz gschribe
Mer sind uf em Bachtel gsy
Mer sind uf de Forch gsy
Mer sind uf der Üetli gfaare
Mer sind uf d Lägere gstige
Mer sind uf s Albishorn gwanderet
Under em öpfelbaum isch fallobscht gläge
Under de tane ligged naadle
Ich ha d gschänk under de chrischtbaum gläit
Si händ e läitere under d linde gstelt
D chatz isch under s fass gchroche
Über em fluugplatz isch näbel gläge
Über d brugg isch en zùùg tunneret
Er hät en rapport über de dienschtwääg gmacht
Näbet em baanhoof isch s museum
S wasser flüüsst under de brugg
Si isch bis under d brugg gschwume
Vor em eerschte schnee händ s d schnüüze paraad gmacht
Vor de wienecht git s vil z tue
Er isch vor em orcheschter gstande
Er isch vor s orcheschter ane gstande
Si sind vor de räkter zitiert woorde
Si händ angscht ghaa vor em räkter
Stand nöd vor d uussicht!
Imene laagerhuus isch s gstole velo gstande
Si isch in en lade ggange
Si isch in es gschäft ggange
Si isch in e molki ggange
Amene schööne taag isch es passiert
An ere chilbi isch es luschtig
Ich han an en hööche beamte gschribe
Ich han an e behörde gschribe
Ich han an es stedtisches amt gschribe
Es hät salaat ghaa uf eme beet
Uf ere tafele isch es verbot gstande
Si sind uf en bëërg gstige
Si sind uf e flue gchläderet
Si händ uf es seeli abe glueget
Wänn zwäi under äim tach läbe müend
Under äiner tecki stäcke
Es hät s bääbi under emene bräite pfulme versteckt
Si hät s bild under e glaasplatte gläit
S chind isch under es auto choo
Er isch über emene huuffe dokumänt gsässe
De balloon isch über ere stadt staa plibe
Ich bin über e schwele gstùùrchlet
Mer händ über es buech gredt
Vor eme rootliecht halte
Vor ere barieëre hät s en stau ggëë
Si sind vor e schlichtigsstell uufpote woorde
Si sind vor es gricht choo
De schy hät hinder eme bild gchläbt
D sufflöse isch hinder ere ggulisse gstande
De mäiechäfer isch hinder en voorhang gfloge
D söipfe isch hinder en zuber oder en wöschhafe gfloge
Näbet emene salëër hät er na trinkgält überchoo
Näbet ere autobaan isch vil lëërme
Näbet en autobaan tòòrff me käi hüüser boue
Vom eerschte jäner aa
Ich bin inert ere wuche fërtig
Si händ ab em glachet
Änet em Züribëërg
Zmitts i de stadt
Me sind de Limmet naa ggange
Oben a de säilbaan fangt de wald aa
Unen a der uni lyt d stadt
Imene zält ine tòòrff me nöd rauche
Ussen am museum isch en park
Hinen am bileet hät s reklaame
Vornen am auto sind d schywërfer
Mer gönd uf China
Z Peking hät s vil velo
Z Japan produziered s elektroonischi grëët
Z Wolishofe staat di root fabrik
Z Stettbach chömed tram und S-baan zäme
Dur de Gotthard chunt men is Tessin
Zwüschet em Poli und der Uni gaat e straass dure
Zwüschet de Limet und de Sihl lyt de baanhoof
Zwüschet de stääbe hät de löi useglueget
Under de wuche gaani nie uus
Er staat näbet em haupme
Er isch näbet de haupme gstande
Wäge de lawinegfaar isch d pischte gspeert gsy
Er hät de stäcke zwüschet d stääb gsteckt

vo miir	vo mer	bi öi	byn i	mit miir	mit mer
vo diir	vo der	bi ine	byn ene	mit diir	mit der
von im	von em	näbet im	näbet em	mit im	mit em
von ire	von ere	näbet ire	näbet ere	mit ire	mit ere
von öis	von is	näbet ine	näbet ene	mit öis	mit is
von öi	von i	zu miir	zue mer	mit öi	mit i
von ine	von ene	zu diir	zue der	mit ine	mit ene
bi miir	by mer	zu im	zuen em	über in	über en
bi diir	by der	zu ire	zuen ere	über sy	über si
bi im	byn em	zu öis	zuen is	über sy	über s
bi ire	byn ere	zu öi	zuen i		
bi öis	byn is	zu ine	zuen ene		

Lektion 11 *(zu Seite 85)*

D verträter vo den öiropëëische ländere händ e zämekumpft z Bëërn. Im tokter sym huus isch (gaat) ales drunder und drüber. Mym vatter sys auto hät mee zilinder als dym sys. Im ame sym schopf häts nüüt als grümpel. D gmäindròòt vo de stadt Züri händ am mittwuche sitzig. Myn brüeder verlobt sich gly mit em hërr Baumgartner syner schwöschter. Em Hansli syni hefter sind süüberer als em Häiri syni. D tier sind de chinden iri fründ. D redakzioon vo de Zürizytig isch i de nòòchi vom baanhoof Stadelhofe. D Ovomaltine isch äis vo de beliebtischte getränke von Schwyzer chinde. Öisem naachber sys huus wiirt iez renoviert. Myner schwöschter ires mäitli isch druusgloffe. Am hoochsigstaag vo mynen eltere mached mer en uusfluug.

(zu Seite 181)

d gründig vo der äidgenosseschaft	de juschtiztiräktoorin iri voorlaag
d vertäidigung vo de Schwyz	i de juschtiztiräktoorin irne voorlaage
d verhandlige vom parlamänt	em stadtpresidänt syn staabsschef
de fluugplaan vo de Swissair	bim stadtpresidänt sym staabsschef
d gschwindikäit vom teschewee	de leererin iri schüeler
d belaschtig vom schwëërvercheer	mit de leererin irne schüelere
d yfüerig vo de vinjette	de frau Büeler iri chläider
der uusbou vom straassenetz	a de frau Büeler irne chläidere
d reparatuur vo de brugge vo de nazionaal-straasse	em haupme syni soldaate
	mit em haupme syne soldaate
d verlengerig vo de tagesschau	em Elsi syn maa
der empfang vom satelliteféërnsee	vom Elsi sym maa
d gramatik vom schwyzertüütsche	em Häiri syni fründin
d nöiuuflaag vom züritüütsche wöörterbuech	mit em Häiri syner fründin
d gschicht vo de wonigssuechi	em Fredi sy frau
de nëërwërt von ere tasse schoggelade	bim Fredi syner frau
d ghäimnis vo de chuchifee	em Häidi sys büsi
d läbesduur von ere battery	wäg em Häidi sym büsi

Lektion 12 *(zu Seite 90)*

Dëë maa und di säb frau sind geschter aachoo. Das bindsch mer nöd uuf. Vo säbem maa han i zwee öpfel gschänkt überchoo. Iir sind verboreti lokaalpatriote, daas mues me scho säge. Näi, daas isch nöd waar. Doch, vo dëm bringed er mi nöd ab. Die lüüt daa chönd mer s bestëëtige. Säb grooss huus uf säbem hoger isch di hööcher töchterschuel. De säb bëërg isch der Üetlibëërg. I dëre chile bin i tauft woorde. Myn chlyne hund isch myn beschte fründ; dë gaat alewil mit mer. Die blueme da han i sälber zoge, und di säbe böim han i vom gëërtner überchoo, wo s na ganz chly gsy sind. Die daa cha me vilicht namaal bruuche, aber die deet wämer furtrüere. Mit dëne da cha me waarschynli nüme vil aafange. Daas daa isch s huus, wo de Gopfrid Chäler als bueb gwont hät. Dëë, wo d fäischterschybe ygschlage hät, isch verwütscht woorde. D chriesi, won i vo diir überchoo ha, händ mer guet gschmöckt. Vo dëm, wo der flattiert, muesch nüüt guets erwaarte.

(zu Seite 181)

die brugg
die psuecher
dëë chiletùùrm
daas glaubi scho
daas da gfalt mer, daas deet nöd
(oder) daas gfalt mer, säb nöd
säb huus
di säbe fründ
de säb wäägwyser

daas passt mer nöd
i dëm land
mit säbne fründe
vo dëre frau
dëë cha mer gstole wëërde
die käni, di säb nöd
i säbere stadt
us säbem huus
dëne lüüte

Lektion 13 *(zu Seite 95)*

Am letschte schiiräne hät s wider epaar bäibrüch ggëë. Ali sind der mäinig gsy, es seyg e ganz e schööns fäscht gsy; niemer hät öppis uuszsetze ghaa. Was für e schoggelade häsch am liebschte? Ich han iedi gëërn. Er isch en zfridne mäntsch; er hät mit niemerem stryt, und er hät a nüütem öppis uuszsetze. Iede hät en gëërn. Wänn t an öppisem kä fröid häsch, so gisch der ä kä müe. Was fürigi sind deet gsy? Settigi und asigi. Mit somene maa cha me nöd zämeschaffe. Bi sonere truurige reklaame cha me kän erfolg erwaarte. Da sind zwee öpfel, wele wottsch? Ich wott kän settige, ich wott lieber äine vo dëne, wie t im chäler häsch. Ich ha s alne gsäit, aber käne hät en mux taa. Dryssg loos han i ghaa, und käs stuck hät öppis ggune; sones päch, ich mache a käner lottery mee mit. Ich machen au scho lang a känere mee mit. I welere häsch dys glück versuecht? I verschidne.

(zu Seite 182)

Äis muesi der säge
Das isch äini, won i nöd mag
Äinen eläi
Ich han eerscht mit äim gredt
Äinen isch degäge
Mit so äinere cha me nöd uuschoo

Nimm äis oder käis
Käine hät degäge gstimt (auch gstume)
So öppis läit käini aa
Käi verchöifferi isch da gsy
Ich han ekäini gsee
Ich ha mit käinere gredt

Ich käne käini
Ich känen etlichi
Käis stuck isch am laager
Mänge mäint, ëër wüssi s besser
Öpper pöpperlet as fäischter
Ich ghöörę nüüt
Us nüüt git s nüüt
Niemer isch dusse
Ich erwaarte niemer
Mer händ vo nüütem gredt
Mit öppisem mues me rächne
Iedi phauptig isch faltsch
Vo iedem öppis
Ali händ luut glachet
Mängs isch schieff gloffe
Mit vilem isch er nöd zfride gsy
Mit alem isch er yverstande gsy
Vo alne ghöört me nu guets
Verzel mer öppis!
Gib mer echli broot
Echli ërger mues mer i chauff nëë
Mit was fürige lüüte vercheersch du?
Vo settige wetti nüüt wüsse
Was für en mäntsch isch er?
Was für äinen isch er?
Was für en üebig machsch?
Da sind epaar bire
Weli wottsch?
Die bire, won iich wott, mues ryff sy
Es sind öppe hundert gsy
Es isch öppe null graad
Es isch echli wëërmer woorde
Mer händ na echli ööl
De mundöör (auch montöör) hät öppis uuszsetze ghaa
Es hät echli lang tuuret
So öppis git s nu äimaal
Er strytet mit iedem
Mit öpperem hät er stryt ghaa
En settige stoff findet Si niene
Es hät e settigs gstürm (uufregig) ggëë, das niemer öppis verstande hät
Mit was für emene maa häsch gredt?
Vo so äinere tȍȍrffsch nüüt aanëë
Waart echli!
Das chläid isch echli z lang
Schänk mer öppis!

Lektion 14 *(zu Seite 103)*

Si sind uf de hoger gsprungen und händ gwunke, bis s schiff verschwunde gsy isch. S hät en groue, das er sys chläid verrisse (ghaa) hät. D uufflüerig isch guet graate, wil ali mitghulffe händ. S chind hät hütemorge gschroue, iez schreyt s wider. Ich güne de prys, was wetted mer? Ich han en ggune. Er hät sich d wyshäit us de fingere gsoge. S mäitli hät zeerscht s mässer gschliffe, dänn hät s d hame abghaue, und dänn hät s s bröötli abenand gschnitte und hät der anke uf di iner syte gstriche und hät d hame druuf gläit. Wie lang bisch gloffe, bis t de rächt wääg gfunde häsch? Im drüüesächzgi isch di letscht seegfröörni gsy, sider isch de see nie mee zuegfroore. «Vogel, friss oder stirb!» ghäisst es theaterstuck vom Cäsar von Arx. Häsch de nöi romaan vom Max Frisch scho gläse? Näi? Dänn lis en, ich bring der en, wänn i s nöd vergisse. De reebock stoosst syni hörner ab. Myn koleeg faart iede taag a mym huus verby i d stadt, aber er ladt mi nie zum mitchoo y. Schwümsch mit mer hüt zmittaag über de see? Näi, i bi geschter übere gschwume und bi na müed. S chind hät syn baabiwage kabut gmacht.

(zu Seite 183)

D oopere hät früe aagfange
Er haltet sys woort nöd
Du raatisch schlächt
Si bachet s broot sälber
Si bindt d boonen uuf
S chind isch gsund woorde
Ich befil der s
Si händ s holz uufpige

Es hät gchide
Ich lise vil
Si tuet strau flächte
Ich han em emaale ghulffe
Ich hilff em nüm
Häsch gnosse?
Häsch scho ggässe?
Ich vergisse di nöie wöörter alpott
Si findt s sicher use
Ich empfile s gëërn
Wivil höischisch?
Du lauffsch zvil ume
Er säit: s gilt, und es hät ggulte
S chind faart mit em trottinet
Gsottes und praates (praatets)
Ich isse gëërn guet
Mer händ im hotel gspise
Gschmulzes bley
Er hät e blaatere ghaa und hät ghunke

Es hät mi groue
Ich ha mit ere gredt
D sune hät gschune (gschine)
Ich misse d tämperatuur
S chind schüücht s chalt wasser
Er hät mi gchlobe
Du muesch di hebe
D tüür isch pschlosse
D bibeli sind gschloffe
Häsch d chriesi ggune?
Ich brichen es stuck aab
Ich bi verschrocke
Er hät s experimänt abproche und der aperaat gschlisse
Si händ z hööch poue
Wänn fangsch aa schaffe?
Er hät d aarbet gschoche
Bisch gloffe oder gfaare?
De jasser hät gsäit: gschobe!

Lektion 15 *(zu Seite 109)*

I gaane hüt zmittaag i d stadt und tuene poschte. Was chauffsch? Ich chauffe wienachtsgschänkli. Bring mer bi dëre glägehäit epaar nöii gramoplatte mit. Chauff der dyni platte sälber! Won i der s letscht maal epaar mitpraacht ha, bisch nöd zfride gsy. Moll, bis so guet und lueg der d nöierschynigen aa, und wänn t öppis psunders findsch, so tue der s grad aalose und säg mer dänn, was t devoo tänksch. Wänn t nöd dezue chunsch, so hol doch uf all fäll de nöischt kataloog. Si händ mer zwaar gsäit, si schickid mer en, aber s letscht jaar isch er um die zyt scho erschine gsy, und überhaupt isch im letschte verzäichnis gstande, das er i dëre wuchen usechöm. I wott luege, öb i der zyt ha. I ha ja nöd so vil z psoorge, aber geschter, woni i de stadt gsy bin, hani au eerscht d helfti erlediget ghaa, do hani en bekante troffe, wo mi ines kafi gschläikt hät, und do hani mi versuumt, bis es z spaat gsy isch und d läde scho zue gsy sind. Lueg, das t sälber en namitaag frey überchunsch, und gang dänn sälber i d stadt.

(zu Seite 184)

Wänn räisisch aab?
Was träisch da?
Si isch am fäischter gstande
Was duu nöd säisch!
Glüeigi chole
Ich verraate nüüt
En wüetige hund
En läbige fisch
Was läisch hüt aa?

Stand graad ane!
Ich ha zwänzg kilo träit
Trääg s furt!
Si träit schwëër an irem schicksal
Mer chömed moorn
Ligg aab!
Si hät glachet und em umeggëë
Wie säged s em?
Tue nöd süürpfle

S huus isch abepränt
Wër wiirt so öppis glaube
S wiirt wol nöd waar sy
Mer sind dänn au deby
Si händ de wage amene cheerplatz gcheert
Ich bi na im bett gläge
Lueged daa-ane!
Glänzigi schue
Er hät pfiffe und isch us em zimer ggange
Mer sind stundelang gsässe
Si händ imer na gwunke, wo de zùùg scho lang verschwunde gsy isch
Si händ s fläisch i strodligs wasser gläit
Süttig häisse kafi
Won i mi agläit ghaa ha, hät s glüütet
Won er ggange gsy isch, händ ali uufgschnuufet
Wo de plaan publiziert gsy isch, isch nöd en äinzigi yspraach choo
Tuen as fäischter pöpperle
Er isch gränt wie verruckt
Ich ha nöd dra tänkt
Chumm cho luege!
Ich schick der de brief moorn

Lektion 16 *(zu Seite 115)*

Defüùr muesch zu dym rächt choo. Tòòrffsch au an umzùùg? Was hät s ggëë? Ich wäiss nööd. Wäiss es niemert von öi? Mer wüssed ali nüüt. Ich schlaane voor, das mer zum Zürihorn gönd. Schlaasch öppis anders voor? Schlönd ir alzäme nüüt anders voor? Guet, so gömer! Las doch dyn hund dihäime! Wämer en mitnämed, laat er is nie i rue. Me chunt zu käm rueige gspròòch, aliwyl mues me sich mit em hund umeschlaa. Ich ziene s voor, mit diir eläi z gaa. Was wottsch gëë? Ich wott en zirkustiräkter gëë. Das lönd dich dyni eltere nie gëë. Was wott dyn brüeder gëë? Er gaat i d handelsschuel, er wott en chauffme gëë. Daas chasch ja ä gëë. Ich mag aber nööd. Du muesch der s namaal dur de chopf la gaa! Me mues nöd nu a siich tänke! Gseend er, wie s boxed? Lueg, iez ziet der äint tüchtig loos. Ich glaube, er mag der ander. Ja, iez schlaat er en z bode. Ich tue nöd gëërn zueluege, wie s enand verschlönd. Ich chume nüme mit, wänn t da ane gaasch. Chumm lieber emaal mit is theaater. Ich chume gëërn,wänn s öppis rächts gänd. Also, ich nime zwäi bileet, sobald es sich git. S hämp isch scho zimli blööd; ich glaube, es laat gly. Dänn nimi halt en anders, chasch daas grad furtrüere.

(zu Seite 185)

Er chönd s mitnëë
Ich mues go poschte
Chumm gschwind!
Ich ha s scho gwüsst
Ich han äifach nöd chöne
Du tòòrffsch au mitchoo
Werum häsch nöd tòòrffe mitchoo?
Mer müend uufpasse
Wämer gaa?
D böim schlönd uus
Er hät s wele
Müemer en au mitnëë?
Gib rue!
Das mag mi
Er isch chrank woorde
Es hät em öppis ggëë
Si hät nöd möge
Da magsch lache
Er wott en schryner gëë
Der ascht hät glaa
Ich ziene moorn uus
Was wottsch emaale gëë?
Chömed er au?
Du muesch si la mache
Las das sy!
Ich nimen es glaas wy
Ich gibe nüüt druf
Gseend er s?
Ich gseene nüüt
Mer wüssed s
Er hät en möge
Mer händ müese hälffe
Si ziend fescht
Si händ nüüt wele gsee haa
S chind hät nöd tòòrffe mitchoo
Wänn s-e-si laat la mache
Ich überlaane dir de reschte
Ir chömed e straaff über
Es hät en öpfel überchoo
Ich ha die sach la sy
D uur schlaat zwölfi

Lektion 17 *(zu Seite 120)*

Me säit, de tüüfel heb di eerscht Rüüss-brugg poue, d Urner seyged nöd im stand gsy, si eläi z boue. De tüüfel heb gsäit, er boui die brugg, wänn er der eerscht überchömm, wo drüber göng. Er hät gsäit, er töörffi nöd mitchoo, syni mueter erlaub em s nöd, aber s nööchscht maal lauff er devoo, wänn s em wider verbote wëërdi. I sym voortraag hät de redner gsäit, me töörffi d wasserchreft i der Schwyz nöd na mee uusbüüte, es gäb ja bald ekä flüüssends wässerli mee z gsee, iez seyg s a der zyt, d natuurschöönhäite z erhalte, d energiiversoorgig mües drum uf atoomchraftwërch umstele, es seyg guet, das me demit aagfange heyg, und s äinzig richtig seyg, das me demit wytermachi; d wasserchraftwërch bruuchi me trotzdem wyters, wil d wiirtschaft bedaarf a spitzeenergii heb, und die chönn men au is usland verchauffe.

(zu Seite 186)

Er hät wele luege, was loos sig
Er hät wele wüsse, ob du chömisch
Si hät gfröögeet, öb si de paziänt psueche töörffi
Sig s, wie s well, s isch mer glych
Es hät en gwunderet, wër vor der tüür stöndi
, de föön tuuri nüme lang
, de räge chömm gly
, s gsetz wëërdi gänderet
, d zyt lauff em devoo
, ich chönn em gstole wëërde
, mir chömid au na draa
, mer hebid zvil ööl pruucht
, d uure lauffid z gschwind
, d uure göngid voor
, mer gäbid zvil uus
, d böim lösid sich nöd häile
, du welisch verzichte
, d chileglogge töönid z luut
, er lös sich das nöd gfale
, si lösid d hünd uf s loos
, er machid nüme mit
, er müesi druf zrugg choo
, si müesid druf zrugg choo
, si chochi gëërn
, mer vergässid z gschwind
, du töörffisch nöd mitmache
, mer chönid d akzie chauffe
, es gäbi schnee
, si mögid nüme
, er wüssi nüüt devoo
, das mer is gschlage gäbid
, si salzi d spyse z fescht
, si gsäch imer schlächter uus
, si gsächid imer schlächter uus
, es gschächid tägli wunder
, das schlög em fass de boden uus
, si schlögid en zum kassier voor
, es chömi nöd druf aa
, es chömid na mee zueschauer
, er ziei en rueigeren oort voor
, si zieid oschtschwyzer wy voor
, de hund byssi sofort
, d chind schüüchid s wasser
, de thee tüeg em guet
, d tablette tüegid em guet
, d prys schlögid uuf
, die lüüt wonid seer schöön
, er heb zwenig münz
, mer hebid en aagloge
, mer müesid s zuegëë
, s ys schmelzi gly
, mer grabid z tüüff

Lektion 18 *(zu Seite 124)*

Wänn t mee gschafft hettisch, hettid mer iez en äiges gschäft. I hett ja doch nöd gnueg gält ghaa, und mit emen assossiee hani nöd wele wiirtschafte. I ha der ja scho lang gsäit, du söttisch emaal myn brüeder frööge, er möcht si au gëërn sälbständig mache. Mit eme frönde wëër mer s na glych, aber en verwandte wett i scho gaar nöd. Dëë wüür mer zvil dryrede, und dänn chëëm er alewyl zu diir goge chlage. Wänn i nu wüsst, was t gäge myni verwandte häsch. Du töörfftisch di scho emaal mit mym brüeder echli uusspräche. Du chöntisch ja froo sy, wänn t sovil erfaarig i gschäftssache hettisch, wien ëër. Ebe, grad i myne gschäftsaaglägehäite söttisch nöd alewyl öppis wele zwängle. S wëër gschyder, du gëëbsch di emaal zfride mit dëm, wo t häsch.

(zu Seite 187)

Es chiem uf s wätter aa
Wänn i s nu chönt
Ich wëër au mit weniger zfride
Ich sett d stüüre na zale
Si töörffti si mee müe gëë
Ich liess eso öppis nie zue
Ich hett das scho lang uufggëë
D ggarossery töörfftid s emal flicke
Im hotel tëët i besser schlaaffe
Es fröiti mi
Me setts mäine
Ich mäinti, me sett das traktandum verschiebe
Ich wüsst en bessere raat
Ich nëëm mer es bischpil an em
Ich miechs andersch
Ich räisti gëërn wider emal is Wallis
Das tëët mer wool
Ich hett gëërn e schaale gold
Wüüred Si mer na en zucker bringe?
Ich gëëb tuusig franke defüür
Du wüürisch di wundere, wänn t en gsëëchisch
Ich müesst ja lache, wänn das passierti
Es miech nüüt, wänn de früelig früener chiem
Wänn das thema am fërnsee chëëm, wüür i au luege
Wänn s am fërnsee choo wëër, hett i au glueget
Wänn t wettisch, chöntisch
Wänn s gieng, chëëm i au und miech mit
Es röiti mi, wänn i s verlüüre wüür

Lektion 19 *(zu Seite 131)*

Er isch go luege, wo de wage stäcki. Chumm cho hälffe! Ich gaanen uf de Züribëërg gogen echli frischi luft schnappe. I mues gschwind uf d poscht gogen e paar briefmaargge chauffe. Wottsch ä mitchoo cho bire schüttle? Mer chömed di üsserschte zwyg nöd über, gang schnäll go e stange hole, dänn möged mer besser glange. Töörff i es bitzeli veruse go spile? Ich gaane gogen e cheerze hole zum lüüchte. D Schwyzerwuche wiirt veraastaltet zum di yhäimische produkt fördere. Bis so guet tue mer dyni schrybmaschine vertleene. Für waas? Zum en brief schrybe. Daa, chasch si haa, aber mach tifig. S waarte lampet mer scho lang zum hals use. Du machsch mi bimäid efäng z lache mit dym lamäntiere. Si händ aagfange ghaa, en schiilift boue; dänn händ s gmërkt, das sich s teräng nöd defüür äigni. Si sind dänn gogen en expertyse yhole über e sässelbaan. Glaubsch, es chömm cho schneye? Näi, s gseet nöd esoo uus, ich glaube, s chunt eender cho rägne, oder vilicht tuet s nu näble.

(zu Seite 187)

Gang go luege!
Du machsch mi z lache
Ich wott uf d Forch
Du muesch na go poschte

Si isch uf Spanie
Er isch ab uf d böim
Mer sind go schlittle
Ich ha nüme möge gchoo
Ich wott es buech vom gstell abelange
Magsch glange?
Du muesch früener aafange schaffe
Si gat mer efëng uf d nërve (uf de wecker)
Chunsch efang?
Ich gaanen efëng go s auto hole
Bim tschuuten isch er mäischter
Er isch z räne choo
Es chunt gly cho schneye
Mer sind uf der Üetli
Es isch zyt zum naaluege
Ich sett häi
S läbe isch z chùùrz zum offne wy trinke
Du settisch in gaarte go jätte
Woane sind s?
Er hät si z briegge gmacht
Ich bi grad am gaa
S rächne falt is schwëër
Hüt töörffsch in zoo
Si isch schoo am gaa gsy
Es chunt cho gwittere
Mach en z gumpe!
Es hört rägne
Chunsch au cho schlittle?
Si chömed zum ööl naafüle
Si händ aagfange naafüle

Lektion 20 *(zu Seite 136)*

D IC-züüg sind gschnäler und bequëëmer als di andere züüg. S isch halt s nöischt und s bescht, wo s hüt im isebaanwäse git. Si sind drum au am beliebtischte vo alne vercheersmittel. Da isch äine verlogner als der ander, aber de verlognischt isch doch de K. S isch imer lüüter und lüschtiger zueggange, bis es zumene krawall choo isch. Di schlöischte händ si aber scho devoo gmacht ghaa. E töleri sach cha me sich nöd tänke. Äntli simer so wyt gsy, das öisi chläider wider echli tröchner und süüberer gsy sind, doo isch es öis wider wööler woorde. S wiirt imer spööter morge und früener nacht, d tääg wëërded imer gröier und chelter, d nächt imer lenger und tünkler, bald isch de chürzischt taag. Dëë, wo suscht am gschicktischten isch, hät syni sach dëëmaal am schlächtischte gmacht. Je früntlicher und fröölicher äine drylueget, deschte lieber händ en di andere lüüt. D waliser reded am urchigschte. Der Üetlibëërg isch hööcher weder de Pfanestiil, aber nidriger als de Rigi. De Bodesee isch gröösser als de Vierwaldstettersee, aber chlyner als de Gämfersee. D «Helvetia» und d «Linth» sind di schönschte und grööschte uusflugschiff uf em Zürisee.

(zu Seite 188)

En boxer hät emal alpott gsäit, iich bi de grööscht
Di meebessere lüüt sind di verwöntischte
Dëë taglööner isch äine vo de wüeschtischte kärline gsy
Si isch imer bläicher, megerer und schwëcher woorde
Nach em baad isch s mer wider wööler woorde und i ha mi gsünder gfüült
Iede wöschmittelfabrikant bhauptet, sys wöschmittel wäschi na süüberer
Es stimt nöd, dass di tümmschte puure di grööschte hërdöpfel hebid
Ali händ gmäint, si siged schlöier als ëër, aber ëër isch de gfitztischt gsy
Mängi säged, früener seyg ales besser gsy
Äine hät imer mee pote
Uf em land isch es mer wööler als i de stadt
Daas glaubi eender
Die linie isch greder und de säb chräis isch ründer
Wër hät di frischischte waare?

Di chlynere müend z hinderscht anestaa
Myni eltere sind elter als dyni
Im jäner isch es am cheltischte
Im dezämber isch es am tünklischte
De juni isch tröchner weder der april (abrele)
D musig isch imer lüüter woorde
Au di gschicktischte chönd päch haa
Es isch de lüschtigscht aabig gsy vo alne
Am strüübschte isch es gäg mitternacht woorde
Äis blòòterliwasser wott sprütziger sy weder s ander
Das isch s hinderscht und letscht
Nachane sind zòòmeri tier choo
S wätter isch di letscht wuche na rüücher gsy
D bysen isch am rüüchschte
I de sauna isch mer s am wöölschte
De tümmscht isch mängisch au de füülscht

Lektion 21 *(zu Seite 142)*

Am sibni staan i uuf, am halbi achti tuen i zmorgen ässe, am halbi nüüni mues i im gschäft sy und blybe deet bis am zwölfi. Am zäni mached mer e chlyni znüünipause. Am halbi äis ässed mer zmittaag und am zwäi mues i wider is gschäft. Von föifen aa han i frey, dänn nim i amigs de zvieri i de stadt. Am halbi achti ässed mer znacht. Wänn äine von öis uusgaat, ässed mer echli früener, wil theaater und kino scho am viertel ab achti aafanged. Am elfi gaani is bett, aber mängsmaal wiirt s au föif oder zää ab. Mängisch wiirt s sogaar viertel nëëch zwölfi oder gaar föif nëëch zwölfi, aber punkt zwölfi mues i im bett sy, susch reklamiered di andere. Ich ha drey wuche ferie im sumer und zwoo wuchen im winter. Am eerschte chum i myn zaltaag uuszaalt über, aber am zwänzgischte han i gwönli kän föifer mee. Ich bin im nüünzäähundert dreyezwänzgi geboore, myn brüeder im nünzäähundert achtezwänzgi. Öisi familie hät en stammbaum bis is füfzäät jaarhundert. Tuusig vierhundert sächsedachzg isch der eltischt naachwysbaar trääger vo öisem name geboore. Tuusig föifhundert dreyevierzg isch er gstoorbe und hät föif chind hinderlaa. Von im aa grächnet, ghööri zu de sibezääte gänerazioon.

(zu Seite 189)

Äimal isch mee als käimal
Ich han en hamschter kauft und e wyssi muus
Ich han äin hamschter kauft und äi wyssi muus
Ich chauffen es büsi, wottsch au äis? Näi, ich wott käis
Si hät drü chind
Mit drüüne hät si müe
Di äint spinnt syde, di ander schnätzlet chryde
Ich ha s vo zwee züüge ghöört, iich aber vo dreyne
Mit vier züüge hani gredt
Mit vierne hani gredt
I der mati hani es sächsi
Ich bi dreyezwänzgi
Mir woned im zäni
Nüünzää achtesibezg isch de kantoon Jura ggründet woorde
Im nüünzää föifedachzgi hät s fascht e seegfröörni ggëë
Zää ab achti, zää ab nüüni, viertel ab nüüni, viertel vor zäni, zäni, äis
Imene schaltjaar git s en nüünezwänzgischte februaar
De bëërchtelistaag isch de zwäit jäner
Ich säge s zum dritten und letschte maal
En zwäier und en röömer sind glych vil
Si sind z zäne choo
Äin taag isch en dreyhundertföifesächzgischtel vomene jaar
Häsch mer en füfzger?
Näi, ich ha nu en föifliber
Im slang säit me für tuusig franke e tone, es kilo oder en riis
Im slang säit me für föifhundert franke en roote oder e halbi tone
Echli burschikos isch en hunderterlappe für hundert franke

Lektion 22 *(zu Seite 150)*

Wo stäckt er dänn ächt? Ich han en niene gsee, aber er wiirt wool nöime sy. Mer sind scho e ganzi stund dobe gsy; ich ha welen abe, aber di andere händ wele blybe, und ich bi nöd uufchoo degäge. Chumm, mer gönd abe, da vorne ziets! Gang emaal vom tisch abe! S ghöört si nööd, uf em tisch obe z sitze. D stazioon isch änet em fluss gsy, wo mer däne aachoo sind, isch de zùùg devoogfaare. Pass doch uf de randstäi uuf, iez wëërsch fascht drüber gstùùrchlet. S gaat nidsi mit em. Vo hüt aa mues es obsi gaa! Uf dëre syte vo de straass isch d haltstell für d autobus, wo duruuf faared, und uf der andere syte für die, wo duraab faared. Chumm, mer gönd veruse; di andere sind ä scho uf der veranda usse. S isch e schööni luft dusse hüt zaabig. Chunsch druus? Näi, ich styge nanig naa. Si chömed äifach nöd uus mitenand, wäiss Gott, was gschuld isch draa. Z Losan gaat s imer obsi und nidsi und fascht niene graaduus. Er lauft stundelang uf em Züribëërg umenand und tänkt naa. S nimt mi wunder, was deby usechunt. Isch de Sepp dihäim? Ja, er isch dine, chumm nu ie! Chumm dahere! Deetane bringed mi kä zää ross mee. Vo da obenabe hät men e schööni uussicht. Deet äne gseet me de Rootsee glitzere, und da une isch Küssnacht.

(zu Seite 190)

Wonsch im taal une?
Styg vo de läiteren abe
Uf Bëërn ufe, uf Basel abe
Änet em Rhy lyt de «grooss kanton»
Was chunt vo dänen ie?
Vo dusse blaast en chalte luft ine
Im autobus ine isch es waarm
Dusse händ na mee lüüt gwaartet
Uf der straass usse
Chum use, blyb nöd dine
Vom tach uus hät men e gueti sicht
Doben isch es truck gsy
Gömer veruse
Verussen isch es schöön
Oben im huus settisch ekäi kasette lauffe laa
Stell si aab und chumm abe!
I sym gschäft gaat s äimal obsi und äimal absi
Äin hebel isch für «fürsi» und äine für «hindersi»
Ali händ füre truckt, aber di mäischte sind dihine plibe
Divorne hät s nüüt ggëë zum gsee
Stägeli uuf, stägeli aab
Wänn t dury faarsch, muesch uf d abzwygig uufpasse
Duruus häsch ekäi probleem
Denäbe staat en blächpolizischt
D uni Irchel lyt oben a de Wintertuurerstraass und unen a de Frooburgstraass
Letschti simer deet ane ggange
Zwüschetine hät s vil pause ggëë
Woane faarsch? zum See abe
Der underrock chunt füre
Er isch hinder em ofe gsässe und isch dänn hinefüre choo
De lineal isch abenand
Si sind hinderenand choo
Ich wott der nöd devoor sy
Uf das abe säit de wolf zum Rootchäppli
De verlore händsche isch füre choo
S ghäimnis isch uus choo
Bim duruusfaare bruuchsch en andere gang
Bim absifaare brämsisch mit em motoor
Imer schöön de wände naa
Grad hani si na divorne gsee, underdesse mues si hindere ggange sy
Däne staat e groossi linde

Lektion 23 *(zu Seite 154)*

Das isch di glych platte, wo t is vorig scho voorgspilt häsch. Das isch aber au äini, won es si imer wider verloont z lose. Wänn t äine findsch, wo daas glaubt, zal der en föifliiber. D schrybmaschine, wo dë brief demit gschribe woorden isch, hät verdräcketi tüpe ghaa. Di nöi gondelbaan, wo me demit i de chürzischte zyt cha uf 2000 meeter ue faare, isch gschnäll beliebt woorde. Das isch s glych hotel, wo mer s letscht jaar drin gwont händ. Äine, wo soo wenig vo musig verstaat, sött sich nöd als kritiker uufspile. Dëë, wo geschter i d zytig gschribe hät, isch ä so äine. S isch en aasteckedi chranket, wo scho vili dra gstoorbe sind. Das isch d schnyderi, won i bin ere mys nöi chläid laane la mache. D frau, wo d tochter von ere bin öis leermäitli isch, hät chùùrzli ire maa verloore. Das isch s auto, wo mer de schnitt und d farb an em so guet gfale händ. Das isch de maa, wo mer s auto von em so guet gfale hät. Das isch d fraag, wo mer is scho mängsmaal drüber underhalte händ, aber es isch nie öppis usechoo deby. De bueb, won em d schlyfschue ghööred, isch verschwunde. Das isch en missstand, wo me sich demit langsam abfindt, statt das men öppis degäge tëët.

(zu Seite 191)

Das fröiläin, wo mer d adrässe von em verloore händ, isch furtzüglet

Di junge lüüt, won ene d fërie verrägnet woorde sind, wänd nüme go zälte

Ich rede vo dëne pure, won ene zwenig zalt wiirt

D autoore, wo d büecher von ene prëmiert woorde sind, wëërded mee gläse

De mieter, wo men am mäischten ërger ghaa hät mit em, isch uuszoge

Die psuecherine, wo d mäntel von ene verwächslet woorde sind, reklamiered bi der garderobiëëre

Das isch de puur, won em syn hoof verstäigeret woorden isch

Dë maa, won em ales abverheyt isch, hät uufggëë

Das isch de pflanzblätz, wo so vil uchruut druf wachst

Mer studiered de wald, wo so vil böim drin chrank sind

Lektion 24 *(zu Seite 160)*

De Ruedi hät wele d Indianer sueche, do wëër er i de wüeschti fascht vertùùrschtet. Er hät de wääg nüme chöne finde. Er hät wider müese zu sym unggle häi, und hät langi zyt nöd us em huus use töörffe. Er hett halt nöd äifach sele devoo lauffe. Ich ha welen uf Gämf faare, aber myn Gschäftsfründ isch uf Züri choo, das mer öisi sitzig daa händ chöne abhalte. Eerscht im nüünzäähundertzwäiefüfzgi händ s mi wider la häichoo. De häifisch hät nach em gschnappet, wie wänn er en hett wele frässe. Wo d sunen underggange gsy isch, hät me d hand nüme gsee vor den auge. Wänn i scho d sitzig müglichscht früe ha welen abbräche, für das i na de zùùg chöni verwütsche, isch es mitternacht woorde, und ich ha müesen i de stadt übernachte. De richter hät em aagchlagte nöd gglaubt, wil dëë sich scho mängsmaal widersproche ghaa hät. Vor d sune uufggangen isch, hämer ali gfroore, aber au wo si uufggange gsy isch, isch es na lang ggange, bis es gwaarmet hät. Won i letschti über d Ggëëbrugg gloffe bi, händ d bëërg so nòòch gschune, das me hett chöne mäine, me chönn s mit de hände gryffe. Daas jaar isch ales tüür, wil mer sonen schlächte sumer ghaa händ.

(zu Seite 192)

Mer müend de mundöör (montöör) la choo
Du wùùrisch das besser la sy
Las mi äntli la gaa!
Er hett de fuess sele vom gaas nëë
Si hät tòòrffe zueluege
Ich ha scho immer wele de prueff wächsle
Da hani Ene e psunders e schööns modäll
Es isch e gaar e liebs
De herr Kläui und d frau Frehner gönd go jasse
De Fritz rüefft em Hans, aber de Hans ghöört nüüt
S Trudi und s Elsi sind ticki fründine
D frau Scherrer gaat uf d bank go gält wächsle
Ich bi na emal zrugg cho zum der adiö säge
Er hät d helfti la ligge, wil er nüm hät mögen ässe
Ich ha der scho emal gsäit, das i s eso und nöd andersch ha wele mache
Us dëne plänen isch nüüt woorde
Nimm das mit, für das t e nootporzioon häsch
Chauff e schuufle, für das mer de schnee chönd ruume
Wo d voorstelig fërtig gsy isch, händ s der autor wele gsee
Wo de thermomeeter under null gsunke gsy isch, hät s glattys ggëë
Ich blybe debi, wänn du scho s gägetäil phauptisch
De stift sett me la gaa